Lebensmüde, was?
Gedicht im Auge des Sturms,
laß dich zerzausen!

Vorwort

Viele Gedichte, auch Kurzprosa und kleine Erzählungen, entstehen im Gehen. Sie schreiben sich im Dichter, der geht. Meine Lebensumstände in Japan, die weltweite Bedrohung durch ein neues Virus, aber auch dichterische Überlegungen beschränkten mein Gehen während der vergangenen Monate, aus denen Jahre wurden, auf eine Region, einen Landstrich, eine Gegend. Die Gegend meiner Gegenwart. Die Gegend, der ich Gegengaben erweisen wollte, sehr bescheidene zwar – ein jeder tut, was er kann. Es war mir nicht möglich, sehr weit ins Landesinnere zu wandern, hinauf in den Norden, oder Pilgerreisen zu unternehmen, etwa im benachbarten Shikoku. Nein, ich bewegte mich im Kreis, auf der Landkreisfläche, mal nach Norden, mal nach Süden, seltener nach Westen und Osten, und erkundete die Gegend, in die es mich schon vor Jahren verschlagen hatte und die ich mit der Zeit lieben gelernt hatte. Hiroshima, nicht nur die Stadt, auch ihre Umgebung: die Provinz, die denselben Namen trägt.

Der Dichter Matsuo Basho wollte ins Landesinnere, *oku,* nicht an den Rand. Jedenfalls behauptet er das im Titel seines Buchs *Okuno hosomichi.* Sieht man sich seine Reiseroute an, wird klar, daß auch ihn die Ränder verlockten. Er wollte nach Matsushima, das hieß damals: sehr weit weg. Von Matsushima aus durchquerte er Honshu, von einer Küste ging er zur anderen. So weit will ich nicht und kann ich nicht, aber die Ränder verlocken mich immer noch. Sei es auch nur, um ein Gefühl für den Ort zu gewinnen, wo ich herkomme: für die Mitte.

Betrachtet man die Erde als Kugel, die sie annähernd ist, gibt es auf ihr keine Ränder, nur Mitten. Ränder nach innen entdeckt, wer konzentrische Kreise beschreibt. Mein Weg in diesen drei, vier Jahren war eher ein solcher. Wohin bin ich da gelangt? In Abwandlung eines Satzes von Mallarmé möchte ich sagen: *Le monde aboutit à un beau livre*. Ob das Buch schön ist, weiß ich nicht, aber das letzte und wiederholte Ziel des Wegs sind die Wörter. Der Rhythmus des Gehens und Schauens wird zum Rhythmus der Sprache. Der Ort läßt sich in den Gedanken, den Wörtern, dem Geschriebenen nieder.

So soll es sein!

Hachihonmatsu, Provinz Hiroshima, anno 2023

Hiroshima 2019

1

Erst wenn du etwas zu verlieren beginnst, entsteht eine Geschichte. Je mehr Verluste, desto mehr Erinnerung, desto mehr Erzählung. Was natürlich bedrückend, lebenshemmend wirken kann.

2

An keinem Ort habe ich so lange gelebt wie in Hiroshima. Dreizehn Jahre, kein Jubiläum, keine „runde" Zahl – ich hätte mit dieser Erzählung hier warten können, bis es fünfzehn oder zwanzig Jahre sind. Aber ob ich dann noch hier sein werde? Ob ich dann noch lebe? Der Lauf der Geschichte oder des Zufalls will es, daß dieses Datum, das „Gegebene", mit einem anderen Datum zusammenfällt, einem Ende und Neubeginn. Nach dreißig Jahren geht die Amtszeit des alten Tenno zu Ende, ein neuer tritt an. Es war die versprochene Friedenszeit („Heisei"), aber auch eine deprimierende Zeit, eine verewigte Krise ohne große Hoffnung auf eine Lösung; die jungen Leute haben mehr Angst vor der Zukunft als Vertrauen in sie. Vor kurzem wurde Shoko Asahara gehängt, der Guru einer religiösen Sekte, verantwortlich für das Giftgasattentat 1995 in der U-Bahn von Tokyo, bei dem zwölf Menschen starben und hunderte verletzt wurden. Nach dem Erdbeben und

Tsunami in Tohoku, mit der drohenden Atomkatastrophe, hatten wir Angst, das Land könnte zerbrechen. Letztes Jahr ging in unserer Gegend ein schwerer, schier endloser Regen nieder, neben unserem Haus rutschte, vom Gipfel weg, ein ganzer Berghang herunter, die Spuren sind unübersehbar, ich muß mich nur umwenden: Blick durch das Balkonfenster, wie damals, als ich, schlaflos im Morgengrauen, das große Grollen gehört hatte und sofort aufgesprungen war.

Heisei. Reiwa. 平成。 令和。Geht mich das etwas an? Schwer zu sagen, was die neue Maxime – wenn es eine ist und sein soll – eigentlich bedeutet. Zwei Schriftzeichen aus einem alten japanischen Gedicht, dem Lied von der Pflaumenblüte, die man in Kyoto oder Hiroshima schon kurz nach Neujahr sehen kann, die erste Baumblüte und deshalb besonders herzerfreuend, hoffnungsvoll. Früher stammten die kaiserlichen Maximen aus alten chinesischen Texten, die die Frühzeit der japanischen Kultur prägten. Gut so; eine nationalistische Geste, wie sie das mißtrauische Kommentatorenvolk zu erkennen glaubte („Japan snubs China at dawn of new imperial era", lautete die Schlagzeile in der *Japan Times*), kann ich darin nicht sehen. Auch die japanische Hymne ist ja ein recht friedliches Gedicht aus dem zehnten Jahrhundert, ohne Kriegsgetrommel *(aux armes citoyens, the bombs bursting in the air…),* ohne Prahlerei (das begnadete Volk großer Söhne und, neuerdings, Töchter).

Wir wohnen fern von der Stadt, mehr oder weniger auf dem Land, in einer administrativen Zone, die sich Higashi-Hiroshima nennt, früher eine Handvoll verstreuter Ansiedlungen von Reisbauern, Sakeproduzenten und Fischern, heute von Universitäten, Forschungszentren und Zulieferfirmen für den Autohersteller Matsuda durchsetzt. Immer noch viele Reisfelder, auch Sakebrauereien, bewaldete Berge, weiter unten, in westlicher Richtung, dann Kure mit seiner Werft und den Kriegsschiffen, die die US-Streitkräfte damals nicht mit der Atombombe belegten, sie zogen es vor, ihren „Little Boy“ über dichtbesiedeltem Gebiet abzuwerfen. Dorthin, in die Stadtmitte von Hiroshima, komme ich selten, gebildet wird sie vom Friedenspark, über dem am Morgen des 6. August 1945 der große Wolkenpilz aufstieg und der schwarze Regen fiel, und der vom Park abgehenden Einkaufsstraße, die am Parco-Gebäude endet, einem ewig-jugendlichen Einkaufspalast für mehr oder minder schicke Kleider – dahinter beginnt das eher schmuddelige Vergnügungsviertel.

Ich komme selten hin, aber das hat Vorteile, zumindest den, daß ich die Stadt immer wieder wie zum ersten Mal sehe, mit dem aufmerksamen, staunenden Blick. Neulich, am ersten Tag des ersten Jahres der Reiwa-Ära, zu Beginn des Wonnemonats Mai, das Staunen über die Bäume, die Leuchtkraft des hellgrünen Blattwerks der *kusunoki*, der Kampferbäume (häßlicher Name, der so gar nicht der Sache gleicht), und den Kontrast der dunklen, fast schwarzen Äste, die es tragen. Ein Gespräch über Bäume ist fast ein Verbrechen – an diese Gedichtzeile Bertolt Brechts mußte ich denken, als ich das erste Mal hierherkam, und später immer wieder der Gedanke: Aber es *ist* kein Verbrechen und schließt auch kein Schweigen ein. Diese Bäume wurden kurz nach der Katastrophe gepflanzt, damit neues Leben entstehe trotz all des Grauens, und die Leute, die sie gepflanzt haben, sind mit ihnen älter geworden, einige von ihnen, schon gebückt, pflegen sie noch heute, und wenn ich diese alten Männlein und Weiblein sehe, sechzehn Jahre nach meinem ersten Spaziergang hier, kann ich nicht umhin, mich zu fragen, ob in zehn, zwanzig Jahren noch jemand kommen wird, um den Boden um die Stämme herum zu harken. Die Frau, die ich einmal hier in der Nähe, in einem St-Marc-Café, getroffen und befragt habe, 1945 war sie eine sechzehnjährige Schülerin, die zwischen Trümmern nach ihren Eltern und Geschwistern suchte und verstrahlt wurde, diese Frau wird bald neunzig sein. Nein, ein Gespräch über Bäume ist kein Verbrechen, wie nach Auschwitz ja auch weiterhin Gedichte geschrieben wurden, und zwar keineswegs von Barbaren, und es immer noch ein richtiges Leben im falschen gibt. Gedichte, Gespräche: keine Un-, sondern Wohltat.

Auf der Terrasse des Cafés am Rand des Parks, auf der anderen Seite des Flusses Motoyasugawa, bin ich manchmal gesessen, aber jetzt ist es mir zu überlaufen, und außerdem verwenden sie für den Orangensaft Früchte aus Kalifornien, obwohl die ganze Gegend der Setonaikai voll ist von Zitrusfrüchten, die gar nicht alle geerntet werden können. Pedantisch erheben sich die Orangenpyramiden mit den winzigen Aufklebern vor dem Lokal; als ich den Geschäftsführer einmal zur Rede stellte, gab er vor, nicht zu begreifen, wovon die Rede war, und entschuldigte sich fünfmal, *sumimasen*. Zuerst die Bombe, dann die Orangen. Und großspurige Touristen, aber diesen Sarkasmus ersparte ich ihm.

Ja, die Flüsse, sieben an der Zahl. Von Zeit zu Zeit nehme ich eines der Boote, die hier ablegen, fahre durch das Flußsystem hinaus auf das offene Meer und weiter nach Miyajima, wo ich unseren heiligen Berg besteige, den Misen, nicht ohne zuvor den finsteren Tunnel unter dem Daisho-in durchquert und meine Sicht der Dinge gereinigt zu haben, um für die Helle empfänglich zu sein – eine wahre Wiedergeburt. Die vielen Flüsse, Kanäle und Rinnsale, die die Stadt durchziehen, hatten am 6. August 1945 die Lage der Bewohner zusätzlich verschärft, weil das Wasser heiß und verseucht war (was sie nicht wußten) und die Brücken zerstört, so daß viele eingeschlossen waren, Fluchtwege versperrt. Heute gehören die Spaziergänge an den Ufern, wo sich winzige Krebse tummeln, zum Schönsten, auch der Geruch nach Schlamm und Salzwasser in den Stunden der Ebbe, wenn sich das Meer zurückgezogen hat, und ebenso die zitternden Lichter auf der Wasseroberfläche, nachts, wenn das Meerwasser wiedergekehrt ist und sacht an die Wandungen schlägt.

Und die Stadtberge, der Hijiyama, für mich das, was in meiner Salzburger Zeit der Mönchsberg war. Diese kräftige, aber nicht gar zu arg wuchernde Natur, gewiß auch vermenschlichte Natur. Ich erinnere mich an einen Tag Ende August, zwei Wochen vor der Geburt meiner Tochter, als ich zum ersten Mal Bekanntschaft mit der hiesigen Feuchthitze machte, umherziehende Hitzeschwaden, denen man körperlich begegnet und denen man nicht ausweichen kann, weil sie unsichtbar sind und außerdem schon die nächste folgt. Tapfer bin ich trotzdem weitergegangen, wie immer die Weite und mögliche Grenzen ausloten wollend, und stieß an der Südspitze des, ja, schiffsförmigen Berges auf einen buddhistischen Friedhof, an dessen Ende sich der Blick weitete und die Stadt unter mir lag und der Hafen in der Ferne und die Setonaikai und die Inseln, rechts hinten auch Miyajima. Ein kleiner Obelisk erinnerte an sieben französische Marinesoldaten, die im Jahr 1900 hier oder auch in China, wo sie mit einem Expeditionscorps während des Boxeraufstands im Einsatz waren, ihr Leben ausgehaucht hatten. Die Inschrift dankt den Japanern, die ihre „Landsleute" (*compatriotes*), die schwerverletzten Franzosen, so aufopfernd gepflegt hätten. Etwas abseits noch ein fremdes Grabmal, darauf nur ein Name und die Eckdaten: „O. Pape, geb. 5. Feb. 1885, gest. 18. März 1918". So steht es da in deutschen Kürzeln, Gott sei der unbekannten Seele gnädig.*

Damals, und heute wieder, nahm ich den Weg an der Vorderseite des Berges, der Stadtmitte entgegen, vorbei an den hübschen tonnenförmigen, weiß und hellrosa gestrichenen Gebäuden des Zentrums zur Erforschung der Auswirkungen atomarer Bestrahlung, das die Amerikaner in der Besatzungszeit hier gegründet hatten, nachdem sie ihre neue Waffe erprobt hatten. Heraufgekommen war ich von hinten, vom Bahnhof her, über die steile, transparent überdachte Rolltreppenanlage,

* Über diesen O. Pape habe ich einige Jahre später noch etwas mehr erfahren. Er war ein deutscher Soldat im Ersten Weltkrieg, wurde von der japanischen Armee in Tsintau (Quingdao) in China gefangengenommen. Einige Zeit war er im Kriegsgefangenenlager auf der Insel Ninoshima vor der Stadt Hiroshima interniert, wo er vermutlich, wie die anderen Deutschen dort, gut behandelt wurde.

die von einem Einkaufszentrum am Fuß des Hijiyama durch das dralle Grün aufsteigt und von kaum jemandem außer mir benutzt, aber instand gehalten wird, als sei sie eigens für mich errichtet worden. Es war das erste Mal, daß mir die Ähnlichkeit der architektonischen Form von Strahlenforschungszentrum und Rolltreppen mit ihren Tonnengewölben auffiel. Ich ließ das Museum für moderne Kunst rechts liegen, doch ein wenig angegriffen, wie es war, von der Zudringlichkeit der Natur (vor dreizehn Jahren leuchtete das Silberweiß der Wände noch stärker), und stieg hinab in Richtung Friedensboulevard, den ich dann aber mied, zu laut bei dem gerade dort stattfindenden „Blumenfest", das auf Blumen vergessen zu haben scheint, wie ich von früheren Besuchen weiß.

Statt dessen in den kleinen Park, wo meine Tochter früher oft spielte, und in das garagenartige, aber gar nicht grungige, sondern form- und sittenstrenge Café, das sich aus reinem Widerspruchsgeist *Ladurée* nennt, wo ich in Ruhe Zeitung lesen und zu den Jugendlichen hinüberschauen kann, die dort mit den weltüblichen Großmaulgesten, in Wahrheit aber recht kleinlaut dahinrappen. Und zu der wie eine Hochzeitstorte aufgedonnerten Hochzeitskapelle, von deren Balkon am späten Nachmittag herzförmige Ballons losgelassen wurden, von denen immer einer oder zwei zu uns herabsanken; meine Tochter und ich, wir warteten schon darauf. SACER ANGEL PARTE LAETITIA steht über dem Eingang, klingt schön lateinisch, unwiderruflich und elegant, ist aber auch nur ein Wörtersenf, heiliger Engel, der Anteil der Freude entschwindet wie ein Luftballon.

Die frohe Botschaft als klammheimliche Warnung, entziffert von Ladurée.

Und das Verschwundene... Manches davon habe ich festgehalten, in Büchern, Essays, Artikeln, in erfundenen und wahren Geschichten bewahrt. Hier in Hiroshima wie auch sonstwo, in Osaka, Kyoto, Tokyo, aber auch in Österreich, daheim. Mehr und mehr halte ich fest, als könnte ich es vor dem Verlorengehen schützen – früher war mir das kaum bewußt, habe es wohl auch weniger getan. Zum Beispiel das Baseballstadion mit seinen Flutlichtmasten, auf das ich über das Flachdach des Friedensmuseums hinweg schaute, im 4. Stock am Fenster der Klinik stehend, in der meine Tochter ihre ersten Lebenstage verbrachte. Damals war ein Taifun über unsere Gegend gezogen, und danach herrschte wie üblich ein merkwürdig klares Licht, ein bißchen wie bei Föhn im Salzburgischen, mit orangen und dunkelblauen Wolken, vom gelben Flutlicht der hohen Masten flankiert. An der Stelle ist heute ein leeres flaches Oval, wer weiß, was dort noch entstehen wird, hoffentlich kein himmelschreiendes Ungetüm wie vor dem Bahnhof (was in der Nachkriegszeit aus Respekt vor dem *ground zero* verboten wurde). Beim Bahnhof ist ein ganzes Stadtviertel verschwunden, der Fisch- und Gemüsemarkt mit den alten Steinbecken, den verwinkelten Gäßchen und steilen Treppen, den ungewissen Raumformen in einer noch fast greifbaren Höhe, den alten Frauen, die ihr Tsukemono hüteten, Eingelegtes, das in Kübeln langsam seinen Geschmack entfaltete, den winzigen Nudelläden, in denen das kleine Mädchen an meiner Seite die Komplimente von Köchen und Gästen entgegennahm. Diese Dinge habe ich in einem Romankapitel geschildert, das mit seiner Überschrift „Hiroshima 1958“ auf eine Fotoserie anspielt, welche die Schauspielerin Emmanuelle Riva am Rand der Dreharbeiten zum Film *Hiroshima, mon amour* aufnahm. Vor einigen Jahren ist das alte Bahnhofsviertel fast von einem Tag auf den anderen geschliffen worden. Jetzt steht an seiner Stelle ein riesiger, schwarz glänzender Glaskasten mit der Aufschrift „Ekicity“, Bahnhofsstadt, der im zweiten Stock immerhin das schönste und weitläufigste Starbucks beherbergt, das ich kenne – das Leben geht weiter. Und hinter der Ekicity, fünf Minuten Fußweg entfernt, das neue Matsuda-Baseballstadion, dessen steiles rotes Oval man vom einfahrenden Zug aus sieht, kein Wund- und kein Mahnmal, sondern der Stolz einer ganzen Region, die zeitweise nichts anderes im Kopf zu haben scheint als Carp, das hiesige Baseballteam.

Eine lange Geschichte... Viele Geschichten, sehr viele, ich kann sie hier nicht alle erzählen. Wie die langen Tunnels unter den buddhistischen Tempeln kann der Alltag der Reinigung dienen, der Vorbereitung auf das Außergewöhnliche, das sich an den seltenen Tagen, unter besonderen Blickwinkeln zeigt und das man hervorbringt, das aber doch im Alltag zu Hause ist, das Naheliegende. Man tritt über die Schwelle, und plötzlich ist alles anders.

3

Auf dem Rückweg vom neuen Bahnhof in Jike, wo sie wieder einmal ohne Rücksicht auf Verluste eine schöne Landschaft plattgewalzt haben, um das Leben der Bewohner in identischen Türmen und Kuben komfortabler („benri") zu gestalten, ist es schon tiefe, mondlose, mit zaghaften Sternen bestückte Nacht. Ich fahre mit dem Fahrrad auf unbeleuchteten Schleichwegen, die ich allesamt wie meine Westentasche kenne, den hier noch schmalen Fluß und den Bambushain entlang, zwischen Reisfeldern, die jetzt nach und nach bewässert und bepflanzt werden, aber nicht über unseren Hausberg, den Kagamiyama, nicht über die Paßhöhe, das ist mir jetzt doch zu – ein Japaner würde vielleicht sagen: „sabishii" („einsam" trifft es nur ungefähr). Am Morgen, als es weniger einsam war, hatte ich den Anstieg auf mich genommen (was ich im Alltag vermeide) und eine kurze Pause eingelegt, um die Rückseite des Berges zu betrachten, oder die Vorderseite, wie man's nimmt, jedenfalls abseits von unserem Wohnhaus, wo eine Mure die im April so wunderschön blühenden Kirschbäume bedroht und eine zweite den Kinderspielplatz verschüttet, ja, zum Verschwinden gebracht hat, mitsamt dem Hüttchen, unter dessen Dach ich so viele Stunden mit dem Betrachten der Kinderspiele im Sandkasten zugebracht hatte. Die Wunden werden lange bleiben. Zwar beginnt es auch auf den gelblichen Erdzungen zu grünen, aber nur Grasbüschel, noch nicht einmal Büsche, geschweige denn Bäume. Es wird Jahrzehnte dauern, bis das verheilt ist.

Bin ich in diesen dreizehn Jahren in Hiroshima, siebzehn in Japan, zum Japaner geworden? Nein, sicher nicht. Oder zu einem, der zu Hiroshima gehört, ein Hiroshima-jin? Das schon eher. Aber die dreizehn Jahre haben mich nicht so geprägt wie die ersten zehn oder elf, die ich im österreichischen Dorf verbracht habe. Meine Sprache, mein Verhalten, meinen Umgang mit anderen. Meine Sicht der Natur, der Wälder, der Bäume. Die Art, wie ich Dinge (auch Menschen) berühre und mich berühren lasse. Die Art, wie ich Abstand nehme. Die Wanderungen an der Hand der Großmutter auf der noch unbefahrenen Autobahn. Heute wird die Gegend dort von einem Netz von Autobahnen zerrissen. Planierungen hier wie dort. Als sollte das Leben mit der Zeit unweigerlich flach werden. Aber wir finden immer noch Schleichwege und Paßhöhen, zur Not schaffen wir sie uns, wir wandern auf Bahngeleisen in Richtung Vincennes und quer durch die erstarrte Schlammlawine, saugen den Duft des Faulschlamms der Reisfelder wie auch der Flüsse ein und sehen den Blättern der Kusu-Bäume neben dem kaputten Haus beim Wachsen zu. Es ist das erste Mal, daß mir das Wort „Dom“ als Bezeichnung für ein von der Atombombe fast, nicht ganz, zerstörtes Gebäude zu passen scheint. Wie die Bäume wachsen wir im Angesicht der Leere.

Regionalreise Nr. 2

Mit dem Fahrrad in Richtung der Berge im Norden, dort ein Park mit Spielplatz, den ich mit meiner Tochter manchmal besucht habe, als sie klein war. Immer schon wollte ich diesen Berg hinauf, die anderen Abhänge sehen, diesmal habe ich mich dazu entschlossen. Es war auch ein Test, weil ich Steigungen nicht mehr so leicht bewältigen kann. Ich habe es bis auf den Gipfel geschafft, mehr als 300 Meter Höhenunterschied, von zirka 250 bis 575.

Gestaunt habe ich, wie weich sich die frischen Nadeln mancher Bäume anfühlen. Wie bei den Menschen, die Jungen sind weich, die Alten verhärten. Knapp unter dem Gipfel, in westlicher Richtung, eine Pflanzung von Kirschbäumen mit grünen Blättern, die Blüten längst verweht. Eine Straße führt hinauf, nur in der Kirschblütenzeit für Motorfahrzeuge geöffnet, damit die Autos auch mal was Schönes sehen. Den Rest des Jahres interessiert sich niemand mehr für die Bäume. Außer mir.

Endlich erreiche ich den Gipfel, mehr eine Kuppe, auf der anderen, östlichen Seite wird es aber gleich felsig und abschüssig, ähnlich wie auf der St. Victoire in der Provence. Bei diesen Ausflügen kommt mir unweigerlich die Katastrophenserie, die mich so lange beschäftigt hat, in die Quere. Am Fuß dieses Berges ist vor zwei Jahren eine Mure knapp am Spielplatz vorbeigerumpelt und -gerauscht. Der Spielplatz blieb intakt, aber in Japan gilt sofort alles gefährlich, *abunai!!*, die Kinder dürfen seit zwei Jahren hier nicht spielen. Wahrscheinlich wird irgendwann alles blitzblank rundumerneuert.

Auf dem Rückweg durch die mir längst vertraute Eisenbahnunterführung, wo mein nach der rasenden Abfahrt steil aufgerichtetes Haupthaar die Balken berührt.

Regionalreise Nr. 4

Hier eine Gegend, wie man sie zu tausenden sieht, wenn man mit dem Shinkansen durch das Land braust; aber immer nur für eine Sekunde, dann kommt der nächste Tunnel, die nächste Schutzwand. Die kleine Figur dort in der Landschaft bin ich, aber ihr könnt sie nicht sehen. Was ich hier sehe, in der langsameren Welt, sind schmucke Bauernhäuser, niedliche Reissetztraktoren oder steinalte buckelige Frauen wie diese hier. Beim Betrachten, wie langsam ihre Hand, der Körper fast bis zur Erde gebeugt, nach der Harke greift, kann ich nicht anders als zu denken, daß das meine Zukunft ist. Noch ist mein Griff zum Gartenwerkzeug zehnmal schneller als ihrer; aber lange nicht mehr so schnell wie vor ein paar Jahren. Wir sinken, langsam, aber sicher.

(Geschrieben in diesem menschenleeren Café in einem Einkaufszentrum, am Ende der Reise. A. D. 2020)

(P. S. Am Ende sind doch noch zwei Gäste gekommen, schön brav sitzen sie nebeneinander.)

Gefahren auf Regionalreisen

Umtriebige, erst kürzlich ausgeschlüpfte Schlangen. Bei dem kleinen Pavillon eines Tempels hat mich eine Frau, die da im Feld arbeitete, gewarnt, heute Vormittag habe sie dort hinten eine Schlange gesichtet. Da konnte ich stolz von meiner Schlange berichten. „Eh keine giftigen", sagte sie. „Manchmal werden bei uns aber auch giftige gesichtet."

Eine bedeutend größere Gefahr war auf meiner dritten Regionalreise ein gelber Golfball, der aus dem Nichts in Kopfhöhe und im Corona-Mindestabstand an mir vorbeigesaust war. Am Ende des eingeebneten Felds, das ich durchquerte, sah ich ganz winzig den Golfer. Zu seiner Entschuldigung darf ich vorbringen, daß diese Gegend wirklich von niemandem außer mir besucht wird. Ich habe hier die Resultate von seltsamen Planierungsarbeiten, die Flächen durchquert von nicht dechiffrierbaren Tierspuren, angestaunt und keine Erklärung dafür gefunden. Die US-Army besitzt zehn Kilometer weiter entfernt ein Gebiet, aber das ist von Stacheldraht umgeben und an den Toren sitzen finster dreinblickende Wärter (obwohl sich auch da kein Mensch hintraut).

Dritte und letzte Anmerkung: Konbini-Jausen stellen eine geringere Gefahr dar.

Regionalreise Nr. 5

Diesmal habe ich das neulich verfehlte Ziel erreichen können, einen Tempel namens Fukujouji. Unterwegs allerlei Kuriositäten, die zu einem im Busch versteckten Café oder Restaurant gehören, wo auf dem Parkplatz ein brandneuer roter Sportwagen stand. Im Gebüsch des Gartens vor dem dunklen Blockhaus, der ein Parodie japanischer Gärten sein mochte oder eine Miniaturkopie des Bomarzo-Parks mit seinen grotesk-dantesken Figuren, eine helle Statue, männlich, mit übergroßem Geschlecht, und eine giacomettiartige Gestalt in rostigen Ketten. Im Blockhaus einzukehren, habe ich nicht gewagt, statt dessen war ich am Ende der kleinen Reise im vertrauten Q, wo es einen alten Straßenkreuzer, eine Jukebox und Rock'n'Roll und manchmal sogar Country Music (nicht aus der Box) gibt. Und Okonomiyaki, der Chef ist seit Jahrzehnten mit unermüdlichem Fleiß hinter der großen Teppan-Platte am Werk.

Regionalreise Nr. 10

Jede Reise, auch im Regionalen, sollte mit einem Selbstporträt beginnen und enden, damit man sieht, wie die Reise den Reisenden verändert hat.

Mein Ziel war diesmal der weithin sichtbare Riesenkubus, den man uns in die Berg- und Waldlandschaft gesetzt hatte. Wer oder was hatte sich dort eingenistet? Bin dann unwillkürlich vom Kubus abgeschweift, habe einen Teich umrundet, was mich bei kleinen und mittleren Gewässern immer lockt, seit ich vor über vierzig Jahren den Lago di Albano umrundet habe. Diesmal ähnlich, aber in verkleinertem Maßstab, auch die sumpfigen Wegabschnitte der Ortschaft am Gegenufer. Habe mich dann des Waldcafés hier in der Nähe erinnert, das ich gern besuche. Habe den Ausblick von der Terrasse auf das ehemalige Lagerhäuschen, jetzt ein blitzsauberes Kulturzentrum, genossen. Dann aber, gestärkt durch den besten und schönsten Cappuccino außerhalb Italiens, hinauf zu jenem Betonblock. Ergebnis der Nachforschung: Es handelt sich um den neuen Sitz des internationalen, ursprünglich aber aus der hiesigen Gegend stammenden Konzerns (Plastik, Autoteile, Versicherungen) Daikyo-Nishikawa. So müßte Kafkas Schloß heute aussehen. Als ich das Nordtor erreichte, kam ein Wächter aus seinem klimatisierten Wachzimmer herausgeschossen, um mich freundlich aber bestimmt darauf hinzuweisen, daß ich gern die Landschaft mit dem Konzernkubus aus angemessener Entfernung photographieren dürfe, nicht aber das Innenleben des Konzerns, in dem auch am Sonntag viele Büroleute tätig sind, wie der Parkplatz und die selbstverständlich auch bei gleißender Sonne künstlich erhellten Fenster zeigen.

Das war's dann auch schon. Das Schloß bleibt uneinnehmbar. Ein kurzes Fragment genügt. Zu meinem Trost habe ich beim Kindergarten haltgemacht und den wunderbaren und jedermann zugänglichen Gingkobaum am Rand von dessen Parkplatz besucht. Es ist derselbe Kindergarten, in den vor zehn Jahren meine Tochter ging. Derzeit wird er erweitert, der Form annehmende Neubau als hölzernes Gegenstück zu dem Betonblock weiter oben.

Und, wie habe ich mich verändert?

Feld am Waldrand

Ungepflegt wie der
Dreitagebärtige hier:
gelbe Zwiebelnachbarn.

(Zwiebeln, die Schwerter gezückt,
friedfertig in Reih und Glied.)

Vielleicht ist es Horn
und Haar, das ihm aus dem Wald
der Toten zuwächst.

Die Überquerung des Kannomine auf meinem Fahrrad

So gut ausgestattet, wie es japanische Zyklisten gewöhnlich sind, bin ich nicht. Trotzdem habe ich die ärgsten Steilstücke geschafft, nicht zuletzt dank der Stärkung, die mir die Ende Juni dort noch wachsenden Zitrusfrüchte gewährten. Die kleinen Inseln ziehen mich an wie Tiere zum Streicheln, wenigstens möchte ich meinen Fuß auf sie setzen, wenn ich sie schon nicht umrunden kann. Ziemlich hoch oben, nach dem Tunnel, durch den man auf die andere Seite gelangt (wie in *Chihiros Reise ins Zauberland*), eine seltsame Verdichtung literarischer Bezüge, ein Friedhof der bitteren Orangen und daneben ein *Cimetière marin*. Die Gespenster schauen auf die erdblau gewellten Dächer und die lichtblauen Wölbungen von Himmel und Meer, während ich die Kurve nehme und ungestraft über den Angler lächele und mich vorbei am Rust Belt – darüber nächstes Mal – auf den Weg zu den unbeirrten Gestalten von Masataka und Rita mache und zu den schattenwerfenden Schildkröten, um zu sehen, ob sie den Tag überlebt haben wie ich.

Die Geschichte von Masataka und Rita

Die Gegend hier tut sich durch gar nichts hervor außer durch ihre Reisfelder, das gute Wasser und die Sake-Herstellung, die eine jahrhundertelange Tradition hat. Masataka Taketsuru stammte aus einer Familie von Sakebrauern. Als junger Mann ging er nach Schottland, um dort zu studieren, und freundete sich mit dem Whisky an. Er schaute nicht nur ins Glas, sondern lernte in verschiedenen Destillerien, wie man dieses edle Getränk herstellt. Außerdem lernte er eine passende Frau kennen, nämlich Jessie Roberta Cowan, genannt Rita. Das war in der Zeit nach dem Zweiten Weltkrieg, von dessen Folgen Masataka nicht viel mitbekommen haben wird. Rita und er setzten sich gegen ihre engstirnigen Familien durch, wurden ein Paar und heirateten. Zurück in Japan, arbeitete Masataka einige Jahre bei der Firma Kotobukiya (heute Suntory), die die erste Whisky-Destillerie in Japan betrieb (im schönen Yamazaki in Kansai), bevor er seine eigene Destillerie errichtete. Nicht in Takehara, sondern im fernen Hokkaido, weil er meinte, diese Gegend Japans sei Schottland am ähnlichsten. In Takehara kann man heute das Wohnhaus der Familie Taketsuru besuchen, weil es ein kleines historisches Museum geworden ist. Im Garten sitzen unverdrossen Rita und Masataka, überraschend lebensgroß, das heißt klein, ernsthaft, bescheiden und brilletragend – wie ich.

Kuriositäten allhier

Vor der Sintflut, da bin ich einmal zum Ursprung unseres in den vergangenen Jahrzehnten recht weitmaschig gewordenen Städtchens gefahren, an den Ort seiner Anfänge, um die Kuriositäten dort einzusammeln, die eigentlich keine Kuriositäten sind, weil sie zum Alltag gehören und niemandem auffallen.

Lotus I

Kurze Wanderung zwischen zwei Regenphasen, in altvertrautem Gelände, mit Pilzen und Lotus, Bambuschaos und Waldesordnung (welcher die Anrainer immer ein bißchen nachhelfen). Auf den Lotusblättern, die sich in der Windmusik wiegen, tanzen Regenpfützen, ein perfektes Paar.

Kuriositäten II

Es ist schon eine Weile her, da habe ich, weil ich keine ausgedehntere Reise machen wollte, die Seltsamkeiten unseres Städtchens (oder Dorfes, 田舎) abgeklappert, beginnend in der wirklich ländlichen Zone, wo es immer noch Bauernhäuser mit Reisstrohdächern gibt, zu den zuckerlrosa Kästen, von denen es auch einige gibt, zum schönsten Haus, das kein Mensch hier wertschätzt, wie überhaupt alles, was ich in diesem Buch zeigen werde, zumeist und von den meisten übersehen wird, sogar die aufdringliche michelangelomäßige Protzstatue – ein bißchen schlanker, femininer als beim alten Meister vielleicht – vor dem Kulturzentrum namens Sunsquare, die ungerührt zum verfallenden Holzhaus und der Front der Getränkeflaschenkisten hinüberschaut.

Und sonst? Angeblich gibt es hier und hier, und auch hier, das beste Wasser der ganzen Gegend. Entsprechend vorzüglichen Reiswein, hört man.

Ach ja, und dann steht da neben einem stinknormalen Einfamilienhaus, eine Armlänge vor dem Schlafzimmer, ein blitzblanker weißer Chevrolet Ipala, entsprungen aus dem Roman von Roberto Bolaño, wo ihn die wilden Detektive fahren, von Mexiko D. F. hinauf in die Wüste von Sonora, um endlich die geheimnisvolle Dichterin Cesárea Tinajera aufzuspüren (wer will, kann hier den seit Kindheitstagen in mir schlummernden Autonarren erkennen).

*

Diese Regionalreise war eine Tagesreise. Ich wollte wieder einmal meinen Lieblingsort Takehara aufsuchen, wo ich gern meine alten Tage verbringen würde, aber alle raten mir davon ab, oder besser gesagt, sie verbieten es mir. Ich wollte eine Route nehmen, die ich noch nie gegangen oder gefahren bin, durch wenig besiedeltes, gebirgiges, waldiges Gebiet. Diese Straße wird wahrscheinlich nur deshalb instand gehalten, weil dort ein großer Stausee ist und ein gewaltiger Damm, der gewartet werden muß. Die Straße verlassend, bin ich dem Flüßchen gefolgt, das mir längst vertraut ist (und vor zwei Jahren verrückt gespielt hat, so daß die Straße an seinen Ufern vielfach beschädigt wurde). Ich fuhr einfach weiter, bis zum bitteren, das heißt schönen Ende und dachte, ich hätte wieder einmal mein Ziel verfehlt. Nein, ich war zumindest in seiner Nähe, konnte also zu der Mole hinüberfahren, auf der ich gelegentlich ganze Nachmittage verbringe, nicht angelnd, sondern eifrig lesend und schreibend beziehungsweise, in letzter Zeit vermehrt, nichtstuend. Mittagessen natürlich bei Horikawa, in einer ehemaligen Sake-Fabrik. Und Mittagsschläfchen an einem anderen Lese-Schreib-Platz, im alten Morikawa-Haus. Und so weiter, die Rückfahrt anstrengend, das Herz aber kräftiger als noch vor einer Woche; ich glaube jetzt zu verstehen, warum.

*

Osakikamishima einmal von anderen Seiten, vom Meer her, umkurvt und zurückgelassen. Inselhäupter, die sich wie Kinder von Neptun und Venus aus dem Wasser heben; altes Hafenstädtchen mit Bordell, beschaulich und so ziemlich außer Betrieb; Fabriksinseln, Metallurgie, früher auch Giftgasproduktion (schon lange nicht mehr, heute touristisch-idyllisch: sich vermehrende Hasen); springende Fische, während das Boot treibt; Sonnenuntergang, Lichtspiel der reglosen Wolken.

Lotus II

Die Lotuspflanzen sind in einem Vierteljahr höher gewachsen als ich in bald 63 Jahren. Im Feld beeindrucken sie durch ihre Höhe und Dichte, ihre stille Kraft (dabei lauert hinter diesem Bild das bräunliche Schlachtfeld im Herbst). Mit Blüten sind sie sparsam, man muß sie nicht eigens suchen, aber Aufmerksamkeit braucht es schon. Es gilt, soweit möglich, sich ihnen zu nähern; die weiter draußen im Wasser, im Schlamm, bleiben für sich, verborgen, allenfalls blinken sie durch das Grün. Diese Blüten blühen nur kurz, ihre Zeit ist bald um, ähnlich wie die der Zikaden, nur daß sie nicht schreiend protestieren, sondern in Stille und Schönheit sterben, hohe Stängel mit genoppten Viertelkugeln zurücklassend, die an gar nichts erinnern.

Verstörtes Haiku

Zikade im Baum
flattert surrend an mein Ohr.
Dornstrauch verschont mich
noch einmal.

Noch einmal?
Zikade im Baum
flattert surrend an mein Ohr.
Dornstrauch verschont mich
auch.

Feige und Krähe

Vorgekostet, die Feigenfrucht auf dem Feldweg, von einem meiner Freunde unter den Killerkrähen. Ich bringe das Fahrrad zum Stehen, bücke mich neben der Lenkstange herab, greife zur Feige, in deren Körper eine tiefe Kerbe geschlagen ist, lasse sie eine Weile auf meiner zum Morgenlicht gehobenen Handfläche ruhen und führe sie vor meine Augen, an meinen Mund. Frisch gepflückt, grün mit Übergängen ins Violette, reif, nicht zu reif, süß, nicht zu süß: das ist mein Morgenmahl, hinterlegt von meinem schwarzen Freund, dem Mörder, den ich ins himmlische Paradies mitnähme, wäre es mein Ziel.

Aber mein Ziel ist hier, und die Krähe auf und davon.

Rest des Lebens

Hier möchte ich den Rest meines Lebens verbringen, zwischen Lotuspflanzen und Reisfeldern, umgeben vom fauligen Duft, wie die Reiher oder die Kraniche oder die Blumen, die weiterleben, wenn ihre kurze Pracht abgefallen ist. Oder die Radfahrer, die halb in Felder eingesunkenen, sich bewegenden und doch bleibenden Figürchen auf ihren Gefährten.

Hitzewanderungen am Morgen

Womit beginnen? Ja, mit den Reispflanzen natürlich. Auf den schmalen Grasnarben zwischen bewässerten Feldern hüpfen und fliegen bei jedem Schritt zahllose Heuschrecken um meine – so sehe ich es – Silhouette herum, und kleine Frösche flüchten mit einem einzigen Satz vor dem Ungeheuer, das ich bin, links und rechts ins Nasse. Kröten nicht, Unken nicht, die haben sich nachts mit ihrem Getröte und Geflöte verausgabt, und die Reiher sind klug, sie bleiben auf Abstand. Bachstelzen und Spatzen, auch friedliche Enten, immer in Gruppen, plötzlich aufgeschreckt. Einige wenige Felder, gelb geworden, sind schon abgeerntet. Manchmal sieht man einen Bauern in einer der Reisschälanlagen hantieren, die wie Telephonzellen aussehen, aber Verwandte der kleinen Waschsalons an der Ausfallstraße sind: Beide, Zellen und Salons, warten geduldig auf die Spätlinge, die sich irgendwann doch noch einstellen mit ihrem Gepäck, in der Mittagshitze oder im Morgengrauen, das kann man nie wissen.

Unscheinbare Orte wie dieser, eigentlich kann man sie gar nicht zeigen. Sie glänzen nicht und erscheinen nicht, bleiben verborgen, obwohl sie jedermann offenstehen, sind weder dunkel noch unheimlich, machen nichts von sich her. Manchmal ein bißchen rätselhaft, das ja. Irgendetwas ist hier anders, aber was? Lange habe ich mir, wenn ich vorbeikam, nicht einmal die Frage gestellt, aber gespürt habe ich es doch. Die Antwort ist einfach, hier war einmal ein Heiligtum, ein heiliger Bezirk, zu dem man durch eine Allee von Laternen hingeleitet wurde, und dort die zwei Löwen mit schläfrig-feurigem Blick, die früher die bösen Geister fernhielten, haben einmal Feuer gespien. Das Heiligtum, das sie verteidigten, ist verschwunden, die Wächter und Zeichen sind geblieben, der Weg ist geblieben, das Gras gemäht, wird aber nicht begangen, weil daneben ein glatt asphaltierter, aber auch schon ziemlich rissiger Weg angelegt wurde. Autofahrer, Fußgeher und Radfahrer kommen sich kaum in die Quere, die Löwen wachen müde über den spärlichen Verkehr. Wo der Schrein stand, eine hölzerne Hütte mit ein wenig Schnitzwerk unter dem Dach, ist jetzt ein freier Platz, den selten jemand quert, wahrscheinlich nur ich, der Erforscher des Unscheinbaren. Die symbolische Leere, die der Schrein einst behauste, hat es sich in der Wirklichkeit bequem gemacht. Nicht weit von den Löwen, am Eingang des Platzes, steht ein Zweifamilienhaus – jedenfalls hat es zwei Teile, getrennt von einem senkrechten Luftkorridor –, die Jungen, längst weggezogen, haben es den Alten überlassen, neben der letzten Laterne hängt eine Frau, der man den

Kampf gegen die Last der Zeit anspürt, Wäsche zum Trocknen auf. Dieses Haus mit halb gepflegtem, halb verwildertem Garten, alte und neuere Fahrräder im hohen Gras, der Übergang vom Privaten zum Öffentlichen fließend, muß auch schon fünfzig oder sechzig Jahre alt sein: die Zeitspanne, die ein Baum braucht, um ins Torii zu wachsen und es auszufüllen. Hat der (inzwischen verstorbene) Mann der Frau mit dem Wäschekorb das Haus errichten lassen? Hat er selbst Hand angelegt? Was ist damals geschehen? Wer hat wen verdrängt? Ist die Geschichte friedlich abgelaufen? Nach all den Jahren, einem Menschenleben, muß die Frage nicht mehr entschieden werden. Niemand außer mir, und auch ich nur ein kleinwenig, wie es sich für den unscheinbaren Ort gehört, interessiert sich dafür.

Lektion

Zirpende Grille
unter dem Helm: so verkappt
man sein Heldenlob!

Der Traktor im Feld

Während ich vor dem Feigenbaum stand, um wieder einmal den ungewöhnlich hohen Wuchs und die dichte Belaubung dieses Exemplars zu bestaunen, und meine Sinne der Reihe nach bei jeder einzelnen Frucht verweilten, den grünen und den reiferen, den violetten, den prallen, den aufgesprungenen, das kräftige Rot ihres Inneren zeigenden, den allein und den paarweise oder in Grüppchen wachsenden, sich im Laubwerk verbergenden, nach und nach aber hervorleuchtenden Feigen, kam die Bäuerin mit Strohhut und Gummistiefeln des Weges, einen dieser elektrischen Mähstäbe in der Hand, mit denen die Wege zwischen den Feldern gesäubert werden.

Ob ich mir eine pflücken wolle, sagte sie freundlich und bot mir sogar an, ein anderes Gerät zu holen, an dessen Ende sich eine Schere und ein Körbchen befinden: ein Pflückstab.

Ich antwortete zögernd, wie das hier der Brauch ist, kein direktes Ja, aber bestimmt auch kein Nein; hätte ich ihr sagen sollen, daß ich von den Krähen mit den besten, weil himmelslichtnahen Früchten versorgt werde? Unterdessen griff die Bäuerin in den Baum, zu einem der unteren Äste, packte sogleich eine reife Frucht und reichte sie mir. Während ich sie langsam und unter mehrfacher Versicherung dessen, woran sie ohnehin nicht zweifelte, daß nämlich die Frucht köstlich schmecke, verspeiste, redete sie von der bevorstehenden Ernte, aber die Einzelheiten, die Körner und Früchte ihrer Rede, waren mir fremd.

Statt einer Antwort ließ ich den Blick zu einem Feld streifen, das an das schon gelbe Reisfeld grenzte. Mitten auf der von Gras und Sträuchern bewachsenen Fläche stand ein kleiner roter Traktor von der Art, wie man sie hier, die Räder halb in Wasser oder Schlamm versunken, oft sieht.

Ja, sagte die Frau, der Nachbar sei vor einem Jahr während der Feldarbeit gestorben, eine plötzliche Herzattacke, trotz seines hohen Alters habe er gesund gewirkt. Und seine Frau sei schon zu gebrechlich, sie könne den Traktor nicht fahren, und die Kinder... Die Frau schaute in die Ferne, zu den Bergrücken hin, als seien sie buchstäblich über alle Berge, und das waren sie auch.

Ob nicht sie oder ihr Mann das Fahrzeug aus der Wiese holen könnten?

Nein, das fragte ich nicht, aber die Frau sah mir die Frage an. Das erkannte ich nicht an ihrer Antwort, sondern an der Art, wie sie eine Vierteldrehung machte, den Mähstab hochnahm und sich mit einem *taihen desune...* verabschiedete, was ich mit „harte Zeiten", übersetzen möchte, obwohl die deutschen Wörter dem gar nicht entsprechen.

„Laß sie doch ins Leere gehen!", hörte ich über mir.

Wer hatte das gerufen? Richtig, die Krähe, die den blauen Himmel kreuzte.

Lotus III

Es regnet. Lotus führt Wassertänze auf. Er wiegt und schaukelt das Wasserwesen, dieses biegsame, neugierige, gerade erst entstandene Ding. Ein bißchen übermütig auch, das läßt sich schaukeln und wiegen, nach vorne, oben, hinten, bis an den Rand, darüber hinaus. Jetzt gleitet, hüpft es ins große dunkle Wasser, das es, Teil werdend, wiedererkennt. Und schon hat oben auf der

Etage ein neues Wesen sich gebildet, bereit zum nächsten Tanz.

Regenwanderung

Hinein in den Regen, verlier dich zwischen den Schleiern! Der Schirm hält dich trocken in deinem beweglichen Dom. Die Nässe kommt nicht von oben, sondern von unten, und zwischen den Schleiern spiegeln sich die Dinge, die Augen, die Gläser. Auf einmal werden sie verschlungen. Dann hellt es auf, und sie sind nicht mehr da. Das eine Feld ist abgeerntet, die Halmstümpfe wie gebleckte Zähne, die schon verfaulen. Das andere Feld immer noch hoch und stolz, aber nicht mehr lange. Ich sehe mich straucheln, aber strauchele nicht (noch nicht, denke ich, aber das ist existenzialistische Kokette-rie). *Fauché*, denke ich, *l'homme fauché*. Dabei steigt mein Fuß in die Pfütze, *voilà tout*. Weiter oben in den Bergen macht man aus dem Stroh Winterkleider für die Baumstämme. Man sieht es nicht, aber heute ist Mittag, ich bekomme zwei Feigen zum Mahl. Danach bin ich weiter und weiter gegangen. Der Regen verstärkt dieses Gefühl des Weiter-und-Weiter. Jeder Schritt ist ein Tropfen auf dem Asphalt. Auf hundert kommt einer in die Pfütze. Wie die Wasserwesen, die sich nach ihrem Zwischenleben auf der grünen Lotusetage nicht ohne Vergnügen ins Dunkel stürzen. Stürze ich denn ins Dunkel? Mich rettet, plangemäß, das Komeda-Café, ein Märchenhäuschen mit Menschen, die aussehen wie Puppen, und dressierten Kellnerinnen. Im Spiegel auf der Toilette: Puppengesicht! Dabei ist das hier einfach nur mein vertrauter Arbeitsplatz, einer von vielen, die ganze Welt mein Home-Office, Heimatbüro, bei jedem Wetter. Heute aber die klamme Sorge, ob ich mit pitschnassen Füßen etwas Gescheites schreiben kann? Leider nicht, wie man hier sieht.

Unterwegs wurde mir dieses trotzig-fatalistische Gedicht zugekrächzt:

Sie säen nicht,
sie ernten nicht,
sie klauen.
Sie essen wenig
und überlassen den Rest.
Und sie ernähren mich
doch.

Blaubart und Dornröschen. Ein Zukunftsmärchen

Das Haus ist zugewachsen, es wird an allen Seiten von Büschen und Bambussträuchern, Gräsern und Kletterpflanzen verdeckt. Nur auf dem Schleichweg der bewohnten Welt sieht man durch den Spalt einer Scheune aus dünnem, holzartigem Material eine Waschmaschine und einen Stapel Autoreifen. An einer Seite kann man von einem erhöhten Ort aus ein Fenster sehen, dessen Vorhänge halb auf-, halb zugezogen sind: das Wohnzimmer, kein Zweifel. Ist das Haus also doch bewohnt?

Nie sieht man einen Menschen aus- oder eingehen, es gibt ja keine freie Tür.

Charles Perrault hat vor über dreihundert Jahren behauptet, daß es keine schrecklichen Ehemänner mehr gibt. Der Gatte ist weder unzufrieden noch eifersüchtig. Er versucht, der Frau zu schmeicheln, und man weiß nicht, wer von beiden der Herr im Hause ist. Aber eigentlich weiß man es doch.

Also: Hier wohnt Dornröschen mit ihrem Gatten Blaubart, der sie seinerzeit, als die beiden frisch vermählt waren, im Hause zurückließ: Sie möge sich mit den Gegebenheiten anfreunden und ein wenig aufräumen, und wenn sie einsam sei, dürfe sie gern Freunde zu sich einladen. Er gab ihr einen Schlüsselbund, sie solle sie alle ausprobieren, nur den zum Keller nicht, sonst würde er schrecklich erzürnen. Dornröschen tat, wie ihr geheißen, lud drei Freundinnen ein, unterdrückte – wie es Charles Perrault den Frauen empfiehlt – ihre Neugier und warf den Schlüssel in den kleinen Teich im Gemüsegarten.

Als Blaubart nach Hause kam, verlangte er den Schlüsselbund, merkte sogleich, daß der eine Schlüssel fehlte, machte ein ernstes Gesicht, als würde er gleich erzürnen, beherrschte sich aber, sagte kein Wort und ging in sein Arbeitszimmer.

Dornröschen und Blaubart lebten glücklich, sie bekamen sechs schöne, brave Jungen, die früh in die Welt hinausgingen, um zu lernen und zu schaffen, sich eine Frau zu nehmen und ein eigenes Haus zu bauen. Zuletzt kam eine Nachzüglerin, das siebte Kind, ein Mädchen. An ihrem siebten Geburtstag spielte klein Röschen (so wurde sie genannt) mit drei Freundinnen, die zur Party geladen waren, verstecken. Sie schnappte sich einen einzigen Schlüssel vom Brett im Arbeitszimmer des Vaters, sprang die Treppe hinab, drehte den Schlüssel im Türschloß und schlüpfte in den Keller.

Von diesem Zeitpunkt an wurde das Mädchen aufsässig und unleidlich und bald so boshaft, daß es täglich Anlaß zu Ärger und Sorge gab. So sehr, daß der Vater darüber erkrankte. Es dauerte nicht lange, da war er an den Schaukelstuhl in seinem Arbeitszimmer gefesselt, und bald stand er gar nicht mehr vom Sofa in seinem Arbeitszimmer auf. Dornröschen, die Mutter, ergraute über der Pflege ihres Gatten und wurde selbst siech und fahl, und klein Röschen, die böse Rose, kümmerte sich nun ihrerseits um die Eltern. Doch was sonst ein Pflegen und Helfen, ein Aufopfern und Guttun ist, war in diesem Fall ein einziges Quälen.

Ich weiß nicht, was der Fall ist; beim Anblick des zugewachsenen Hauses kommen mir Zweifel. Ich glaube aber, besser wäre es, sie würden nicht mehr leben.

Fluß und Wind

Das Wasser kräuselt
seine Haut wie Gänsehaut.
Fluß und Wind zeugen
ein zitterndes Gitterwerk.
Trippelnde Schritte eines
noch einmal jung
gewordenen Alten in Richtung
Sonnenuntergang.

Hunde und Zwiebeln. K(l)eine Ode

Was soll das sein, Schwerter im Gemüsegarten? Und unter ihnen in der dunklen Erde helle Planeten, runde Wasserrosen, Himmelskugeln? Was da alles hineininterpretiert wird, mein Lieber Schwan… Eine ganze Staffel dekorativer Waffen, o Maria hilf!

Aber freundliche Hunde, nur gegen Zudringliche gefährlich, hüten den Wohnort der Geister der Toten, die sich vor vielen Jahren nebenan nach den Knollen gebückt haben. Hund, Toter, Zwiebel, du und ich: wir alle sind ewig, hoffentlich. Ewig und intakt wie die transparenten Monaden*, die immer noch im Werden sind, bezeichnet von friedlichen, himmelwärts weisenden Floretten, deren schöne menschliche Ordnung den Ewigen hier und heute zum Silbergrau ferner Olivenhaine trägt.

---

* Statt Planeten. Entschuldigung, Don Pablo!

*

Himmel trinkt das Land
durch den Wolkenkußmund noch
belaubter Bäume.

*

Das Dach ist das Meer.
Die Fische picken Körner,
vom Reiher beäugt.

*

Von der Grasnarbe
zwischen vollmondbeschienen
Reisfeldern springen
bei jedem tastenden Schritt
zwei Frösche, unsichtbar, platsch.

*

Wegal, a wengal
wiads eng nu gem. Hinta ins
woaddn de Bagga.

Wiederholung (Wiederholung)

Die tote, von einem Kraftfahrzeug halb zerquetschte Schlange ablichten? Nein! Die aus der Körperhülle getretenen blutigen Gedärme, den schönen gelben, silbrig gesprenkelten Bauch? Nein! Scham und Achtung vor dem toten Wesen gebieten den Bildverzicht, den ich mit Wörtern durchbreche – und wahre.

Später, schon recht bald eigentlich, mußte ich aus technischen Gründen, oder aus eigener Dummheit, auf Sehbilder verzichten. Das ging mir dann aber doch gegen den Strich, und so beschloß ich eine zweite Ausfahrt, an einem anderen Tag derselben Woche. Bei der ersten Ausfahrt hatte ich nicht vor, den abgelegensten aller betreuten Tempel zu besuchen und mit den Kindern des Bonzen zu plaudern, und so war ich dabei, den Stausee, über dem sich der Tempel befindet, links liegenzulassen, als mir zwischen Blattwerk und Baumstämmen die Helle von trockenem Erdreich in die Augen sprang: War da wieder einmal ein Zerstörungswerk im Gange? Konnte ich etwas dagegen tun? Natürlich konnte ich nichts dagegen tun, doch wenigstens wollte ich mich von meinem hinscheidenden See verabschieden. Ich bog in die Nebenstraße, sah zu meiner Erleichterung, daß Wasser abgelassen worden war, sicher nicht für immer, das Wasser würde wieder bis an die grünen Ufer steigen.

Ich spazierte ein wenig auf der rissigen, gar nicht so trockenen Erde umher und fuhr dann zurück zur Straße, die sich dem Gipfel des Pyramidenbergs nähert, ehe sie in ein Tal abfällt, das zu durchqueren war, ehe ich wieder in die Wälder geleitet wurde, um auf einer schmalen Straße – 細道, *hosomichi* – schließlich nach Fukutomi hinüberzugelangen. Nachdem ich aber auf der anderen Seite des spärlich bevölkerten Tals – gelbe Reisfelder wie auch sonst überall – eine Weile emporgeklommen war, stieß ich auf eine Straßensperre, und es gab kein Weiterkommen. Und keine Menschenseele, die ich um Rat hätte fragen können. Ich machte kehrt, bog irgendwann auf die 46er Straße, machte einen Umweg und entdeckte ein neues Stück meiner Provinz, die ich nun schon so lange nicht mehr verlassen habe, oder besser gesagt: eine neue Seite dieses Landstrichs, denn ich war schon einmal hier gewesen, allerdings nachts, mit Sternengefunkel überm Kopf, auf der Suche nach lichtvollen Erwiderungen hier unten.

So oder so schien mir, ich müsse das Ganze neu angehen und noch einmal durchführen; etwa so, wie wenn man bei einem zwar nicht ganz mißlungenen Text spürt, daß man ihn neu machen muß, ohne deshalb alles umzustoßen. Nachspuren und nachspüren. Nachjustieren und justifizieren.

Kennt man eine mehrmals zurückgelegte Strecke ein wenig, beginnt man, sie in Abschnitte zu unterteilen, und das Fahren oder Gehen von Etappe zu Etappe macht die Fortbewegung leichter oder schenkt zumindest eine Illusion von Leichtigkeit. Man glaubt, zügiger voranzukommen, obwohl man gar nicht schneller fährt. Die schöne Illusion machte mich übermütig, und ich wunderte mich wieder einmal, daß ich mit fortschreitendem Alter ein wenig starrköpfig geworden bin. Oft bilde ich mir ein, ich hätte gewisse Vergewisserungen nicht nötig, aber im nachhinein zeigt sich, daß ich mich doch getäuscht oder schlecht erinnert hatte. Statt auf der Karte nachzusehen, wo die Straße zum Namitakiji, dem verborgenen Tempel, abzweigt, bog ich in eine kleine Forststraße und war so begeistert von der Dichte der Wälder und meiner Einsamkeit, daß ich mit dem unvorhergesehenen Weg einverstanden war. Schließlich war es mir in meinem Leben schon mehrfach so ergangen; ich bestieg beispielsweise einen Zug nach Palermo, aber mein Zugteil wurde abgetrennt und ging nach Agrigento, und als ich es bemerkte, war es zu spät, und im übrigen wollte ich jetzt auch gar nicht mehr nach Palermo, ich wollte durchaus nach Agrigento, das mich mit seinem Tempeltal und dem Caos Pirandellos in Staunen setzte. Ohne den falschen Waggon wäre ich vielleicht nie nach Agrigento gekommen.

Aber jetzt kam ich nirgendwo hin, das heißt, die Straße – am Ende hatte ich doch noch die Karte zu Rate gezogen – die Straße würde nach zwei oder drei Kilometern enden: eine Sackgasse. Wenigstens wollte ich noch diesen abgelegenen Shinto-Schrein sehen, auf den eine verwitterte Holztafel hinwies; der Weg wurde bald unwegsam, und dann nahm ich mir eine weitere Tafel zu Herzen, die mich vor „Fallen" warnte. Wollte ich in die Falle gehen? Nein. Auf der anderen Seite fiel das Gelände ab, zugleich aber lichtete sich dort der Wald, ich hörte ein Rauschen, sah jetzt auch das Glitzern. Da stieg ich hinunter, und wirklich, bald verwandelte sich dieses Chaos in Ordnung, der Baumwuchs folgte jetzt schon einem Regelmaß und das Rinnsal, zu anderen Zeiten ein Wildbach, wurde zum Steinkanal. Ich kam aus dem Wald heraus: da erstreckte sich eine wellige Landschaft, die mir das Beiwort „amön“ entlockte, *locus amoenus* im Kontrast zum Waldesdunkel und den Steilhängen, die ich verlassen hatte.

Mit der naiven Befriedigung, zu wissen, wie es hier aussieht, kehrte ich um. Nun würde ich doch noch einmal am Stausee vorbeikommen. Aber schon nach kurzem sprang mir auf der Bergseite eine Geröllhalde ins Auge, ein Steinbach, in dessen Mitte ein durchsichtiges Wässerchen hinabsprang, von Etage zu Etage, und auch da konnte ich nicht widerstehen und stieg hinauf, in die Gegenrichtung. Allem Anschein nach war weiter oben ein Gesteinskonglomerat ins Rutschen gekommen oder ein gewaltiger Fels zerborsten. Das mußte während der Unwetter vor zwei Jahren geschehen sein, denn die Steine waren unbemoost, nicht abgerundet, sondern mehr oder weniger glatt, kantig, spitzig.

Ich frage mich, warum ich an kleinen Erkundungen, Feststellungen und Niederschriften dieser Art Gefallen finde. Vielleicht, um in den Genuß dieses Gefühls zu kommen: ‚Jetzt weiß ich, wie es ist (oder war) – ich kann gehen.‘ Vor den Spuren der Katastrophe dasselbe Gefühl wie angesichts der Idylle.

Bin dann noch einmal am Stausee vorbeigefahren, habe sogar einen Abstecher zum Tempel gemacht, ins Nirwana (wie es auf dem Hinweisschild heißt), dem ein ganz besonderer Buddha vorstehen soll, einer mit herabhängendem Bein nämlich, den ich aber wieder nicht ausfindig machen konnte. Sei’s drum, ich verzichte auf den kleinen Gott und fahre die Straße weiter, durch den Wald und hinunter zur Regionalstraße 46, wo sich die Landschaft auf eine Weise weitet, die mich aufatmen läßt, denn der Wald gibt dir mit der Zeit dann doch ein Gefühl der Beengung. Nun aber diese schöne Weite, im Unterschied auch zu meinem Wohnort, wo wir eingekesselt sind, zwar in einer ausladenden Schüssel, aber doch, man hat selten dieses erhebende Gefühl der Leere. Die meisten Reisfelder sind hier von einem schweren Gelb, sie warten spürbar auf die Ernte; die Lotusfelder aber schon braun, die Blüten Vergangenheit, die Blätter zerfasert, Stängel geknickt. In einem schwarzen Feld wühlt ein kleiner Bagger, die Knollen wurden schon aus dem Schlamm geholt.

An der Kreuzung im Flachland, wo ich die Richtung wechseln muß, um den Bogen nach Fukutomi hinüberzuziehen, befindet sich ein Konbini mit großem Parkplatz. Hier war ich schon einmal; ich erinnere mich an den Ort, obwohl die Konbinis auf den ersten Blick alle gleich aussehen; an Einzelheiten: das Gitter am Parkplatzrand, die Schrägstellung des Fotokopierautomaten, mein Gedanke, wer hier wohl etwas zu kopieren hat. Wir waren damals gekommen, um nach Glühwürmchen Ausschau zu halten, und hatten das Auto auf dem Parkplatz abgestellt, waren zu der alten, aufgelassenen Sakebrauerei spaziert, wo sich ein kleiner Fluß schlängelt und die Gärten und Häuser, Bäume und Blumen teils gepflegt, teils verwildert sind, ein bald schon überlebtes Beispiel gezähmter, in der Zähmung sich aber noch einmal befreiender Natur. Über dem Fluß blinkten und funkelten damals die Glühwürmchen in so großer Zahl, wie ich sie schon viele Jahre nicht mehr gesehen hatte – das letzte Mal in Uruguay, daran erinnerte ich

mich (in Kyoto, am Kamogawa, auch daran erinnerte ich mich, waren es immer nur wenige gewesen). Jetzt aber war es Mittag und immer noch, Ende September, ziemlich heiß; ich saß am selben Platz am Ufer des Flüßchens, hörte dem Rauschen zu und setzte die Plastikflasche aus dem Konbini an meine Lippen. Mein Blick fiel auf die kupferne Turmglocke, die von hier stammende Auswanderer in den USA machen ließen und nach Shiwa-cho schickten, damit die Daheimgebliebenen auch pünktlich zur täglichen Arbeit erschienen. Das war 1921; heute wandern sie nach Hiroshima oder Osaka ab. Die Schule, deren Kinder sich bis vor kurzem um die Glühwürmchen kümmerten, das Flüßchen reinigten, die Liebe zur Heimat lernten, diese Schule hat für immer geschlossen.

Der Weg nach Fukutomi war dann ziemlich fordernd mit seiner langgezogenen Steigung; oben in den Bergen stieß ich auf das andere Ende der Straße (Nr. 80), deren Sperrung mir diesen schönen Umweg beschert hatte (obwohl die Fahrt auf der 80er sicher ebenso schön gewesen wäre). Später, im Schafscafé (so will ich es nennen), dem nebensächlichen Ziel meiner wiederholten Ausfahrt, sagte mir die Frau hinter der Theke, dort oben sei ein ganzer Berg „entzweigegangen“. Man sitzt in diesem Café unter einem Dach vor einer ziemlich verschlammten Koppel, wo sich ab und zu ein Pferd oder eine Kuh sehen läßt. Für mich ist die Vorstellung – eher als die Wirklichkeit – reizvoll, ein Buch hervorzuholen, eine Seite zu lesen und vielleicht ein paar Notizen zu machen. Wieder ein Schreibort, für den Radfahrer nur unter Anstrengungen erreichbar. In

Wahrheit schaue ich genauso vergnügt den Ziegen und Schafen zu wie die freilaufenden Kleinkinder und die Säuglinge auf den Armen ihrer Mütter. Es sind nicht viele Besucher da; an den Wochenenden dürfte es hier viel lebhafter zugehen. Jetzt wirkt die ganze Anlage mit den Geschäften für Käse, Joghurt und Pudding, Speiseeis und Hamburger angenehm verschlafen. Bei meiner ersten Ausfahrt war überhaupt Ruhetag. Die Schafe sind müde, die Verkäuferin ist müde, die Luft ist müde, der stumpfe blaue Himmel mit den barocken Wolken, doch seltsamerweise ist das alles kein Widerspruch zur gleichzeitigen Wachheit und Aufnahmebereitschaft von mir und von allem, was ich betrachte.

Das war's. Der Tag geht ja irgendwann zur Neige. Alles geht zur Neige. Gut so. Der Weg führt jetzt meistens bergab, in Richtung Meer. Davor freilich noch ein paar Ketten, Hügelreihen, Vorgebirge. Ein ziemlich weitläufiger Stausee mit ausgreifenden Armen. Karawanen von uniformierten Kindern auf dem Heimweg, die mir einen Gruß zurufen: *tadaima kaerimashita*, „hallo, ich bin gleich zu Hause", ein Volksschülervers. Ich nehme die geradeste Straße, die Überlandstraße von Oda in der Präfektur Shimane nach Kure am Meer, weil auch ich zu Hause sein will, bevor es dunkelt. Seltsam, aber schon die stark befahrene Straße mit dem breiten Radweg, den selten jemand benützt, so daß hohe Grasbüschel aus den Rissen und Spalten wachsen, hat etwas Heimeliges.

Geisteshöhe

Überall findet man hier Katastrophenspuren. Die Schule der Ortschaft liegt auf dem höchsten Hügel, und das ist gut so, Bildung als Wahrzeichen (oder Kampfansage?). Der Hügelrücken zieht sich hin, dorfauswärts, dort sind die Sportanlagen errichtet. Ein Baseballplatz darf nicht fehlen, sogar mit Flutlicht, aber ein breiter Rand davon ist mitsamt Anzeigetafel und Flutlichtmasten heruntergebrochen, ein Opfer der Himmelsfluten. Die blauen Planen, mit denen man überall die Wunden der Landschaft abdeckt, sind wie das Tuch über einer verunstalteten Leiche. Aber es ist nur ein winziger Teil des Ganzen, und für die Natur gilt der Spruch, mit dem sich die Menschen trösten: Die Zeit heilt die Wunden. Und die Landschaft lebt.

Danach ist das Dorf zu Ende, ich finde mich auf einer Straße wieder, die den Bergwald durchquert. An den heilen Zapfen und Ästen und Blättern auf dem Boden kann ich erkennen, daß hier nur alle heiligen Zeiten ein Kraftfahrzeug durchkommt, und noch seltener ein Radfahrer. Auf der anderen Seite, wo es gleich wieder bergab geht, drei Teiche terrassenförmig untereinander, fast zur Gänze von Bäumen, Sträuchern und Schilfrohr umwachsen, der Wasserspiegel von Blättern bedeckt, vom Gelb der Wasserblumen gesprenkelt, die Grasnarben zwischen den Terrassen beschnitten, damit die Bewässerung der weiter unter liegenden Reisfelder gewährleistet bleibt.

Die einzige Gesellschaft für den, der märchenhaft als Männlein im Walde steht, sind Spinnen und Enten, auch raschelnde Fische und ein Paar Zitronenfalter, die über dem Wasser umeinanderwirbeln, sowie merkwürdige Frösche, die sich mit jähem Quieken und Tschilpen, Ferkel- und Vogelsound, ins Wasser stürzen… Eine recht zahlreiche Gesellschaft, *insomma*, diese einzige, wenn man's bedenkt. Hoch über mir – nein, gar nicht so hoch, ich kann die hell-dunklen Streifen am Bauch erkennen – zieht ein Habicht seine Kreise, und bald erscheint ein zweiter, es kommt zu einer kurzen Auseinandersetzung, ein Kampf zwischen Raubvögeln, den der zweite nicht wirklich wagt, denn nach ein paar halbherzigen Angriffen, die sich vom Getänzel der Zitronenfalter Himmelsstockwerke weiter unten kaum unterscheiden – Liebe und Krieg! –, dreht er ab und zieht im benachbarten Luftraum seine nicht weniger vielversprechenden Kreise.

Kreise, wie ich selbst sie ziehe, das kann man wohl sagen. Nur daß ich nicht auf Beute aus bin. Oder doch? Bilderbeute! Ich glaube, ich suche nach ALLEM. Was ich finde, ist das, wonach ich gesucht haben werde. Ich verschlinge und verdaue nicht, sondern bewahre es. Oder lasse es links liegen. Und rechts. Das meiste lasse ich liegen und fliegen, rauschen und rascheln. Wenn ich auswähle, dann im Verein mit dem Zufall.

Wie bin ich überhaupt hierhergekommen? Nun, das war so: Meine Tochter hat an diesem Vormittag ein Kendo-Turnier in der örtlichen Sporthalle, und wie es heutzutage und hierzulande üblich ist, werden die Sprößlinge von ihren Müttern im familiären Zweitwagen überallhin chauffiert (während die Männer zu Hause dösen oder ihrem Hobby nachgehen). Nur wir machen eine Ausnahme, wir besitzen kein Kraftfahrzeug, und die Mütter der anderen Jugendlichen konnten uns nicht mitnehmen, sie fürchteten sich vor dem Ausländer, also sind wir mit dem Taxi angereist, ein teures, aber angenehmes Vergnügen. Beim Turnier waren nur wenige Zuseher gestattet, ich nicht, und so gebrauchte ich der mir in den Schoß gefallenen freien Stunden, um die hiesige Gegend leichthin zu erkunden, eine Stunde oder zwei, danach konnte ich mich immer noch ins vom Taxi aus erspähte Konbini setzen.

So bin ich hierhergekommen, in der Ferne sehe ich das vom Grünspan verschönerte Tonnengewölbe der Sporthalle und in der Nähe die heruntergekommenen Häuserfassaden an der Durchgangsstraße, denn Toyosaka ist ein Straßendorf, und wie alle Straßendörfer der postindustriellen Welt, und nicht nur die Straßendörfer, sondern auch viele Städte in ihrem Kern, ihrem Herzen, sind die Geschäfte und Wohnungen nach und nach aufgegeben worden, die Leute in pflegliche Wohn- und Einfamilienhäuser verfrachtet, Supermärkte am Rand der Ansiedlungen. Man beobachtet aber auch kleine Gegenbewegungen, zum Beispiel hier der Unterstand mit den Eierautomaten, **卵自動販売機** sagt man da wohl, *tamagojidohanbaiki*, hübscher Name, wo man aus Schließfächern frisch gelegte Eier von freilaufenden oder kasernierten (eher letzteres, glaube ich) Hühnern herauskaufen kann für dreihundert Yen, kein Wechselgeld. Das lobe ich mir, so werden die alten Dörfer neu belebt. Revitalisiert, sagt man doch?

Die Schule, wie erwähnt, an der höchsten Stelle, das Haupt der Ortschaft, und dort auf dem Vorplatz, den

Schülern gegenüber, unter eine Kiefer geduckt, der Denker von Rodin, nur schmäler, kindlicher, jungenhafter, weiblicher, das alles zusammen, nur nicht so ein Kraftprotz, wie sie die Bildhauer von Michelangelo bis Hrdlicka schaffen zu müssen geglaubt haben (ganz anders der geschätzte Giacometti), sondern eine Denkerin, schließlich sind Mädchen die besseren Lerner, wie ich durch die Schulberichte meiner Tochter immer wieder erfahre. *La penseure de Rodin*.

Von dieser Geisteshöhe bin ich dann hinunter, dorfauswärts in die Berge gegangen, bevor ich, immerzu Habichte hoch über meinem Kopf, kehrtmachte. Und dort auf dem Rückweg habe ich dann doch noch einen Menschen getroffen, einen Imker, der mir mit dem Kleinlastwagen vorhin schon entgegengekommen war und jetzt, ein schützendes Netz rund um Kopf und Hals, seine Kästen am Rand des mittleren Teichs abstellt wie ein Möbeltransporteur, vielleicht, denke ich, damit auch die summenden Freunde vergnüglichen Ausflug haben, oder auch, damit sie von den Wasserblumen oder wer weiß welchen Waldblüten naschen und umso besseren Honig geben. Ich umgehe das dürre Männchen und das surrende Völkchen (vulgo Wölkchen), folge dem Auf und Ab und komme, schon fast gegen Mittag, zum Konbini, das ich im Sinn hatte. In einer Ecke beherbergt es ein kleines Café mit den üblichen dünnbeinigen, kantinenhaften Stühlen, dort lese ich bei Automatenkaffee und Süßbohnenbrötchen in einem dicken, in einfachstem Englisch geschriebenen Buch, und zwar mit rasch anwachsender Geschwindigkeit, bald fliege ich nur noch über die Seiten, weil ich die gutgemeinten Trivialitäten hinter mich bringen möchte und erwarte, daß noch etwas kommt, der eine oder andere originelle Gedanke ... Nein, besser, du machst dir selbst Gedanken.

Um halb eins muß ich bei der Sporthalle sein, dort steht schon – habe ich mich verspätet? – meine Tochter nebst ihren Freundinnen und zwei Müttern, und ich werfe dem einen Mädchen ein freundliches Wort zu, und sogleich zeigt sich ein freudig überraschter Ausdruck auf ihrem Gesicht, weil das Wort perfekt in die Situation paßt (was mir bei weitem nicht immer gelingt in dieser hochempfindlichen Sprache). Das Taxi kommt in dreißig Minuten, also zurück zum Konbini, abgepacktes Mittagessen, *Konbinichickin*, *Onigiri*, *Cupramen*. Wie schön, mit meiner Tochter zusammen zu sein in diesem von guten und bösen Geistern verlassenen Winkel, wo es weder Sieger noch Besiegte gibt. Ihre Freundinnen, wird sie mir zwei Tage später erzählen, finden mich sooo *kawaiiii*, das heißt lieb und süß, jedenfalls gar nicht furchterregend; aber *handsome*, wie Männer sein sollten, wohl auch nicht. Ich weiß nicht, ob ich ihre Einschätzung als Kompliment oder als Spott nehmen soll. Ein netter, ungefährlicher Opa, wer kann sowas schon brauchen?

Als ich das Taxi vor der Konbinifensterscheibe erblicke, gehe ich hinaus, und der kleine, gedrungene Fahrer mit rot gefärbten, struppigen Haaren, eckigem Ring am Finger und Uniformmütze auf dem Kopf, wirft eilig die Zigarette in die Schale der Aschenbechersäule, er fühlt sich ertappt und zeigt sich unverzüglich zu Diensten (gerade, daß er nicht habt acht steht).

Schade, ich hätte ihm gern eine entspanntere Rauchpause gegönnt und selbst noch ein paar Minuten Nirwana gewonnen.

3½

bridges to nowhere
impossible Germany
confined in Japan

Zurück in Toyo-
saka. Und die Ausbeute?
Dreieinhalb Haiku.

Krasse Zwiebeln
mit Irokesenfrisur
erweisen den Weg.

Wieder kein Sieger
im Feld der (reimt sich peinlich
genau)…

Eine Votivgabe. Hier, bitte!

Zurück in Toyosaka, und wieder verschwindet das Mädchen in der Halbtonnenhalle, wo sie unter martialischen Schreien übers Parkett fliegen und mit dem echten, überhaupt nicht metaphorischen Bambusschwert Treffer landen oder einstecken wird, die mein ungeübtes Auge gar nicht als solche erkennen würde. Kurz, ich stehe mal wieder auf der Straße, die am Sonntagmorgen wenig befahren ist. Und wende mich an der Kreuzung in die Gegenrichtung: auch schön. Flacher als auf der anderen Seite. Wende mich später dann noch einmal, und noch einmal, diesmal ins Gebirgige, Waldige, da gibt es Straßen und Wege, die dir sagen: Komm, ich hab dir etwas darzubieten, du ahnst gar nicht, was. Und gehe eine Weile und sehe und denke: Aha, das wird es sein, dieser hohe Gitterzaun am Ende des Waldwegs, und hinter dem karierten Drahtzaun eine Art Sportplatz, und auf dem Sportplatz alte Leute, Pensionisten mit Golfschlägern in der Hand, aber sie üben nicht Golf, das könnten sie sich gar nicht leisten, diese verhutzelten Weiblein und klapperigen Männer, viel zu teuer so ein Set von Schlägern, passende Klamotten, der Jahresbeitrag für einen der Klubs in der Gegend. Nein, sie spielen bloß Gateball, ein Spiel, das ich nur aus Japan kenne, mit winzigen Toren, in denen drei oder vier der kleinen Bälle Platz haben. Es wird gewöhnlich mit einem leichten, langstieligen Holzhammer gespielt, so daß die Veranstaltung hier irgendwie schräg wirkt, wie wenn jemand, sagen wir, Basketballschuhe mit einem schicken Anzug kombiniert, oder umgekehrt, einen Blaumann mit schwarzen Halbschuhen an nackten Füßen (was mir früher tatsächlich öfters untergekommen ist, wenn der Automechaniker über die Straße ins Gasthaus gelatscht ist).

Der Mann hier, ein Anführertyp, hält mir lachend seinen Schläger hin und fragt, ob ich es probieren will. Ich lehne dankend ab, will die lieben Alten nicht beschämen. Oder mich schämen. Schon geht das Seniorenspiel weiter, und ich gehe weiter in dem seltsam durchlichteten Wald, Grabmäler da und dort, Friedhöfe und Statuen, kleine und größere Buddhas, Geister der Toten und Baumgespenster, augenzwinkernde Tengu, oder waren es Libellen, Schmetterlinge. Ah, und zuletzt, bevor es gar nicht mehr weitergeht, ein recht großer, eleganter Schrein, oder ist es ein Tempel, *otera* oder *jinja*, ist auch egal, denn das vollkommen Überraschende, wo man nur schlanke Gestalten erwartet, ist ein im ureigenen Stein Hockender, Lauernder, Entgegennehmender (wie mir später klar wird), ein Sumo-Ringer nämlich, nie gesehen an solch heiligem Ort. Auf dem Sockel unter seinem herabhängenden Lendenschurz zwei Schriftzeichen, *hounou*, 奉納, was so viel bedeutet – meine Tochter wird es mir zu Hause erklären – wie „Darbringung", vielleicht „Votivgabe" im christlichen Weltkreis, das Wort kennt heute niemand mehr. Daher die große Geste, die rechte Hand viel zu groß, des Entgegennehmens, wie sie der Sieger beim Ringkampf ausführt, bevor er die kleine (oder größere) Spende des Sponsors entgegennimmt.

Wo bringt mich das jetzt hin, habe ich mich gefragt, bevor ich zu schreiben begann, all die gemächlichen Spieler und Ringer? Nirgendwohin. Dorthin, wo es nicht mehr weitergeht. Da sind wir jetzt, und bleiben, Ziegenbock, schwarzer, bäh!

Zu Hause – wie bin ich da hingekommen? vom Tengu befördert? – hat sich meine Überraschung gelegt. Nicht nur, weil ich in der gewohnten Umgebung war, sondern weil ich erfuhr, daß in der Edo-Zeit Kämpfe vor

Shinto-Schreinen keine Seltenheit waren. Zu Ehren der Götter, die die Hälfte der Einnahmen einstrichen. Das wäre, rückblickend betrachtet, gerecht.

Erzwungene Reise im Regen

Die Reisen nach Toyosaka hatten ein Nachspiel. So eine Veranstaltung kann nicht zu Ende gehen, ohne daß Fotos von lachenden Gesichtern mit Victory-Fingern aufgenommen werden. Zu Hause druckt man ein paar von den Fotos aus und gibt sie Freunden, ein kleines Geschenk. Nett, nicht? Aber wie kommen die Schülerinnen an ihre Geschenke? Ganz einfach, indem die Geberin sie in die Schule mitbringt, die Nehmerinnen sie entgegennehmen. Aber man darf nichts Schulfremdes in die Schule mitnehmen, keinerlei Gegenstände, keine Mangas, keine Handys. So steht es in dem kleinen, dunkelblauen, schön gedruckten und gebundenen Regelbüchlein, das jeder Schüler mit sich führt. Es gibt sehr viele Regeln, und die Schüler nehmen sie ziemlich ernst, aber manchmal wollen sie die eine oder andere gern mißachten, oder die Regel beeinträchtigt die Freude am Leben gar zu sehr. Man darf sich bei der Missetat nicht erwischen lassen.

Meine Tochter hat sich erwischen lassen, die Lehrerin konfiszierte den Umschlag mit den Fotos und konsultierte den Vizedirektor, der darauf bestand, die Regel einzuhalten, die Fotos einzubehalten und die Eltern zu verständigen, die in die Schule zu kommen hätten, um sie abzuholen. Da war ich nun gefordert, und es paßte gut, daß am nächsten Tag Samstag war und Yoko morgens zum Kendo in die Schule fuhr. Leider regnete es. Das macht mir nichts aus, ich habe meine Regenkleidung, aber die Reise war nicht ganz freiwillig, sie war erzwungen.

Ich fuhr ins Stadtzentrum, das vom Bahnhof angezeigt wird, stieg in den zweiten Stock eines Hochhauses dort (darüber zehn oder fünfzehn Etagen Hotelzimmer), betrat eine Ordination und ließ mir eine Nummer für den Arztbesuch am Nachmittag geben. Das Fahrrad hatte ich für die paar Minuten auf dem Bahnhofsvorplatz neben den Telephonhüttchen abgestellt, vier an der Zahl, in denen immer noch gut funktionierende, regelmäßig gewartete, aber seit Jahren von niemandem außer mir benutzte grasgrüne Apparate hängen; manchmal rufe ich von dort aus an, werfe eine Münze hinein, wie ich sie in das Opferkistchen bei den Shinto-Schreinen werfen würde, und übe mich in weitherziger Nostalgie, weil mich die traurig-schöne, vierfache Gestalt der Hüttchen rührt, mit den Ornamenten und Dächern wie bei den Brau- und Lagerhäusern drüben im Nachbarviertel.

Dieses Viertel habe ich wieder einmal durchquert, um hinauszukommen in die Peripherie, so könnte man's nennen, wenn nicht überall Peripherie wäre, „Zentrum" nur eine Redensart. Auf welchem Weg? Den Fluß entlang, auf schmalen Pfaden, wo fast nur Fahrräder und Mopeds fahren, selten ein Auto, und mehr Plastikmüll denn je ausgestreut wird, und dann auf die Bundesstraße 375, die in der Gegenrichtung nach Toyosaka führt. Diesen Abschnitt in Richtung Kure bin ich vor einigen Jahren oft gefahren, zu Krankenbesuchen in einer Klinik am Rand der Zivilisation, von welcher die Kranken ferngehalten werden, weil das ihre Heilung befördert. Wenn es zu regnen aufhört, wie ich hoffe, werde ich nach dem Schulbesuch ein paar Kilometer weiter fahren, bis zu einem Ramen-Laden unter der Shinkansen-Brücke, wo ich damals gern eine Pause einlegte.

Meinem Orientierungsgefühl folgend, das nicht so übel ist, biege ich in eine Nebenstraße und stoße auf eine verlassene, vollkommen leere Wohnanlage, ein Ensemble von Baracken, das mich unweigerlich an das KZ in meiner Herkunftsgegend erinnert: als hätte man hier, es muß zwei, drei Jahre her sein, alle Spuren von Leben beseitigen wollen. Und kein Mensch hatte es seitdem gewagt, seinen Jausenmüll an diesem geheimen, dabei offen daliegenden Ort abzuladen. Wahrscheinlich werden die Baracken bald einmal abgerissen, wie die Bauernhäuser, die man nicht mehr braucht, wie vorhin beim Seven Eleven, da ist wieder eins verschwunden, ein Bagger macht gerade die letzten Schutt- und Erdhügel platt. Statt dessen neue Konbinis, immer mehr, Supermärkte und Konbinis, und auch neue Konzentrationsbehausungen, alles sehr angenehm und praktisch. Aber kaum habe ich die menschen- wie fahrzeuglose Betoneinöde verlassen, finde ich mich in einem lieblichen Dörfchen wieder, das halb und halb aufrechterhalten und bewohnt wird, nur daß die Geschäfte an der Straße, dem letzten Wegstück zur Schule, alle schon vor langer Zeit geschlossen wurden, die Markisen sind ausgebleicht und verwaschen, manche zerfranst, die leeren Auslagen verstaubt. Wie in Toyosaka, nur weniger, kleiner.

Als ich in den Eingang der Sporthalle der Schule trete, wo auf der einen Seite Tischtennis, auf der anderen Seite Kendo geübt wird, stellt sich mir ein schlaksiger Weißhaariger in den Weg, der die Tischtennisspieler beaufsichtigt (der Vizedirektor, wie mir Yoko später sagen wird). Wer ich sei, was ich hier wolle. Während ich mich erklärte, kamen mir schon meine Tochter und die Lehrerin, die die Kendo-Schüler – schwarze Gestalten, das Gesicht vergittert – betreut, aber selbst wohl nie einen Kampf bestritten hat, entgegengelaufen. Frau A., eine kugelige Frau mit Kugelkopf und kurzem Haar, einen Kopf kleiner als meine Tochter, entschuldigte sich, weil ich eigens im Regen habe kommen müssen, und ich entschuldigte mich für meine Tochter, so ging das dreimal hin und her, dann war der Entschuldigungsetikette Genüge getan. Sie erklärte mir die Regel, die ich schon kannte und eingangs beschrieben habe, und entschuldigte sich noch einmal. Ich sagte nicht, was ich dachte, nämlich daß, wenn überhaupt, die Mutter der Geberin der Fotos sich entschuldigen müsse. Was hätte meine Tochter denn tun sollen? Die Fotos ablehnen und die Freundschaft aufs Spiel setzen? Den Regeln nach hätte die Mutter und Photographin zu uns kommen müssen, mit oder ohne Tochter, und uns zu Hause die Fotos übergeben. Oder sie mit der Post schicken, da muß man keinem Ausländer ins Gesicht schauen. (Frau A. hatte Yoko gebeten, für mich zu übersetzen, aber so einfache Gespräche kann ich nun wirklich bewältigen. Wenn auch nicht immer ganz regelkonform.)

Es regnete immer noch, der Ramen-Laden würde mich heute nicht sehen. Ich schlug mir alle Um- und Abwege aus dem Kopf, machte nicht einmal beim Konbini-Café im Tal unten halt, sondern durchquerte unseren weitläufigen Campus, am Zentralsee vorbei, wo genau in der Mitte das winzige rote Schreinchen dem Regen trotzte, und an den Sportplätzen, auf denen Unkraut wuchert, weil sie wegen der Angst vor einem grassierenden Virus nicht benutzt werden dürfen. Der ganze Campus wirkt immer noch angenehm leer (andere sagen „gespenstisch“), obwohl die Studenten langsam zurückkehren, sie wollen den Rest ihres Studentenlebens nicht in ihren sicherlich bequemen Barackenzimmern verbringen, während sie die hohen Studiengebühren für nichts und wieder nichts zahlen, für ein paar doofe Professorengesichter auf ihren Bildschirmen. Ich ärgerte mich wie üblich, aber maßvoll über das Ochi-Building, wie wir es in Anerkennung der Dummheit und Rücksichtslosigkeit der Universitätsführung nennen, ein gedrungenes, bunkerförmiges Gebäude aus Beton und Glas, das niemand ohne Not aufsucht und letztes Jahr anstelle einer kleinen Sozietät von Bäumen errichtet wurde, auf die man einst stolz war (sie trugen sogar Namenschilder) und deren Reste jetzt in den Schatten der hinteren Wand verbannt sind, und beschloß, ein Süppchen in der Mensa zu schlürfen, Tempura-Soba, ehe ich in mein Büro in der sogenannten Literaturfakultät hochstieg und mir erst einmal Wasser für den Mate brühte.

Ich weiß nicht, wie es kam, daß mein Finger zu bluten begann und nicht aufhören wollte zu bluten. Mein erster, viel zu fahriger Versuch, das Blutvergießen mit ein paar von diesen nasenfreundlichen, aber dünnen Papiertaschentüchern einzudämmen, war so ungeschickt, daß der Matebecher zu Boden fiel, auf die nassen, ausgezogenen Schuhe und unter den Schreibtisch, an dem ich jetzt diesen Reisebericht schreibe. Mit dem immer stärker blutenden Finger hatte ich größte Mühe, die Ordnung zu verkörpern und des Chaos Herr zu werden.

„Beruhige dich!“, zwitschert eine Stimme. Ist es der Ratschlag des selbst nervösen Spatzen auf der Brüstung vor dem Fenster? „Schreib am Ende: Das war der Blut- und Krautzoll deiner erzwungenen Reise.“

*

Spatzenvolk wogend
auf gelben Blumenwipfeln.
Grille zirpt Schatten.

Der gerettete Anpanman

Einfach mal über den Hausberg ins Büro gehen statt auf der blöden Straße!

Gedacht, getan. Der Weg ist fünfmal so lang und steiler: Freu dich darüber! Und warum ist er so lang? Weil der Berg, von unten gar nicht erkennbar, ein regelrechtes Massiv darstellt, das sich S-förmig dahinzieht. Im Winter bin ich einmal mit drei Kindern aus unserem Wohnblock hinaufgestiegen, da kann man auch direktere Wege nehmen, die sind nicht zugewachsen wie sonst das Jahr über.

Beim Aufstieg stoße ich auf eine kleine Pilgerschar, angeführt von einem Priester in seinem Talar. Er wird drüben beim Schrein, wo außer mir selten ein Mensch hinkommt, eine Zeremonie halten (den nötigen Wedel haben sie dabei). Nach einer Weile merke ich, daß ich lange nicht hier war, sicher mehr als zwei Jahre, denn die ganzen blauen Planen, mit denen die Wege und später das Gipfelplateau ausgelegt sind, habe ich noch nie gesehen. Die Planen wurden nach den Unwettern und Erdrutschen ausgelegt; anscheinend besteht die Absicht, den Wanderweg, der jetzt durch hölzerne Steige markiert ist, zu betonieren. Wie kann ich diesen Unfug bloß aufhalten? Am Ende werden sie das ganze Land zubetoniert haben, und die Katastrophen werden immer noch nicht ausbleiben, im Gegenteil, die Natur wird erst recht wüten.

Zugeben muß ich, daß das Planenblau sehr schön durch den Wald leuchtetet. Im Prinzip könnte das hier ein Kunstwerk sein, Kagamiyama-Verhüllung, nennen wir's so. Und vielleicht vergessen die Betonierer ja aufs Betonieren. Sieht ganz so aus, die Planen zeigen schon Risse und Fransen. Praktisch sind sie nicht, denn die Verhüllung hebt zwar die großen Formen hervor, läßt aber die Details verschwinden, die man sehen und spüren muß, wenn man sich in einem solchen Gelände behaupten will. Die Sicherheitswächter stürzen den, der auf Umwegen ins Büro will, in gefährliche Unsicherheit. Trotzdem danke!

Die Muren auf der anderen Seite hatte ich, neugierig, wie ich bin, mehrmals begutachtet. Am Tag nach dem Unwetter war ich über den zugeschütteten Spielplatz erschrocken. Der sprechende, bei den Kindern beliebte Getränkeautomat, „Anpanmanjidohanbaiki“ in meinem komplizierten Wortschatz, steckte damals bis zum Bauch im Schlamm. Anpanman, das fliegende pausbäckige Supermännchen, ist befreit worden und spricht sogar wieder; ich habe seine Aufforderung befolgt und mir einen Frühstückstee herausgedrückt. Besinnlich gestimmt betrachte ich die neue, aus roten Seilen bestehende, wackelige Kletterpyramide, unter der ich vor bald zehn Jahren in ängstlicher Anspannung wartete, während meine noch sehr kleine Tochter oben turnte. Das Gerät ist mindestens zehn Meter hoch! Es ist nie etwas passiert, kein Kind zu Anpanman rübergeflogen.

Daß die Kirschbäume am ziemlich mitgenommenen Wiesenhang nebenan traurig dreinsehen, hat weniger mit Katastrophen als mit der Jahreszeit zu tun. Die Leute beachten sie nur, wenn sie in Blüte stehen, da sitzen sie dann unter den Ästen, trinken Reiswein und Bier, essen Bento oder Kartoffelchips, ich mitten unter ihnen (früher wurde auch gegrillt – längst verboten!). Aber wenn dann die grüne, undurchschaubare Belaubung ausbricht und diese Inbegriffe der Reinheit zu nicht sonderlich aufregenden Pummelchen werden, geht man achtlos an ihnen vorüber. Erst recht, wenn sie die Blätter zu verlieren beginnen und das mickrige Geäst in den Himmel sticht, und den Winter über tut man, als würden sie nicht existieren.

Nach und nach verschwindet sowieso alles. Nein, noch nicht! Ich werfe einen Blick über den Teich, erkenne die Erdzunge im noch unbeschädigten Waldesgrün. Die Bäume da in ihrer Fülle haben ein längeres, stärkeres Leben. Manche scheinen ewig. Die einsam dastehenden Kirschbäume – im Frühling eine Schönheitsarmee – sind die tuberkulösen Romantiker unter ihresgleichen. Schön und bald tot. Besser, ich verziehe mich ins Büro, in ein anderes Leben.

Der Waldgänger

Was wir wissen können,
dürfen wir nicht hoffen.
(aus: *Das Unmerkliche*)

Dies ist ein Weg, den ich öfters fahre (und heute mal gehe). Nicht sehr oft, manchmal vermeide ich ihn, weil es hier nichts gibt, das des Anschauens wert wäre. Der Mühe wert, nichts. Und doch, eben deshalb, der Vorsatz, ihm meine Aufmerksamkeit zu schenken. Aufmerksamkeitsgeschenk, *voilà*. Nett von mir, nicht?

Und was willst du dafür haben?

Nichts, danke. Ich beschreibe das Nichts, auch Normalität genannt. Fragt sich, ob das Normale verdammt ist, in Trägheit zu erstarren. In Häßlichkeit. Oder ob es verborgene, verstaubte, verjährte Schönheit sein kann. Sehend-schreibend entstauben, entjähren und entbergen, das wäre dein nie zu entgegnendes Geschenk?

. . . weiß nicht. Vor dem längst aufgelassenen Geschäft des Drogenhändlers (Alkohol & Tabak) stehen zwei Automaten, einer für Alkohol, der andere für Nudelsuppe, Cup-Ramen etc. Einst, in modernen Zeiten, konnte man sich automatisch ernähren. Eine Halbliterdose Bier kostete zweihundert Yen, billiger als heute im Supermarkt. Angeblich gab es keine Inflation. Ich werfe zwei Münzen in den Schlitz, zu meiner Überraschung blinken ein paar grüne Lichter, zwei in der obersten Zeile, eins in der mittleren, drei (glaube ich) in der untersten. Es rumpelt im Bauch des Automaten. Ich nehme die Dose Asahi, öffne vorsichtig, sie schäumt über und beginnt sogleich zu stinken. Sie stinkt nach Vergangenheit. Ich suche (und finde) einen Graben hinterm hohen gelben Gras, um die Vergangenheit zu entsorgen, und schelte mich: Du Schwein!

Das Krankenhaus ist nicht träge, aber auch nicht sehr geschäftig, nicht einmal die Sanitäter, die die Liege mit dem Kranken, einem sehr alten, hohlwangigen Mann, aus dem Krankenwagen ziehen, sind es. Ohne es zu wollen, rechne ich nach, wie oft ich in den letzten Jahren auf dem selben Weg, durch den Noteingang, hier hereingekommen bin. Die Fahrten im Krankenwagen waren nicht normal, ich befand mich im Ausnahmezustand, die rumpelnde Umgebung machte mich entweder neugierig – die Liege, die Decke, die Geräte, die Apparaturen, die vertraut-fremden Sanitäter – oder erleichtert, wie es oft in solchen Zuständen geschieht: Man ist von allem entlastet, nicht mehr verantwortlich für sich, glaubt sich in Sicherheit, zurück im Mutterschoß. Am Beatmungsschlauch hing ich wie am Nabel.

Eines Tages in der Zukunft, die nicht mehr meine sein wird, werde ich im Endzustand hier ankommen, und die Ärztin wird in einem von den Krankenschwestern unbemerkten Moment eine Träne weinen um ihren seltsamen Patienten, mit dem sie sich trotz Sprachschwierigkeiten so gut unterhalten hat.

Neblig? Dunstig? Verschwommen? Vielleicht wollte das Café Misty sich als geheimnisvoll ausweisen: *mystery*, *mysterious*. Es ist auch gar kein Café, sondern ein „Snack". Früher dachte ich, in solchen Snacks einen Imbiß zu mir zu nehmen; man servierte mir Senbei, Nüßchen oder Süßigkeiten zum Bier. Dann lud ich einmal, weil sie es spürbar erwartete, die neben mir auf dem Barhocker sitzende Frau zu einem Glas Wein ein, und ich begriff, was sie wollte. Teurer Spaß! Manchmal setze ich mich trotzdem in so ein Snack, weiter unten am Fluß, bei einer Brücke, ich nenne sie *snackbridge* und das Lokal *bridgesnack* oder *bridgesnake*, je nach Laune. Behelligt werde ich dort nie, aber hier an der Ausfallstraße möchte ich doch gern einmal behelligt werden. Da wird eine Nachtwanderung fällig. Madame Misty, wirst du mir eine Träne ins Weinglas schenken? Oder nur deinen Glitzer?

Das Snack liegt an einer Ausfallstraße, die vom Nichts ins Nichts ausfällt und immer ausfällig bleiben wird (man verzeihe den Scherz). Staubig und grau, wie ein Mann im Trenchcoat, der still und sicher auf die Ewigkeit zustrebt. An der Kreuzung schräg gegenüber vom launigen Lieblingsimbißladen (Sukiya) liegt eine Konditorei, die sich ebenso launig *Ai clair* nennt. Meine Tochter korrigiert gelegentlich meine französische Aussprache und verteidigt die hierzulande übliche Schreibweise.

„‚Klare Liebe' heißt das, verstehst du? Liebe, klar wie Wasser!"

Ach so, klar. Danach sehnt sich der Graue auf seinem Fehlweg. Schade, daß er nie bleiben kann.

Parkplatz, grau. Wie alle Parkplätze der fortgeschrittenen Welt. Nur daß sie hier im Rückschreiten begriffen ist, die moderne Welt. Platz für dreihundert Autos schätzungsweise: Daß so viele Leute in einer gar nicht so riesengroßen Pachinkohalle Platz haben? Zweihundert Funkelmaschinen schätzungsweise, die einsam vor sich hinfunkeln. Gegenüber, hinterm Gebüsch, eine Fabrik für ich weiß nicht was, noch in Betrieb, Arbeiter kaum, vielleicht früher mal. Kette vor dem Eingang zur heilen Welt. Drinnen, draußen, daneben. Halb, halb, doppelt. Die in sich gesunkenen, beim bloßen Selbst ausharrenden Männlein und Weiblein und Pärchen, die heillos in ihrem Ich stecken, der eine wie die andere.

Ein Stück Asche kippt
von der Zigarette zwischen Zeige- und Mittelfinger.
Schwarze Kaffeedose klebt an welken Lippen.
Wimpern wie Stacheln unterm Mützenschirm
zielen in die Märchenhöhle
in der Höhle
der Höhle
...

Mir genügt meine Diminuierung, Vervielfachung und Amputation. Damit habe ich im Kopf vollauf zu tun.

Das Waldcafé liegt am Rand eines Waldes, den ich gern auf einem wenig begangenen Weg durchquere, an Teichen vorbei, die zwischen Baumstämmen glänzen, und zuletzt an einer Reihe Kirschbäume, ein jeder von einem anderen Anrainer gepflanzt, es muß etwa dreißig Jahre her sein (eine ungefähr Sechzigjährige hat mir davon erzählt).

Die Chefin, resolut, wie es sich für eine Chefin gehört, wird mich als Einzelgänger sehen, der manchmal eigenartige Bemerkungen macht, über die man lachen kann, im Grunde aber ein Einzelgänger bleibt, mit seinen Heften und Büchern und Notebooks.

„Sind Sie mit dem Auto gekommen?“ (sie fragt wegen des Parkplatzes).

„Nein, zu Fuß.“

„Ist es nicht zu heiß dafür?“ (oder zu kalt, je nach Jahreszeit). „Ach so, ein Waldgänger…“

Als ich einmal meine Frau mitbrachte, begrüßte sie sie kopfschüttelnd mit den Worten: „So hatte ich Sie mir nicht vorgestellt“, woraufhin meine Frau, ohne es zu zeigen, beleidigt war und in meinem Kopf die Frage pendelte: „Wie denn sonst?“ Wahrscheinlich hätte nicht einmal die Chefin sie beantworten können. Ein andermal nahm ich meine Tochter mit, die natürlich ein Eisparfait bestellte, und die Chefin sparte sich jede Bemerkung.

In Wahrheit sitzt der Einzelgänger da und staunt über die Helle im Fensterrahmen in der Holzvertäfelung, die ihn an die Holzvertäfelung im Café Bazar in Salzburg erinnert, und skrutiniert die Theke, an der gerade *latte art* praktiziert wird, und die Neuankömmlinge, die zum ersten Mal hier sind, nach den gespreizten Fingern zu schließen, mit denen sie auf die Fotos auf der Karte zeigen, sowie das alte klapperige Männchen, das oft zweimal hintereinander kommt und zweimal dasselbe konsumiert, weil er das vorhergehende Mal vergessen hat, und die Chefin und ihre Gehilfin begrüßen ihn, als wäre es das erste Mal an diesem Tag und nehmen die Bestellung mit einer Miene auf, die ein leises Erstaunen doch nicht ganz verbergen kann.

Und dann sind da natürlich die jungen und weniger jungen Frauen, die Freundinnenpaare, die Mütter von Kleinkindern, die, ganz selten, Geschäftsfrauen, denen der Einzelgänger, Worte von Lippen lesend, ein Lächeln interpretierend, Nachdenklichkeit annehmend, nachspürt.

Sucht er denn nach etwas?

Nach allem!

Die unnötigste, daher schönste aller Umfahrungen beschreibt eine langgezogene Kurve um einen kleinen Teich, in Wien würde man sagen: eine Lacke, die vom Schilf eingenommen wurde, wie ein Land eingenommen wird, hier aber das Wasser, es ist ins Kryptische gewichen. Am äußersten Punkt wird die Kurve von einer mehrstöckigen Wohnfront tangiert, die Wohnfront mitsamt ihren Wäschebalkonen vom Schilfrund tangiert, von pendelnden Zeptern und Schlägeln, die leise der Wind bedient, um den ungehörten, ungestörten Rhythmus der Hausfrauen zu schlagen.

Das alte Müllhüttchen mit dem rostigen, einst himmelblauen Eisengitter wird vom Schilfreich als Auswuchs der Kurve toleriert. Es herrschen recht gute Beziehungen, aber worin bestehen sie? Die Hausfrauen, immer in diesem gelassenen Rhythmus, haben pralle violette

Müllsäcke angehäuft, die jetzt den Inhalt des Hüttchens bilden. Der Inhalt wartet, Pyramide im Käfig, um interpretiert zu werden. Schilfflaum trollt sich zum Straßenstaub und gibt dem Ensemble eine Art Segen.

. . . so kann man jeden Quadratmeter erkunden. Und jeden Quadratzentimeter. So daß man sich aus dem eigenen Zimmer nicht mehr fortbewegt, weil man genug damit zu tun hat, das wechselnde Licht zu beschreiben, die Atmosphären, die schon wieder eine andere Seite zeigenden Dinge, die Koch- und Wischspuren in der Küche, die Krähe auf der Balkonkante, die neue Waschmaschine und wie anders sie den Raum einnimmt, die Lautsprecherstimme des fliegenden Händlers, das Grauwerden der Gardinen, die violette Krause des über den Eimerrand schauenden Müllsacks, den in einer Ecke des Badezimmers verschimmelnden blauen Plastikelefanten, die wie ein altes Ziegeldach unendlich langsam einknickende Übersiedelungsschachtel, das braune, schlanke Baumblatt auf dem Betonboden neben dem Schuhkasten, die wechselnden Gemütsverfassungen des Schreibers, den neuen Altersfleck auf der Haut. Und so immer weiter.

Mein Glück, daß ich kein eigenes Zimmer habe. Nur einen knallgelben Plastikschemel in der hintersten Küchenecke, der sich bis dato nicht geändert hat und hiermit beschrieben ist.

Das verlassene Haus, ein Rollstuhl in der Küche, auf dem Weg zur Tür ins Wohnzimmer. Ob die Frau vornübergekippt ist? Wer hat sie gefunden? Ob sie allein hier gelebt hat? Warum kümmert sich niemand um das Haus? Hat es niemand geerbt? Wann kommt der erste Immobilienhai, oder ist das Land hier nichts wert? Die Tonnenwölbung der Garage gleicht der luftigen Karkasse eines Riesenkäfers. Zwei Kinderfahrräder liegen im Garten am Boden, noch Luft in den Schläuchen; drei Schritte weiter ein Plastikelefant als Gießkanne mit dem Rüssel im Erdreich. Wo sind die Enkel? Ausgeflogen? Ungeboren? Man könnte Gedichte schreiben wie Trakl in Grodek, seinerzeit, wo er zerbrach.

Der blaue Himmel von kleinen orangen Kreisen durchlöchert. Die Ziegeldächer, die Steilwiesen, das Garagenwellblech von kreisrunden Tagessternen gemustert. Die orangene Frucht selbst durchlöchert, zerfurcht und zerfetzt, von meinen Freunden, den Weltfeinden, auch Krähen genannt. *Karasu*, kleines schwarzes Ungetüm. *Stone the crows!*

Save the crows! Exzeß gegen Exzeß. Warum weinst du, Krähe, mein Kindchen? Die Götterfrüchte sind es, die Grund haben zu weinen. Aber sie weinen nicht, sondern ertragen ihr Schicksal, der Weltkugel verwandt und deshalb halbiert. An einigen Tagen der unmerklichen Weltgeschichte dienen sie den Ungetümen als diamantene Tränen.

Zwischen Fluß und Bahngeleisen auf der einen Seite, Steilwiese und Bundesstraße, die ich nichtsahnend an der dunklen Tiefe vorbeiblickend Woche für Woche auf dem Weg zum Krankenhaus nehme, auf der anderen Seite, verbarg sich ein schmaler Landstrich, mandelförmig im Grundriß (wie die Stadt Salzburg), bis ich ihn zufällig zum Leben erweckte. Alles Schöne und Gute wird zufällig entdeckt oder falsch, als etwas anderes als das, was es ist.

Aber das hier ist, was es ist. Der Zufall hat mich hierhergeführt, wo zwei ferne Gestalten, weiblich und männlich, mit großen Strohhüten und sich bauschenden Nackentüchern auf dem schmalen Weg zwischen hohen, reifen, auf die Ernte wartenden Feldern schweben, violette Blumenbüschel in den Himmel züngeln, Dachfirste unter der Last der Sonne oder der Tage einsinken – unmerklich, und so soll es bleiben! –, das Garagenwellblech ins Bunte und Buntere rostet, Trauben von dicken orangenen Zwiebeln unter dem Vordach hängen und all die Fruchtkugeln an den Bäumen heil bleiben, wie es sich für Götter gehört.

Zuletzt noch das Unvermerkte, von Schreibhand und Auge übersehen, überflogen, durchkreuzt, als bärge die verborgene Mandel einen weiteren und engeren Landstrich in ihrem Schoß.

A propos unmerklich, oder fast: Das Land ist, alles in allem sparsam, mit diesen Hütten von quadratischem Grundriß und pyramidalem Dach übersät. Man findet sie, wenn man dort wohnt oder zu tun hat, in unscheinbarer Nachbarschaft, neben alten, wenig bewohnten Häusern mit geisterhaften Präsenzen oder krautwuchernden Wiesen, Vorgärten von Volksschulen, zufälligem Brachland mit nutzlosen Verkaufsschildern davor. Die Rede ist und wird sein von jenen zahllosen, manchmal schmucken, oft ganz schmucklosen Postämtern, die in ihrer systemischen Verwaltungsforderung eine Beharrungskraft bergen und manchmal, selten, entbergen, die – nur zum Beispiel – macht, daß noch in dreitausend Jahren die Kinder, aber auch Erwachsenen, die Kranken und Wiederauferstandenen, Jahr für Jahr Milliarden von Neujahrswünschen mit selbstgemalten Bildern, Fotos und Hoffnungen in die nahe und ferne Umgebung senden.

Desinfiziert?
So stirbt es sich besser!
(aus: *Das Unmerkliche*)

Pachinkologie, oder nicht?

Ich wollte hier keine Pachinkologie treiben, aber es hat sich so ergeben. Also ein bißchen. Ich sitze gern in Tom's Café und schreibe, zum Beispiel diese kleine Abschweifung. Das Café ist nur scheinbar getrennt von einem großen, burgartigen Pachinko-Komplex mit mehreren Stockwerken Garagen darüber. De facto, auch architektonisch, gehört das Café zu dem Komplex, eine der beiden Türen führt direkt zu den Maschinen; wer die Toiletten aufsuchen will, muß da rüber. Das Café wird aber ohnehin hauptsächlich von Pachinkospielern frequentiert, die sich hier preisgünstig ernähren oder bei einer Tasse Kaffee mit Kollegen über das letzte Baseballspiel plaudern oder ein Manga aus der kleinen Mangabibliothek lesen. Der Rückweg ist dann nicht weit. Bei mir selbst ist es umgekehrt, ich erhole mich drüben im Lärm vom Schreiben. Die Pachinkokapitalisten haben in dieser Stadt ein Imperium errichtet, das man gut und gern als mafiös bezeichnen kann. Ein paar der von ihnen mehr oder weniger lieblos erhaltenen Einrichtungen, die der Geldanlage oder Geldwäsche dienen, kommen auch unsereinem zugute. Das neue Fitneßcenter hingegen hätten sie sich sparen können. Aber sie sparen ja nicht, sie werfen unsichtbar mit dem Geld, von dem sie viel zu viel haben, herum. Oft höre und manchmal lese ich, daß das Pachinkogeschäft von Koreanern beherrscht wird (die oft seit Generationen in Japan ansässig sind). Derlei Geschichten kann man in Min Jin Lees englisch geschriebenem Familienroman *Pachinko* nachlesen, aber auch in Büchern der japanischen Zainichi-Autorin Miri Yu. Einmal war ich bei der Hochzeit eines Kollegen und stellte zu meinem Erstaunen fest, daß fast die Hälfte der Gäste sich in einer anderen Sprache unterhielt. Sie waren eigens aus Südkorea angereist. Eines schönen Tages gestand mir der frischgebackene Ehemann, indem er ein enttäuschtes Gesicht machte, erst nach der Hochzeit bemerkt zu haben, daß seine Frau „Koreanerin" sei. Anscheinend hatte sie den koreanischen Anteil ihrer Familie heruntergespielt. Der Ehemann lehnte die großzügigen Geschenke des Schwiegervaters, eines Pachinko-Unternehmers, kategorisch ab und trennte sich von seiner Frau. Er war es, der die Scheidung beantragte. Wie der Prozeß ausgegangen ist, kann ich nicht sagen. Der Ex ging zurück nach Tokyo, wo er in einer überteuerten Junggesellenwohnung noch heute dahinlebt, wenn er nicht gestorben ist.

Eine Art Sehnsuchtsort

Myoshi hat etwas von einer Geisterstadt. Kaum Menschen auf der Straße, die Schüler jetzt in der Schule, vor den Brachfeldern verwittern die Verkaufsschilder der Immobiliengauner; langsam verfallende Häuser, ein Fabriksgelände hinter einem verbauten, von Kraut und Unkraut begleiteten Flußlauf, wo man sich fragt, ob es Eisen lagert oder Maschinen herstellt (kein Arbeiter zu sehen). Das alles aber inmitten einer properen, gleichförmigen, glatten Kleinstadt, die ihre Schandmale verbirgt, ohne daß sie viel dazu tun müßte. Die Vorhänge zugezogen, vor jedem Fenster, am hellichten Tag: Lob des Schattens, oder wie? Von Zeit zu Zeit fragt sich der Flaneur, der vergeblich durch Spälte zu lugen versucht, ob die Bewohner schlafen – Mittagsschlaf, die Stadt gewiß überaltert – oder ausgezogen sind oder verstorben. So leben die Häuser noch ein paar Jahre dahin, während die Leute längst verschwunden sind.

Gun-chan, der Kriegsjunge, ein Barkeeper in einer winzigen Bar in Tokyo (die nun ebenfalls, und längst, verschwunden ist), der früher in meiner Gegend in einem Okonomiyaki-Laden gearbeitet hatte, sagte einmal, dort gebe es „nichts“. Wenn das Nichts ein Etwas ist, dann gibt es in Miyoshi noch viel mehr davon. Und um die Wahrheit zu sagen, dort bin ich erst recht in meinem Element. Zwei ziemlich breite Flüsse treffen dort in spitzem Winkel zusammen und lassen ein langes, von Menschen unberührtes, von Vögeln gern besuchtes Dreieck von Gras und Schilf und kleinen Tümpeln zu, das nie bebaut werden wird, nicht mit Pflanzensamen und nicht mit Beton. Der Landraum weitet sich hier auf der *Ile de Honshu*, wie ich die Gegend nennen möchte; der ungerührte Himmel gewinnt an Anwesenheit, der Wind weht über die Brücken und bauscht unsere Jacken. Und wir, die wenigen, die sich noch aufrecht halten, auch wenn sie windschief gehen, sind hier wirklich Zwischenwesen, Windgenossen.

Was wohl aus Gun-chan geworden ist? Hat es ihn zurückgeweht ins Mehr-als-Nichts? Oder schwitzt er Tag für Tag in einem der Türme in einer der Küchen eines der Restaurants in einem der obersten Stockwerke, zweihundert Meter über dem Ort, wo er einst dem Vergnügen seiner nächtlichen Arbeit nachging?

Daß ich hierhergekommen bin, hat damit zu tun, daß ich immer schon einmal hierherkommen wollte. Führe ich mit dem Fahrrad in die Berge hinauf, in nördlicher Richtung, ein wenig nach Westen, müßte ich auf die zweite Bahnlinie dieser Provinzen stoßen, *al otro ferrocaril de estas provincias*, wo mich ein Zug weiter in die Richtung der anderen Küste, der nach Korea oder China schauenden, bringen würde: so hatte ich gedacht. Illusion dann, während der Radfahrt, die Wasserscheide schon hinter mir zu haben. Der Fluß bewegte sich zwar mit mir in nördlicher Richtung, doch nur, um sich mit einem größeren zu vereinigen, dem er eilig zustrebte; einem breiteren, der jedoch nach Süden floß, bei Hiroshima ins Meer, wo man weit hinter der Inselwelt Kalifornien ahnen konnte, wenn man genügend Phantasie aufbrachte. Eines Tages möchte ich beides erreichen; an zwei fern voneinander liegenden Tagen: China und Kalifornien.

Daß ich hierhergekommen bin, liegt daran, daß sich die Gelegenheit bot, nachdem mir eine Studentin von ihrer Reise mit der Geibi-Bahn erzählt hatte. Sie hatte den Zug im Hauptbahnhof von Hiroshima bestiegen und wollte mir nicht glauben, daß diese Bahn von hier aus, im Osten der Provinz, für mich erreichbar sei. Wir wetteten – der Einsatz tut nichts zur Sache. Dieser Bericht weist mich als Gewinner aus.

Nicht nur bei der mündlichen Verständigung, wenn es darum geht, einen Weg zu einem Ort oder dessen genaue Lage zu beschreiben, nein, auch auf Landkarten sind Konbinis der wichtigste und oft einzige Anhaltspunkt. Das gilt für die Stadt ebenso wie für das Land; auf den Karten und für das GPS haben Konbinis dasselbe Gewicht wie Schulen und Krankenhäuser, Tempel und Schreine.

Basislager Konbini. Das Seven Eleven in Shiwa-cho ist mit der Zeit zu einem regelrechten Stützpunkt für mich geworden, da es, schon ziemlich fern von meinem Wohnort, an einem weithin sichtbaren Verkehrsknotenpunkt zwischen den Feldern einer Ebene liegt. Zwei, drei Häuser an der Kreuzung, außerdem ein Postamt (wo ich diesmal Geld abhebe, es wird gerade geöffnet, Punkt neun Uhr). Großer Parkplatz, an zwei Seiten von Lotuspflanzungen begrenzt, die inzwischen wie Schlachtfelder aussehen. Autos, Laster, freie Flächen, Beton. Die Ortschaft liegt ein paar hundert Meter weiter drüben an einer Nebenstraße, die früher Hauptstraße war, in Richtung der östlichen Berge. Von hier aus sieht man den Schlot und die brüchige, immer noch weiße Wand der Sake-Fabrik, das Flüßchen, über dem in Frühlingsnächten die Glühwürmchen blinken, und den Uhrturm mit der 1921 gestifteten Glocke.

Auch ich habe hier eine Geschichte, denke ich und beende mein Frühstück halb sitzend, halb stehend am Querpfosten der türartigen, an Minifußballtore erinnernden Metallbarrieren, die die Autos von der Glasfront fernhalten sollen. Kaffeedose im Fahrradkorb abgestellt, das Folienplastik von der Mehlspeise in den Konbinimüllkorb geworfen, neben dem sich ein Kettenraucher aufrecht hält: zwei Arbeitskollegen warten mit unterdrückter Ungeduld beim Firmenkleinlaster auf den Süchtigen. Ich aber schwinge mich auf das Rad und fahre in nördlicher Richtung weiter, neugierig, was mich in dem vermutlich unbevölkerten Tal erwarten wird.

Gefahren… von Natur und Technik. Die Naturgefahren sind vorbei, obwohl es letzte Nacht und tags zuvor geregnet hat. Der Fluß führt viel Wasser, die Felsblöcke unterspült er wohl seit Jahrtausenden; an manchen Stellen ist er reißend, nachdem es letzte Nacht und den ganzen Vortag geregnet hat, doch er bleibt in dem zerwühlten Bett, das ihm die Menschen ausstaffiert hatten. Bei den Unwettern vor zwei Jahren ist er in mancher Biegung übers Ufer getreten, hat Brücken und Straßenteile mit sich gerissen. Ich will nicht mehr über die Katastrophe schreiben und komme nicht daran vorbei.

Bei der Abfahrt – zu meiner Überraschung geht es die meiste Zeit bergab – hat sich die doch einigermaßen befahrene Straße bergseitig zu einem schmalen Betonstreifen verengt; hinter mir bildet sich ein Schwanz von Fahrzeugen, darunter Lastwagen, aber diese menschliche Gefahr verschont den kleinen schutzlosen Radfahrer, niemand versucht, ihn zu überholen. Auf dem naturgemäß langsameren Rückweg winkt mich eines jener uniformierten und braungegerbten Hutzelmännchen, die die Straßen und Baustellen dieses Landes zieren, nach rechts, wo die eigentliche Straße bald zu Ende ist: Hinter einer Barriere braust das Nichts. Links davon, um ein, wie die Wäscheleine verrät, bewohntes Haus herum, ein schmaler, mit Gummimatten ausgelegter Pfad, den vor allem Straßenarbeiter benutzen, aber heute auch ein Radfahrer, ein Fremder obendrein, der sich zur Überraschung und Erleichterung des Hutzelmännchens einer höflichen Sprache zu bedienen versteht. Zwei Schritte rechts von mir zeigt die Straße jene Bruchlinien, wo vor zwei Jahren das Erdreich und mit ihm der Belag hinuntergestürzt ist. Das Fahrrad muß ich schieben, dann auch tragen, aber ich komme durch und kein großes Tier hetzt mich.

Ein zweites Haus, halb in der Luft über dem Abgrund, soll einen neuen Sockel bekommen, die ganze Uferseite muß noch befestigt werden, die Straße neu gelegt, doch bisher ist es nur ein Umherschieben von Erdreich und Gestein. Ein Arbeiter steht dort, Arme und Beine gespreizt wie auf den biometrischen Zeichnungen Leonardo da Vincis; die Sonne blendet, und die Gerüststange, die ihn trägt, ist ein selbstgesponnener Faden.

Und auch am Bahnhof Shiwa-guchi kommt selten ein Radfahrer daher, schon gar ein Ausländer. Der Stationsvorsteher versieht seinen einsamen Dienst, läßt die Jalousie hoch, ist baff über den Weg, den ich gekommen bin und dessen Stationen ich ihm hersage. Oder eher darüber, daß ein Fremder zu ihm spricht; der Mann ringt um passende Antworten. Der Zug, sagt er entschuldigend, indem er auf das Plakat deutet, fährt nach Miyoshi. Gut, warum nicht, einen Fahrschein nach Miyoshi, bitte. Geht erst in vierzig Minuten (Händewringen). Umso besser, ein Spaziergang mehr, zu den kleinen Bögen auf der Brücke über den stilleren Fluß, in den der wilde hier mündet. Bögen, die tatsächlich wie römische Aquädukte aussehen, kawaiisiert sozusagen, karamelisiert, in verkleinertem Maßstab. Tritt man aus dem Bahnhof, erblickt man gegenüber die Kumon-Fassade: die Paukschule, die noch im kleinsten Dorf nicht fehlen darf. Verspäten solltest du dich lieber nicht, sonst kommst du heute nicht mehr nach Miyoshi. Die Schaffnerin in ihrer schmucken Uniform wird nicht auf dich warten. Sie wartet darauf, daß der Sekundenzeiger den letzten Ruck bis zum planmäßigen Zeitpunkt tut.

Im Näherkommen könnte das Kirchlein mit dem Spitzturm irgendwo in einer siebenbürgischen Waldlichtung stehen. Ein bißchen zu proper vielleicht. In Wahrheit leistet es nur einer öffentlichen Toilette Gesellschaft, aus der man beim Pinkeln in den Himmel über der Flußböschung schauen kann, und ziert die Rückseite eines enormen, wasserblau gestrichenen Wasserbehälters.

Wer hierher zum Beten kommt, dem ist sicher nicht zu helfen. Aber wo, wenn nicht hier, frage ich in heiligem Trotz. Ein Ave Maria für meine Mutter, eins für mich selbst. Das Wunder ist, daß ich mich an den Text erinnern kann. Wo Lücken klaffen, springt wohltrainierte Phantasie ein.

Später, im Kleinstädtischen, eine richtige Kirche mit roter, in den Himmel zeigender Schnapsnase. Hier wirkt der Zauber nicht, glaube ich, und habe keine Lust, es noch einmal zu versuchen.

Mein Orientierungssinn, auf den ich mir so viel einbilde, hat mich im Stich gelassen. Am Flußufer frage ich einen guttrainierten Weißhaarigen im blauen Trainingsanzug nach dem Weg zum Bahnhof. Er sieht mich an wie einen Außerirdischen. Ausländermalus, denke ich zuerst, aber nein: „Haben Sie denn kein Smartphone?" Er setzt an: „Bis zum Sushi-Laden, dort nach rechts, geradeaus..." Verheddert sich in den Wörtern, zückt sein Allzweckgerät: „Hier und hier und hier! Beim Sushi-Laden nach rechts..."

Gute Gelegenheit, wieder mal Sushi zu essen, vorbeiziehende, die du dir schnappst wie fliegende Fische. Durchs holperig-transparente Coronaplastik deiner virtuellen Zelle umschwirren dich aufgeschnittene Anblicke, und du glaubst zu erkennen: Ellbogen Wasabitütchen Pulloverausschnitt Lachs Menschenfinger Fischeier Gurkenscheibe Armbanduhr Machapulver Makrele Eßstäbchen Aal Augenbrauen Finger Garnelen Zwillinge Wimpern Auberginenblau violett länglich rot weiß rot Kuppe Finger Kügelchen gelb rot Sojapfützchen…

Das Ich dort?

Nichts.

Der

Vordem ist er im Anzug vorbeispaziert, keine Krawatte, nein, aber Halbschuhe und ein gutes Hemd. Vielleicht gehört er zu der Firma oben auf dem Berg, wo die Lastwagen hinaufkriechen, oder nicht, nein, denn da könnte er nicht am Wochentag im schönsten Sonnenschein dahintrödeln. Vielleicht zur Schule, das könnte sein, in der Hochschule arbeiten sie nicht so viel, oder in der Nacht, die mit den Experimenten, die arbeiten nachts, oder? Hoch-, sage ich, nicht Grundschule, Hoch! Der geht übers Land, zwischen den Feldern, über die Berge, sogar im Regen, da habe ich ihn gesehen durchs Küchenfenster. Aber der, was! Einen Regenschirm könnte der sich schon leisten. Und tut gar nichts als schauen, oder untersucht er etwas, will der was herausfinden? Irgendwie, oder? Weil der schaut mal hierhin, mal dorthin, unsere Kakibäume starrt der an, als wollte er sich eine schnappen, und die Zwiebeln, wie wenn er sie ausreißen wollte. Der schaut nach oben, nach unten, dreht den Kopf um, überallhin. Wie wenn ihm die Welt gehörte. Gehört ihm auch, hast du recht. Wer will, dem gehört die Welt. Wer nicht will, dem gehört das Fernsehen. Oder die Dinger da, diese kleinen, Taschenfernseher, nicht? Ist doch so, oder?

Den Mund macht er nie auf, außer einmal, da hatten sich die Sommerblumen vermehrt und verstärkt, die gelben und die roten, die in den Winter hineinwachsen, wie wenn in der Nacht Verstärkung anrückt, oder? Da hat der gesagt: „Schön", nur das hat er gesagt, vielleicht hat er sonst keine Wörter. Was ich gesagt habe? Na was schon. Danke, hab ich gesagt. Und später einmal, oder früher, das weiß ich jetzt nicht mehr, hat er die Zwiebeln angestarrt, die auf der Stange bei der Garage hängen, und ich hab gesagt, ich geb dir eine, einen ganzen Bund, wenn du willst, haben eh zu viele, und Kaki kannst du auch haben, aber ich glaube, der hat mich nicht verstanden, hat nur „danke" gesagt, wie ich, also vielleicht kann er nichts anderes, und ist langsamlangsam weitergegangen, langsam, hab ich gesagt. Ist auch kein Wunder, ohne Zähne, nicht einmal meine Tochter versteht mich, außer beim Essen, weil ich sie da reintu. Und du, du verstehst mich, oder? Auch nicht, ist auch egal. Das Wichtigste versteht man ohne reden. Aber ein anderes Mal, da hab ich gesehen, ist er vor dem Feigenbaum gestanden wie ein Bedürftiger. Kann eigentlich nicht sein, daß der Hunger hat, oder? Wo er doch einen Anzug trägt, manchmal zumindest, und Halbschuhe und ein gutes Hemd und sogar einen Hut, einen runden. Steht der vor dem Feigenbaum und kommt ein Rabe geflogen und schnappt sich eine und wirft sie dem vor die Füße, klatsch! Hat der sich wahrhaftig gebückt und die Feige gegen das Licht gehalten und angeschaut und beschlossen, er wird sie essen, warum nicht, und hat sie mit zwei Bissen verspeist, zum Nachtisch, ha ha! Hat er danke gesagt, zum Himmel hinauf. Und dann, oder nein, nein, ein ganz anderes Mal, da hat er die Wanne dort angeschaut und das grüne Wasser und die Linsen darauf, als ob das etwas wäre, und die Sessel, in denen wir sitzen, hat er angeschaut und sogar an einem gedreht, ein bißchen, damit er weiß, ob sie sich drehen, also die Drehsessel. Wahrscheinlich hat er sich gedacht, wie die der Sonne standhalten und dem Regen und sogar dem Schnee, aber die halten was aus, oder? Wird er gedacht haben. Der weiß nämlich, was etwas ist, glaube ich. Der weiß das. Könnte sein, oder? Aber hingesetzt hat der sich nie, glaube ich, hingesetzt hat er sich nie, weil der eine Achtung hat, so komisch er redet und ausschaut, ja, ausschaut. Hinschaut? Ausschaut, oder? Hm.

Von Konbini zu Konbini

Eigentlich sind es nur zwei. Also vier, zwei mal zwei. Zwei Famima, zwei Sehbün, wie sie im Volksmund heißen. Weiter drüben ein drittes, Lawson, aber da komme ich selten hin. Für mich ist es eine Ellipse, die ich durchlaufe. Meine Wege haben ungefähr die Form einer Ellipse, mit einem Seven Eleven und einem Family Mart als Brennpunkten und einem Seven und einem Fami an den äußersten Enden. In Wahrheit gehe ich aber oft auf der geraden Verbindungslinie der vier Punkte. Im Winter eher auf der Geraden, im Sommer auf der elliptischen Außenlinie, weil es dort am Abend, wenn es ein bißchen abgekühlt hat, dunkel ist und man die Sterne funkeln sehen und den Fluß rauschen und die Frösche quaken hören kann und sich nicht vom Strahllicht der Konbinis, dem Blendlicht und dem Motorensurren der Autos bedrängen lassen muß. Am Flußufer, bei den Bambushainen und den Lotusfeldern, deren riesige Blätter hin und her schwanken oder stillestehen, ist dieser Wanderer vollkommen allein, niemand strapaziert seine Nerven, die Blendlichter und Motorengeräusche sind Abarten des hohen Gefunkels und des ewigen Rauschens. Taguchi: eine Ellipse und ihr ovales Feld, das die schlafenden Reiher, die quakenden Frösche, den letzten Wanderer birgt.

Die Konbinis sind alle gleich. Also die von einer Firma, einer Kette sind gleich, außen wie innen, mehr oder weniger, und auch die der verschiedenen Firmen unterscheiden sich nicht sehr voneinander, obwohl sie auf unterschiedliches Design, unterschiedliche Farben und Logos Wert legen. Famima ist blau-weiß-grün und Seven rot-weiß-grün-orange, ein bißchen streifiger als Famima. Die Famima-Kästen sind aus weißen Platten gebaut, die Seven-Kästen aus helleren und dunkleren orange- oder ockerfarbenen Backsteinen. Vorne natürlich Glasfront. Im Sommer gekühlt wie ein Kühlschrank, im Winter warm, außer in der Nähe der Fensterscheiben und der Eingangstür. Im Seven kaufe ich meistens ein Melonenbrot und ein Getränk mit Yuzu, Zitrone und Soda; im Famima Famichickin und ein süßes Bohnenpastetebrötchen; in beiden gibt es winters Oden (Konyaku und Eier und Fleischspießchen liegen in dampfenden Kesselchen). Vor einigen Jahren sind viele Konbinis mit ein paar Stühlen (meistens vier) und einem Wandbrett („Tisch“ wäre zuviel gesagt) und einer Selbstbedienungskaffeemaschine ausgestattet worden. Es gibt Zeiten, da sitze ich frühmorgens, wenn alle Cafés und Geschäfte geschlossen haben, mit meinem Notizheft oder Notebook dort, einen Pappbecher Kaffee neben mir. Um halb acht, ungefähr, sehe ich die Karawanen der Volksschüler vorbeiziehen; vor einigen Jahren erkannte ich immer wieder einmal meine Tochter in so einem Pulk. Sie hat mich nie gesehen, auch nicht mein Fahrrad, das ich in der Ecke zwischen Konbiniwand und Reisfeldzaun abstelle wie ein Verbrecher, der sich nicht einfangen lassen darf.

Eine Zeitlang habe ich im Konbini ab und zu eine Dose Bier gekauft, nicht tagsüber, sondern abends, nach Einbruch der Dunkelheit, wenn es nicht gar so unschicklich wirkt (nun, man wird eh von niemandem gesehen, höchstens von einem Radfahrer, flüchtig). Bierwanderung, dachte der Wanderer und betrat die Fußmatte, eine digitale Tonfolge auslösend, die dem Verkäufer eine Ankunft bezeichnete. Ein japanischer Student, der ein Semester in Deutschland studiert hatte, hatte mir von seiner Gewohnheit erzählt, vor dem Konbini mit einem oder zwei Freunden eine Dose Bier zu trinken. Ob das nicht ungehörig sei, wollte ich wissen. Er lachte. Verboten war es nicht. Seine Erzählung reizte mich, es ihm gleichzutun. Der Lehrer, der seinen Schüler, der Vater, der sein Kind nachahmt, das war immer mein Ideal. Verwirklichen läßt es sich recht und schlecht. Wenn überhaupt.

Machen wir so einen Gang, eine kleine Wanderung. Die Wohnung im Ensemble der Wohnblocks verlassend nach rechts, am Waisenhaus und dem Kindergarten vorbei, in den meine Tochter ein Jahr lang ging, bis wir vom Regime dieser wohltätigen und gutverdienenden Erzieherdynastie genug hatten, und gleich ins Tal hinunter, abschüssig, durch Kiefern- und Laubwald, im Sommer eine tägliche Hitzeprüfung für die Kinder auf dem Rückweg (keinesfalls die Thermosflasche vergessen!). Unten angelangt noch einmal nach rechts, auf dem schönen, fast geheimen Pfad hinter der Konbinistraße, der einst wunderschön war, jetzt nicht mehr ganz so. Die Bauernhäuser stehen noch, einige Felder haben die Bauern verkauft, an ihrer Stelle prangen Felder von sonnenenergetischen Platten, die schräg zum Himmel starren, alle gleich. Die Sumpfwiesen mit dem Schilf sind vor kurzem planiert und betoniert worden, noch stehen da keine Fertighäuser. Am Ende des Pfads, wo gebückte alte Leute, die nicht so bald aufgeben, ihre Gemüsebeete bestellen, die kleine, amateurhafte Autowerkstätte neben einem Einfamilienhaus und der Parkplatz sehr alter, nicht mehr oder noch nicht wieder funktionstüchtiger Autos bei einem Appartementhaus, wo ich nie verstanden habe, ob da noch jemand wohnt oder nicht, oder zeitweilig jemand wohnt. Hier geht es wieder steil nach oben, und ich weiß, es ist da auch diese hundertstufige Treppe, die zu dem kaum besuchten Shinto-Schrein im Wald hinaufführt, wo ich vor drei, vier Jahren einige meiner schön-schmerzlichen Texte schrieb. Ich aber bleibe im Tal, die Autostraße läßt sich hier nicht vermeiden, der Blick fällt zuerst auf das neue chinesische Restaurant, in dem man oft tagelang keinen Gast sieht und dann plötzlich eine zahlreiche Gruppe, die den Raum füllt. Es ist nämlich nur einer, mit einer Kochecke und einer bescheidenen Theke, früher von einer alten Einheimischen geführt, ich habe es ein einziges Mal besucht, sie schien über unseren Besuch halb erschrocken, halb belustigt und mußte nach einer Stunde Biernachschub (Dosen) kommen lassen, womöglich vom Famima. Noch ein Stück weiter, wieder Erinnerungen an Verschwundenes, auf der einen Straßenseite der Friseurladen, in den schon lange niemand mehr gegangen war (aber das kommt mir bei den meisten Friseurläden so vor, die ganze Gegend oben in Shitami ist geradezu friseurverseucht), und das Keisukeya gegenüber, eine nette Baracke, Keisukes Laden, den ich ebenfalls nur einmal aufgesucht habe, als meine Tochter noch ein Kleinkind war, das Essen dort nicht schlecht, aber fett, ein Halt für Motorradfahrer. Aber wie gesagt, auch dieses Restaurant ist verschwunden, der Abriß ging schnell vonstatten und ebenso die Errichtung des schwarzen Fertighauses: anders wird auf kleinfamilialer Ebene sowieso nicht mehr gebaut: billig, zügig, praktisch.

Und dann, endlich, das erste Konbini! Ein Family Mart an der Kreuzung, gegenüber eine Lagerhalle, davor der schönste Garten weit und breit, eine wunderbare Mischung von Zier- und Nutzpflanzen, Blumen und Tomaten, auch Feigenbäumchen und Zwiebelreihen, alles da, gehegt und gepflegt von einem nahebei wohnenden Weiblein, das ab und an, nach Lust und Laune, einem der vorbeitrabenden Schulkinder eine Blumenkerze schenkt, die auf dem Nachhauseweg sein Haupt überragt. Hier, wie schon gesagt, sitze ich zu bestimmten Zeiten morgens im Café, Notebook oder

Notizheft vor mir, während die Schulkinder hinaufziehen nach der anderen Seite des Tals, zur Schule, die oben auf der Talschulter liegt, für meine Tochter ein Weg von etwa vier Kilometern, für die sie anfangs eine Stunde brauchte, zuletzt, nach fünf Jahren, kaum mehr als die Hälfte. Jedes Jahr kam ich zweimal mit ihr da herunter, nach dem großen Sportfest, zu dem Eltern und Großeltern geladen waren – eine schreckliche, sinnlose, manchmal gefährliche Veranstaltung in der Frühsommerhitze, bei der die Schüler stundenlang in strengster Ordnung im Staub saßen und darauf warteten, daß sie endlich drankamen. Ich nützte die Gelegenheit für ausgedehnte Spaziergänge und versuchte, zu Zeitpunkten zurück zu sein, wenn Yoko einen kleinen Auftritt hatte. Zur Rückkehr nach Hause fuhren sie alle mit dem Auto, außer uns beiden, und jedesmal verweilten wir am Flußufer, bis es zu dämmern begann. Der Fluß ist ein bißchen schmutzig, wie alle Gewässer hier; Fabriken und Anrainer, vor allem aber Reisbauern haben keine Bedenken, ihren chemischen Dreck da hineinzuleiten. Trotzdem zogen wir die Schuhe aus und wateten im Wasser, in all den Jahren habe ich sonst niemanden gesehen, der das getan hätte; wir beobachteten Stöckchen, die mühsam auf der trüben Wasseroberfläche weiterkamen, von einer Schilfinsel zur nächsten, und manchmal hängen blieben; wir warfen Kiesel, sahen manchmal auch Fische, in den meisten Jahren aber nicht.

Der Weg am Fluß ist einer von vielen, die wenig benutzt werden, von Fußgehern fast nie, so daß ich oft das Gefühl habe, er gehöre mir allein. Am anderen

Ufer steigt ein kleiner Bergrücken hoch, dicht bewachsen von Bambuswäldern, darüber eine von unten nicht sichtbare Hochebene mit ein paar Siedlungen. Manchmal wandere ich die ganze Länge dieses Wegs bis ans Ende des Tals, wo es dann zum (von zwei Konbinis, Seven und Famima, flankierten) Shinkansen-Bahnhof hinaufgeht, aber das ist noch weit, und es kommt vor, daß ich mich bei der Brücke dort in das „Snack" setze, das nach meinem Eindruck überhaupt nichts Anrüchiges hat, es ist ein Tantencafé, inzwischen zum Omacafé geworden, wo sich ein paar Nachbarn und Nachbarinnen im erweiterten Wohnzimmer beim Kaffee unterhalten; oft auch geschlossen, lange wird es nicht mehr da sein, überhaupt sterben die Tantencafés aus. Manchmal biege ich aber in der Mitte meines Weges, wo der Fluß in einen größeren fließt, der es dann (bei Kure unten) bis ins Meer schafft, nach links ab, oder nach rechts, je nachdem, von welcher Seite ich komme, zurück auf die Konbinistraße, das heißt Autostraße, auf die ich ungefähr an der Stelle stoße, wo eine Schulfreundin meiner Tochter ihr Konbini betrieb, ein Seven Eleven, das sie gepachtet hatte. Natürlich nicht das Mädchen selbst, sondern ihre Eltern, geschäftstüchtige Leute, auch im Cateringsektor umtriebig, vor einigen Jahren haben sie das Konbini um etwa zweihundert Meter verlegt, an eine größere Kreuzung, wo Platz ist für einen größeren Parkplatz, eine klare Verbesserung nach geschäftlichen Maßstäben. Das alte Konbini verfiel langsam, oder wurde unansehnlich, aber kürzlich scheinen Bauarbeiten begonnen zu haben, vielleicht entsteht da wieder mal ein neuer Friseursalon. Würde ich vorne an der großen Kreuzung, wo es zu der jetzigen Schule, der „Mittelschule“ meiner Tochter hinaufgeht, an der riesigen pyramidalen Sporthalle vorbei, wieder zurück in Richtung Fluß abbiegen, könnte ich mich empören (das Empören schenkt mir mit fortschreitendem Alter ein Lustgefühl, das mir suspekt ist und das ich meistens bekämpfe) über die Kläranlage, die dort, statt zu reinigen, das Flußwasser verschmutzt – es hat sich aber gebessert, keine Ahnung, warum. Dort ist auch eine dieser hohen Umzäunungen, oder eher Umnetzungen, wo Golfnarren auf kleine weiße Bälle eindreschen und manchmal auch Jugendliche mit Baseballschlägern auf Basebälle, so daß man die einzelnen Geräusche bis hinauf in das Wäldchen hören kann, von dem ich gleich noch sprechen werde (es scheint da so etwas wie einen Schallkorridor zu geben, denn unten auf der Straße kann man die Geräusche nicht so weit hören), und in weiterer Folge dann nur noch Lotusfelder, die mein Herz erfreuen.

Also, ich bin zurück am Fluß, am anderen nämlich, dem breiteren, und muß mich jetzt den Autos stellen, zumal man auf Fuß- und Radwege in dieser Stadt oft zu vergessen scheint. Dort ist dann wieder ein Konbini, noch ein Seven und noch mehr für Autofahrer gedacht, weshalb ich es selten betrete, Kaffee-Ecke hat es auch keine. Von hier aus können wir entweder die Überlandstraße weitergehen und mein Leben am Verkehrsfließband riskieren, oder aber zurück auf der Konbinistraße, aber nicht bis zum zweiten Famima unseres Tals, sondern bald einmal hinauf zum Schrein im schon erwähnten Wäldchen. Riskieren wir zuerst unser Leben, der Schrein kann warten. Wenn man die Überlandstraße wieder verläßt, wird es schön, aber zu bestimmten Zeiten auch laut, weil die Schüler der sich weitläufig erstreckenden Landwirtschaftsschule beim Baseball und anderen Sportarten zum Brüllen angehalten sind und auch seriös aussehende Erwachsene laut grüßen sollen, was sie dann in wahrem Gehorsam bis zum Unerträglichen steigern. Die wellige Landschaft wechselt jetzt zwischen Teichen und Baumgruppen, kaum Felder, unser Hausberg in Halbdistanz, manchmal riecht es nach Kuhmist und Heu, denn die Landwirtschaftsschule besitzt auch, was in der Gegend hier selten ist, Ställe. Als meine Tochter ein Baby war, also ein tragbares Kind, und ich sie tagtäglich ausführte, wobei sie zuerst auf einer winzigen Trage vor meiner Brust lag (und meist schlief), später an einem Gurt befestigt war, die Beine baumeln ließ und sich die Welt und die Tiere anschaute, durchquerten wir gern das zur Schule gehörige, von einigen Schleichwegen durchzogene Gebiet, warfen auch Blicke auf die Kühe, was die Schülerinnen, wenn wir ihnen begegneten – selten, weil sie meistens im Unterricht waren – ganz reizend fanden, und wurden nie von jemandem zur Rede gestellt, doch eines Tages war der Schleichweg, auf dem wir uns den Ställen zu nähern pflegten, von einer Schranke versperrt, mit einem Hinweisschild auf – ich weiß nicht mehr, worauf, jedenfalls: Kein Durchgang! Noch später haben sie auf der Straßenseite eine andere, mächtigere Sperre errichtet, eine Mauer, die nicht gegen uns gerichtet war; ich glaube einfach, die bunkern sich ein, dieses Verhalten habe ich während der letzten Jahre an vielerlei Orten bemerkt, ganz so, als stünde wieder mal ein Atomkrieg bevor.

Steht aber nicht bevor, jedenfalls nicht hier bei uns. Wäre ja noch schöner! Nein, alles friedlich. Friedlicher denn je, fast schon unheimlich. Wählen wir beim Seven Eleven die andere Möglichkeit, biegen wir nach einer Weile in ein unauffälliges Sträßchen, an einem kleinen Reisfeld mit runder Begrenzung vorbei, das sich der Kurve des Weges anschmiegt, oder der Weg schmiegt sich an, oder beide sich aneinander, und unmittelbar vor der schönen weißen, von welligen Ziegeln gekrönten Mauer eines Bauernhauses liegt, schon am Waldrand, wo ein steinernes Tor aufragt, das den heiligen Bezirk bezeichnet, in den wir sogleich treten werden, entweder über das Sträßchen von der Seite her oder auf einer Treppe, die seitlich, wie zwei ausgebreitete Arme, eine Balustrade zeigt. Der Schrein dahinter ist ganz aus Holz, Nadelbäume ragen in die Höhe, der Gott und die Anrainer behüten und pflegen hier – wenigstens hier! – seit Jahrhunderten die Natur. Unter dem Dach, auf dem Holzboden, finden manchmal Feiern statt, auch solche, die mit der Religion nichts zu tun haben – oder doch, vielleicht ist Gesang an sich schon Verehrung des Göttlichen. Bunte Glühbirnen, eine Musikanlage, Omas und Enkelkinder singen gemeinsam Schlager, alte und neue, J-Pop und Enka. Opas haben Größeres in Sinn, sie werfen sich in Pose und singen irgendeines dieser weinerlich-schönen Lieder, Enka, vergebliche oder zerbrochene Liebe, die Vergeblichkeit überhaupt, und sie singen besser, als der Sänger, der es berühmt gemacht hat, selbst es singt (glauben sie zumindest).

Aber das, wie gesagt, nur selten, zwei oder drei Mal im Jahr, die Glühbirnenschlangen werden wieder abgenommen und verstaut. Unser Konbini-Rundgang neigt sich dem Ende zu. Das letzte Stück führt uns durch das finsterste Wäldchen, das man sich nur vorstellen kann. Eine sehr schmale, sehr steile, immerhin asphaltierte Straße, die ich letzten Sommer ein paarmal nachts durchquerte, wobei ich direkt ins Fürchten gekommen bin. Nicht vor Räubern, die sind hier längst ausgerottet, aber vor Schlangen, auf die ich blindlings treten könnte. Hat man das Wäldchen glücklich unbeschadet verlassen, geht man einige Zeit in einem Hohlweg, links eine gut zwei Meter hohe, dunkle, immer ein wenig feuchte Mauer, die eine Feldterrasse abschließt, rechts ebenso hohe Stauden, Gras, dichtestes Gewächs. Da steigt man langsam hervor, die Mauer wird niedriger, wir erreichen die von Teichen gesäumte Straße, sehen links das Krankenhaus, das ich ganz gut von innen kenne, und bald sind wir bei mir zu Hause, wo wir, wenn ihr wollt, das mitgebrachte Konbini-Essen verspeisen.

Convenient food, praktisches Essen, bequem erstanden – das Wort „Konbini" verweist auf „convenience store", aber die Sache hat nicht viel Amerikanisches, obwohl die Anfänge vermutlich amerikanisch inspiriert sind. Neulich habe ich sogar in der Zeitung gelesen, daß Seven Eleven ein amerikanisches Unternehmen aufgekauft hat, zu dem auch ein Tankstellennetz gehört. Viel Platz für Konbinis, oder nicht? Wie es aussieht, wird Amerika bald zur japanischen Auffassung von *convenience* bekehrt. Dieses praktische und bequeme Land mit seinen prinzipienfesten, aber auch pragmatischen, ebenso bequemen wie arbeitsamen Bewohnern wird den Rest der Erde beglücken, und meine Wanderungen werden am Ende globale gewesen sein.

Nie gesehen

Schaut eh keiner hin?
Bento & Dosen fliegen
in Straßengräben.
Japaner sind Schweine, echt!
Nach mir die Killerkrähen…

Ich weiß, man darf nicht verallgemeinern. Geht gar nicht! Iiii!

Das Gedicht ist kämpferisch, tippt den Saubermännern an die Schulter. Klischee gegen Klischee!

Dazu noch die Geschichte, daß ich an diesem schönen, nutzlosen, dreiecksförmigen, von Reisfeldern und einer schmalen Straße sowie ein paar Sträuchern gesäumten Plätzchen, durch das ein kaum merklicher, wenig begangener Pfad führt, vorbeikam und drei jeweils recht ordentlich verknotete Müllplastiksäckchen da liegen sah. Zwei Stunden später hatten Krähen das eine Säckchen zwanzig Meter weiter in einen Graben befördert, den Inhalt wie Zollinspektoren begutachtet und ein wenig zerzaust, wohl auch verköstigt. Das obige Tanka habe ich ein paar Wochen vorher geschrieben.

Vor dreihundertdreißig Jahren schrieb Matsuo Basho im selben Geiste, doch ohne Verallgemeinerung (in meiner bescheidenen Übersetzung):

Was das Meer hinterläßt:
rötliche Muscheln, Kleeblatt-
fetzen und Müll.

Also bleiben wir besser beim Haiku (kann man bei Basho lernen).

Schaut keiner hin?
Bento & Dosen fliegen
in Straßengräben.

Das Unwiederbringliche

Vor ein paar Wochen, oder Monaten, oder Jahrhunderten, als die Felder noch grünten und die Frösche quakten und die Füße matschten, verspürte ich oftmals den Wunsch, hier zu bleiben und so zu sein wie jene, also mich zu verwandeln in einen Reiher, der geduldig und behutsam zwischen den Halmen auf Grasnarben oder im seichten Wasser steht und schaut und schaut und schaut; hier zu bleiben bis ans Ende meines Lebens, auch im Winter, wenn es kalt wird und die Nahrung spärlich, das würde ich schon überstehen, sie überstanden es ja auch. Ich dachte ein Gedicht, dachte es mir aus, malte es aus – und schrieb es nicht. Und jetzt ist es unwiederbringlich verloren wie die grünenden Felder, die flötenden Frösche und behutsamen Reiher, ein Ungeborenes wie die abstrakten, immer noch schönen Formen allhier in der Ebene, vor den blauen, bald schon grauen, bald schwarzen Hügeln und Bergen.

Vielleicht ging es so, das Gedicht:

> Federgewedel, Geflöte. Sammelnde
> Blicke, ein Reich zwischen dieser
> und der anderen Welt. Stillbewegt
> walten am Feldrand die lauteren Spatzen.
>
> Hier möcht' ich, abgesehen von
> der Berührung durch die Luft,
> die meine Lungen sparsam atmen,
> im Grunde genommen gar nichts möchten.

Vielleicht aber ganz anders...

Schwebe

Im Normaldiskurs, also dem, was Heidegger „Gerede" nannte, pflegte ich zu sagen, daß der geistigen Verfassung dieser Tiere eine kontrollierte Dezimierung der Gesamtbevölkerung guttäte. Die Angelsachsen nennen das Pragmatismus, die Nazis Euthanasie. Die Japaner sind für solche Methoden viel zu traditionsgebunden, und die feminisierte Kulturindustrie beziehungsweise das weibliche Zielpublikum der Tourismusmanager hängt an „süßen" Maskottchen. Die formale beziehungsweise spielerische Auffassung der Religion währt am längsten – sagt ein konvertierter Shintoist, der sich Normaldiskurse mit der Zeit abgewöhnt hat.

Mein letzter Fahrradsturz ist mir nicht bei einer meiner ach so gefährlichen Unternehmungen zugestoßen, sondern auf dem Campus, dank der Sicherheitsmaßnahmen der Universitätsverwaltung. Was soll er tun, wenn einen passionierten Wanderer Fuß und Brustkorb schmerzen? Am besten, er geht in Miyajima spazieren, da ist die Natur durch jahrhundertelanges Streben zu schön harmonischer Pracht gezähmt, die Entfernungen auf der Insel sind nicht sehr groß, auf den Wegerln und Sträßchen kommen auch Alte, Fußleidende und Kleinkinder gut voran, solange sie nicht versuchen, den steil aufragenden Misen zu erklimmen. Außerdem kenne ich den Ort wie meine Westentasche. (Zufällig trage ich heute, an einem warmen Novembertag, eine Weste und stelle fest, daß ich ihre Taschen überhaupt nicht kenne.) Ich kenne die Insel nicht nur von Spaziergängen, oft mit Besuchern aus Übersee, die die berühmten Sehenswürdigkeiten beäugen wollen, sondern auch von der wunderbaren Laufveranstaltung, die hier jedes Jahr um diese Jahreszeit stattfindet, nur heuer eben nicht. Wie ich damals, ich weiß nicht, vor wie vielen Jahren, an der Spitze eines kleinen Pelotons vom in Ahornröte entbrannten Berg hinuntergelaufen, laufend geschwebt und bei dem eleganten Ryokan in das Sträßchen eingebogen bin, wo die ersten Läden ihren Kram ausgelegt haben, in dem sicheren Gefühl, über eine unbändige Kraft zu verfügen, die jetzt, schon dem Ziel nahe, noch einmal anwuchs, und wie sich meine Brust dabei spürbar weitete und ich dem Peloton tatsächlich davonlaufen konnte – daran werde ich mich zeitlebens erinnern, das Erlebnis schmückt eine der schönsten Kammern meines Gedächtnisses.

Aber heute bin ich als langsames Hinkebein gekommen, ein Ödipus, der sich nach tröstlich-beeindruckenden Anblicken in reiner Gegenwart sehnt. Sehr viele Besucher sieht man hier nicht, nicht im Vergleich zu gewöhnlichen Zeiten, keine Chinesen und keine Amerikaner, die in ewig guter Laune von der Stätte, die ihre Vorfahren einst dem Erdboden gleichgemacht haben, einen Abstecher in den damals verschont gebliebenen heiligen Bezirk machen, ein Package, das man sich nicht entgehen lassen will. Den größten Anteil der heutigen Besucher bildet eine Gruppe von gut zweihundert Jugendlichen in Uniform, die diszipliniert, wie man es von japanischen Schülern erwartet, die Fähre verlassen, als ich sie besteige. *Gaikokujin korarenai*, sagt ein Spaziergänger in einer Pensionistengruppe, Ausländer können (oder dürfen) jetzt nicht kommen, und ich hebe pflichtbewußt den Arm: Hier, *gaikokujin*, *presente*! Ausländer oder nicht, ich bin in diesem Bezirk eingezirkelt, mache keine Weltreise, darauf kann ich sowieso verzichten.

Das Meer während der Überfahrt zeigt sich dunkelblau, zuweilen spielt es ins Schwarze, der Himmel hellblau mit friedlichen weißen Wölkchen, wie immerwährend. Doch kaum habe ich den Fuß auf die Insel gesetzt, beginnt das Licht zu spielen, später auch verrückt zu spielen, aber fürs erste spielt es mit meiner

Wahrnehmung wie mit einer Gespielin. Nein, mit mir ganz zuletzt, ich komme nur am Rande vor – was anderes willst du denn? –, zuerst spielt es mit den Bäumen, Ahorn und Gingko und Kiefer, es tanzt mit den grünen und gelben und roten Blättern und Nadeln, erst ruhig, dann beschwingt, *allegro ma non troppo, quindi più vivace, ancora non molto*, es neckt uns, entzieht sich, taucht an unerwarteten Stellen auf, gibt sich großzügig . . . Richtig, so kann man es auch sehen, das Licht ist eine capricciose Musik. Und später im Daisho-in, auf dem Tempelgelände hart am Fuß des Misen, die Durchflutung meines Privatzimmers im obersten Stock, die vor meinem Körper und meiner Seele nicht haltmacht, und dann die ersten Botschaften von nicht mehr so leichten, rasch schwerer werdenden Schatten draußen, hinter den Fenstern, die nach drei Himmelsrichtungen schauen. Ein *chiaroscuro*, Hell-Dunkel-Gezerre, bald schon Vibrato, und beim nächsten Blick über die Dächer, an der schlanken Pagode vorbei, auf das Meer und die Honshu-Berge und den langen Streifen der Stadt in der Ferne, das lastende Dunkel, die Mitte zwischen Hell und Dunkel, das schwärzliche Grau, das sich am Nachmittag während der Rückfahrt auf der Fähre einerseits dramatisieren, andererseits auf die Gewässer, die Austernbänke, die unruhigen Wellen herabsenken wird.

Das war's dann für dieses Jahr. Das Spiel ist aus, meine Freunde, die letzte Herrlichkeit ins Unsichtbare entrückt, schon nicht mehr da. Mit dem Licht verschwindet alles, auch ich. Mit mir verschwindet alles, die ganze Welt, *urbis et orbis*. In der Finsternis werden Sturm und Regen die Blätter anpöbeln, fortwirbeln, verstreuen. Irgendwann kommt dann ein anderes, kälteres Licht. Plötzlich werden wir es bemerken, die Übergänge haben wir übersehen, wenn man daran denkt, ist es immer zu spät. In Wahrheit gibt es kein Ende, nur Abstufungen.

Wer in Miyajima lustwandelt, läßt seinen spirituellen Gefühlen freien Lauf (wenn er sich nicht zu sehr schämt), das hat der Ort so an sich, das bewirkt seine Geschichte, die Gegenwart der Geschichte in der Sprache der Natur. Wobei ich mit meinen eigenen Geschichtchen im Kopf lustwandele; jede Stelle, jedes Brückchen, jedes Plätzchen, zum Beispiel hier, schon ein gutes Stück über dem Meeresspiegel, bei dem Holzmast dort, an dessen Spitze ein Lautsprecher angebracht ist, der die weiter unten lebende Bevölkerung notfalls vor einer Gefahr warnen oder Anweisungen geben soll, löst eine Erinnerung aus; oder hier, auf diesem ahornüberdachten waagrechten Platz, wo es zwischen Baumstämmen ziemlich tief hinabgeht zu dem Bach, der von Fels zu Fels springt und manchmal, am Fuße größerer Felsen, grüne Tümpel bildet, habe ich vor, ich könnte nachrechnen: vor einem Dutzend Jahren den Kinderwagen abgestellt, nachdem meine Tochter darin eingeschlafen war, und ich habe mich auf einen Baumstumpf gesetzt, oder war es ein bemooster Stein, und eine Stunde nichts anderes getan als zu schauen, nicht nur ins (damals grüne) Dickicht und in die Tiefe, sondern auch auf den Holzmast, zu den kreisenden Milanen, auf die hin- und herfahrenden Fähren. Dann ist sie aufgewacht und wir sind weitergetingelt. Der Ort eignet sich bestens für Kinderwägen, unseren hatte ich im Zug transportiert und später auf der Fähre neben den (ohnehin spärlichen) Autos abgestellt und dann über die schön glatten Wege und Plätze, die von jahrhundertelang über sie geschrittenen Füßen abgeflachten, gerundeten Baumwurzeln. Außer unserem hatte ich hier nie einen Kinderwagen gesehen, bis vorhin, als ich das unwahrscheinliche Gefährt umrundete, um den lieben Säugling zu bestaunen, und was sehe ich? Einen Hund, eine kleine Dogge. Ausgeführt von einem Mann, der selbst aussah wie eine ausgewachsene Dogge. Dekadenz! Da wundert man sich, daß Japan ausstirbt… Aber selbst das ist mir egal. Die hiesige Spiritualität legt uns Heiterkeit ans Herz. Vielleicht hat sich ein Mönch vom Daisho-in einen Scherz ausgedacht.

Als Hinkebein will ich nur Orte aufsuchen, die mir besonders vertraut sind. So das Café in dem alten Bürgerhaus mit dem zum Berg hin ansteigenden Garten, wo ich im Winter einmal einen Tanuki sah, einen jener Marderhunde, die in der kalten Jahreszeit vom Berg herunterkommen auf der Suche nach Dingen, die sie anknabbern können, zum Beispiel Lederschuhe, aber das Café hat geschlossen, wie auch die Seilbahn außer Betrieb ist und die beiden Hauptwege auf den Misen gesperrt sind. Aber das Chaya, das einfache Restaurant auf dem stillen Platz neben den Hauptwegen, hat geöffnet, und dort nehme ich das Mittagsmahl zu mir, eine Schale Reis mit Ei, Zwiebeln und Austern. Einfaches Essen, einfache Hütte, gestampfter Erdboden. Einfache Leute das Personal, drei Frauen, vielleicht miteinander verwandt. Die eine, die mich empfängt, versucht anfangs, englisch mit mir zu sprechen, bis sie einsieht, daß es japanisch besser geht. So ist das jedesmal – sie erinnert sich nicht an mich. Im Café weiter unten die eleganteren Damen (im gleichen Alter wie diese hier) erinnern sich wenigstens dann, wenn meine Tochter dabei ist.

Viel mehr habe ich diesmal nicht zu berichten. Oder hundertmal mehr: so viel, daß es hier keinen Platz hat. Im Daisho-in die fünfhundert Buddha-Schüler (Rakan) und die tausend Kannons, eine friedlich-verschmitzte Heerschar von phantastisch-realistischen Wegsaumfiguren, die von beflissen-verspielten Gläubigen oftmals bunte Mützen auf ihre steinernen Köpfchen verpaßt bekommen haben, und der labyrinthische Gang unter dem vordersten Pavillon, den ich jedesmal durchquere, wenn ich die Insel besuche. Die wiederholte Erfahrung ist vielleicht doch ein Wort wert, insofern es da unten stockdunkel ist und man sich mit den Händen vorantasten muß, am Paradiesschlüssel vorbei, den man sowieso nicht findet, und an den von hinten erleuchteten kleinen Hinterglasbildern mit Kannon-Figuren in Nischen, so daß sie den Gang nicht erhellen, und um die wahrhaft runden Ecken, alles mit Holz ausgekleidet, auch der Boden und die Decke, die die Handfläche bequem erreicht, bis man endlich wieder Tageslicht ahnt und die Treppe hochsteigt und die Welt neu sieht, die Augen gereinigt und hoffentlich auch die Seele. Die ganze Tempelanlage ist synkretistisch, man trifft hier auf zahllose Persönlichkeiten aus bildfreudigen Mythen und Religionen, einige davon in hunderten, ja, tausenden Exemplaren, bunt und gleich und vielfältig wie die große weite Welt, nur der Heilige Michael in einfacher Ausfertigung, während der Dalai Lama als Foto zweimal da ist. Alles, was in der spirituellen Welt Rang und Namen hat, Shinto- und buddhistische Götter, phantastische Wesen aus Volksmärchen und Legenden, auch Anpanman, der Kinderliebling des Popzeitalters, gibt sich hier ein ironisches, zugleich ernsthaftes Stelldichein. Ein wenig enttäuscht bin ich dann doch, weil der Heilige Michael, der gerade, das heißt für immer, den Satan oder sonst einen Bösewicht erledigt, in das allerletzte Eck des Pavillons verbannt worden ist, als hätte er sich etwas zuschulden lassen kommen. Gar so schlecht ist die Bleibe dort am Ende der Veranda neben dem Karpfenteich nicht, nur leider so gut wie unsichtbar, früher stand er am vorderen Eck wie eine Galionsfigur am Schiffsbug. Wissen sollte man dazu, daß Miyajima beziehungsweise die Stadt, zu der die Insel gehört, Hatsukaiichi, sich Mont-Saint-Michel in der Bretagne zur Schwester erkoren hat. Müssen denn immer einander ähnliche Städte Schwestern werden, habe ich mir oft gedacht. Dabei könnte es viel interessanter sein, wenn sich zwei gegensätzliche, einander vielleicht ergänzende Charaktere zusammentäten.

Natürlich bin ich auch zu dem Pavillon mit dem luftigen Zimmer im letzten, schon sehr schlanken Stockwerk emporgestiegen, dem höchstgelegenen Ort der ganzen Anlage. Was mich hinanzieht über die steile, fast senkrechte Treppe, die zu bezwingen mir von Mal zu Mal schwerer fällt – aber *das* werde ich immer schaffen, mein Wort in Michaels, Kannons und Anpanmans Ohr – was mich hinanzieht, ist die Einsamkeit und Leere, die ich oben vorfinde, und die Weite, denn durch die glockenförmig geschwungenen Fenster sieht man weit hinaus über Wasser und Land, Innen und Außen sind gar nicht geschieden, die Seele schwebt wie ein Tengu über das alles hinweg. Niemand kommt hier herauf, außer vielleicht der Novize Mizoguchi, aber nur in meiner Phantasie und ohne böse Absicht. Da lehne ich mit ausgestreckten Beinen in der Ecke neben dem Weiheraum mit den tausend kleinen Kannons, denen man drei mickrige und doch vollkommen hinreichende Mandarinendosen (noch dazu von einer amerikanischen Firma, als gäbe es hier keine Zitrusfrüchte!) als Opfergabe übereinandergestellt hat wie in einer Schießbude, und betrachte die Leere, die Weite, die eigene Einsamkeit, und sehe, wie die Welt dunkelt, halb und halb, bald hell, bald dunkel, *chiaroscuro*, alles ist noch in der Schwebe, immer wieder in der Schwebe, wie ungeboren, das Grau *ist* die Schwebe, und sage mir, daß ich will, daß da sei, was da ist, Unsichtbares inklusive.

Ende der Plage

Routinierte Rehe
fressen Touristen auf. Handys
verenden am Strand. Blühender Lotus
beim toten Samenkissen:
ein Spätling wie ich,
          der Erstling.
Blumen, Farbkünstler
am Rand der Ränder, schattwärts,
leuchten dort weiter.

Wiederholung, Veränderung

Die Landschaft verschwindet unter tausend rechteckigen Sonnenmatten, die alle gleich aussehen. Kollektoren, sie sammeln Wärme, Energie. Das Umweltbewußtsein zerstört, was die Bauwut unangetastet läßt. Für die Bauern ist es einträglicher und bequemer, ihr Land zu verpachten, als es zu bestellen.

(Von Saijo nach Mihara, vor allem zwischen Hongo und Mihara; dann kommt das von den Windenergetikern bislang verschonte Meer.)

In Onomichi wollte ich auf den Spuren meiner Vergangenheit wandeln, doch die gegangenen Wege verwischen im Lauf der Zeit, sie machen sich unauffindbar, täuschen dich, spielen dir seltsame Streiche.

Es wird etwa zehn Jahre her sein, daß ich mit meiner Tochter hier die Fähre nahm und nach Mukaishima hinüberfuhr und mir dachte: Schiffe, Werft, Kanäle, alles schön und gut, aber wir beide wollen doch ans Meer, an den Strand, im Wasser plätschern, Muscheln suchen. Also ging ich los, um die Insel zu durchqueren, die meiste Zeit mit Yoko auf den Schultern, die damals noch tragbar war, zwar nicht mehr federleicht – heute würde sie, wenn ich schlappmache, mich tragen, huckepack wie die Jungen die Alten in *Narayama Bushiko*. Nein, ich mache nicht so leicht schlapp. Damals schon gar nicht, wir erreichten mit einigen Ruhepausen, also Spielpausen, die für den Vater auch nicht immer ruhig waren, die wenig besiedelte Küste, die in meiner Phantasie nach Kalifornien schaut, in der Wirklichkeit aber nach Shikoku. Dort empfing uns ein Mann, der vom Wellenrauschen begleitet auf einer Shakuhachi spielte, einer japanischen Flöte. Sein schulterlanges Haar wehte im Wind, und er drehte sich langsam wie ein Gestirn in unsere Richtung, ohne sein Spiel auch nur einen Augenblick zu unterbrechen.

Das alte Hafenhäuschen, bei dem ich die Fähre verließ, kam mir bekannt vor, seine unbeholfen viktorianische Gestik, die blätternde helle Holzfarbe, aber dann muß ich gleich das falsche Gäßchen genommen haben, oder das richtige, denn da war ein Café, ein richtiges Tantencafé, wie sich bald herausstellte, wo ich das Frühstück zu mir nahm: Butterbrötchen und weiches Ei, gemischter Salat, Fischbouillon mit dünnen europäischen Nudeln, genießbarer Kaffee, ein bißchen Obst, das alles für 550 Yen. Die Tante, maskiert, wie es sich gehört, mit dunkelblond gefärbtem Haar, schien noch recht jung, nur die Augen verrieten, daß sie schon einiges hinter sich hatte, und die kindlich hohe Stimme ließ ein fast großmütterlich anmutendes Hintergrundkrächzen hören. Das Café gab es schon lange, wahrscheinlich hatte sie es von ihrer Mutter übernommen, die säuberlich gepflegte Einrichtung und die Theke – das Wort „Budel" schwappte aus meinem Gedächtnis hervor – stammten wohl aus den achtziger Jahren.

Aber ich wollte mich und euch nicht bei kulturgeschichtlichen Betrachtungen aufhalten, sondern meiner eigenen Vergangenheit nachforschen. Wieder auf der Straße, keinen Kanal entlang (meiner Erinnerung widersprechend), bog ich nach einer Weile aufs Geratewohl in ein Sträßchen, das mir sympathisch war, oder ich war ihm sympathisch, und es dauerte nicht lange, da stand ich sinnierend unter einem Tempel – die übliche Steintreppe führte hinauf –, der mir wiederum bekannt vorkam. Kein Zweifel, es war jene Gottesbehausung, die mich damals angezogen hatte, und ich glaube, ich hatte Yoko sogar gefragt, ob wir da nicht hinaufwollten, mich aber sogleich eines Besseren besonnen, weil ich nur allzu gut wußte, daß kleine Mädchen wenig Interesse für solche Örtlichkeiten aufbringen. Zumal ihr schon der Spielplatz aus mäßiger Ferne winkte.

Hätte ich in Kyoto oder Hiroshima immer alle Tempel oder in Rom sämtliche Kirchen mit ihr besucht, sie wäre bestimmt nicht zu dem heiteren Wesen geworden, das sie jetzt ist. Statt dessen habe ich mit ihr immer sämtliche Spielplätze betreten, die auf unseren Wegen lagen – da führte kein Weg dran vorbei.

Kinderspielplätze gibt es Gott sei Dank viel mehr als Gotteshäuser (außer vielleicht in Kyoto und Rom). Dieser hier, mit annähernd dreieckigem Grundriß, hat in seinem bescheidenen Dazwischenliegen, zwischen Häusern und staubigen Sträßchen (fast ohne Autos), Baracken und Gemüsegärten (immer noch reifende Tomaten!), doch etwas Rührendes, obwohl nicht in dem Maß, wie ich es damals an Yokos Seite empfinden durfte. Ein ganz normaler, eben deshalb hier und jetzt (= damals) herzrührender Spielplatz mit Rutsche, Reckstangen und Sitzbank, weiter nichts. Ohne Bäume, ohne Schatten, aber damals war es Februar oder März, und jetzt Ende November, da sucht man nicht nach Schatten. Ich suchte nach einer schattenlosen Vergangenheit, und ich hatte sie gefunden.

Und bald auch schon wieder verloren. Oder nicht. Jedenfalls erkannte ich den weiteren Weg nicht wieder, oder nur momentweise, ich war und bin mir nicht sicher. Spielt auch keine Rolle, jede Wiederholung ist letztlich Veränderung. Nicht, daß sich die Insel, die Gebäude, die Vegetation groß verändert hätten; ich bin es, der sich verändert hat und mit mir mein Blick; die Zeit selbst hat sich verändert, und plötzlich sah ich alles ganz, ganz anders. Und vergaß die Vergangenheit, dazu ist sie schließlich da. Dazu gehen wir die Wege immer aufs neue. Der hier führte jetzt bergauf, schon war ich in größerer Höhe, als ich erwartet hatte, vielleicht war ich, ohne es zu merken, von einem Berg auf den nächsten gestiegen, wie ein Riese und ohne Bewußtsein. Momentweise; dann wieder bewußt. An den Hängen Orangenbäume: Hassaku, Satsuma, Mandarinen, auch große grapefruitartige Früchte, Dekopon, Tankan, Harumi, Haruhime, die ganze Zitruspalette unserer Gegend hier, nur Zitronen nicht, es war noch nicht ihre Zeit. Die Waldsträßchen, die immer wieder zu Steilwegen wurden, meist asphaltiert, aber dicht von gefallenen Blättern bedeckt und gerade so breit, daß die kleinen leichten, bei den Bauern so beliebten Lastwagen, Lastwägelchen, möchte man sie nennen, heraufkommen und die reifen Früchte transportieren konnten. Und immer wieder Wildschweinspuren, zahlreiche, ganze Rudel mußten sich in diesen Wäldern herumtreiben. Bis vor kurzem gab es in Japan keine Jagd, doch in letzter Zeit vermehren sich die Tiere gewaltig, im Unterschied zu den menschlichen Bewohnern des Landes. Kontrollierte Dezimierung, sagt der

Dichter in Prosa, kann der geistigen Gesundheit dieses Volks nur guttun.

Einmal ziemlich hoch oben und fern von den letzten Siedlungen, blieb ich vor einem Mandarinenbäumchen stehen und betrachtete es in kontemplativer Haltung, als eine Frucht zu Boden fiel und vor meine Füße rollte (kein Schmäh!). Klare Aufforderung, mich zu bücken, sie in die Hand zu nehmen und zu verspeisen. Das tat ich, und zu meiner Überraschung schmeckte sie gut, sehr süß mit ganz leichtem säuerlichem Einschlag. Ich dachte an Yoko, der ich die Angst vor dem Diebstahl zu nehmen versuchte, indem ich ihr erklärte, die vielen gefallenen Früchte würden verfaulen und traurig sein, wenn niemand käme und sie aufhöbe und wenn möglich verzehrte, nur eine oder zwei von ihnen, mehr würden den Menschen ohnehin nicht guttun. Und dann sagte ich mir, daß sich aus diesem kleinen Erlebnis ohne weiteres ein Haiku drechseln ließe, ein Scherzgedichtchen, nämlich so:

Die Mandarine
füllt eine Zeile und fällt
vor deine Füße.

Oder auch ein Renga – wenn jemand weitermachen will, bitte sehr, Zuschriften an den Verlag!

Nach einer Weile ging es wieder bergab, ich hatte den Höhenkamm überwunden. Dann ziemlich rasch zum Meer hinunter, die Hänge mit dichten Beständen von Orangen, Mandarinen, auch Feigen (aber nur noch schrumpelige, ungenießbare Spätfrüchte in den schütteren Bäumen), und Häuser, wo all die Früchte gelagert wurden. Ich schlenderte eine Zeitlang die Küste entlang, sah auch dieses seltsame übergroße, aber gar nicht festungsähnliche, fast schon fragile, wie luftgespiegelte Gebäude, auf dessen Flachdach in riesigen Hiragana-Zeichen „Torafuku" geschrieben steht, was der Name eines Kugelfischs ist, wenn ich nicht irre, dieses Gebäude thronte nach wie vor auf dem Gipfelplateau des höchsten Berges, ein längst aufgelassenes Onsen oder was auch immer es war, ein Wellnesshotel aus der Zeit der Bubble-Economy (wie mir eine ehemalige Bewohnerin der Insel einmal erzählte), der Blasenwirtschaft der achtziger oder neunziger Jahre, als auch das bescheidene Tantencafé auf der anderen Seite der Insel eröffnet worden war.

Und dann stieß ich auf ein (gleichfalls aufgegebenes) Strandhotel hier unten, und mit einem Mal wußte ich, daß Yoko und ich nach unserer Inseldurchquerung genau hier aufs Meer gestoßen waren und genau dort der Shakuhachi-Spieler gestanden hatte, der uns beide verzaubert hatte, und daß wir im Sand umherliefen und ein paar Muscheln fanden, nicht viele und ganz gewöhnliche, aber das war Yoko egal, denn jede Muschel ist schön. Wir kamen zurück, und der Mann spielte immer noch, alte japanische Weisen, die sich hin und wieder ins Jazzige hinüberschwangen, Improvisationen nach Lust und Laune, und schon begann es zu dämmern und wurde auch kalt, und ich habe keine Erinnerung, wie wir nach Onomichi zurückgekommen sind, vielleicht doch mit dem Bus, dessen Haltestelle hier ganz in der Nähe war, neben der Volksschule, für deren Schüler die Buslinie zweifellos aufrechterhalten wird.

Mein Rückweg, in der Gegenwart, führte mich zu einer anderen Anlegestelle. Ich setzte über, marschierte eine kleine Weile die Uferpromenade entlang, weil ich wieder einmal Ryu Chishu sehen wollte, den Schauspieler, der in den meisten Filmen des Regisseurs Yasujiro Ozu auftritt. Nicht Chishu in persona konnte ich besuchen, der war ja schon lange tot, aber die Bilder, welche die Stadtverwaltung an der Promenadenmauer hatte anbringen lassen, versteinerte Fotos aus dem Film *Tokyo Monogatari*, dessen Rahmenhandlung in Onomichi situiert ist, der Film beginnt und endet in dem Städtchen; ein- oder zweimal, nur kurz, sieht man im Film das Panorama mit der Meerenge vor Mukaishima und einen Zug, der von einer Dampflokomotive gezogen auf dem Landstreifen zwischen Meer und Berghang in Richtung Tokyo braust, und am Schluß sitzen die beiden alten Leute, Chishu und – im Film – seine Frau (ich glaube, die Schauspielerin heißt Higashiyama, oder Hirayama, etwas mit Berg jedenfalls), sitzen auf dem Küstenwall und schauen in die Ferne, oder in sich.

Noch ein Stück weiter erkannte ich den kleinen Anlegeplatz, der inzwischen auch geschlossen war, und sah mit Schrecken das Häuschen beziehungsweise den Schutthaufen, der davon übrig war und gerade von einem Bau- oder Zerstörungsarbeiter mit einem Schlauch besprüht wurde, während ein Bagger die Trümmer anstupste. In diesem Häuschen war ein einfaches chinesisches Restaurant, wo wir Ramen aßen und Yoko, die

Nase an der Fensterscheibe, hinter der die kleinen Wellen schaukelten, auf der knallroten Bank herumrutschen durfte, ohne daß sich jemand daran störte. Auch verschwunden! Bedenk, sagte ich mir, daß die neue Anlage, stadtauswärts gleich nach dem Bahnhof, mit den kleinen Restaurants und Geschäften und der weitläufigen Uferterrasse, auf der an Sommerabenden Babys herumkriechen, auch nicht so übel ist.

Ich ließ den Schutthaufen hinter mir – wart ab, was da noch entsteht! – und ging zur Seilbahnstation am Fuß des Berges, um mich von einer der beiden Gondeln durch die grün-luftige Welt der gewaltigen Kusu-Bäume schiffen zu lassen, die dort zwei Shinto-Schreine mit ihrem ausladenden Blattwerk umgeben, oder knapp über sie hinwegzustreifen, aber das Gefühl ist in jedem Fall und zu jeder Jahreszeit, durch sie hindurchzuschweben. Sie verlieren ihre Blätter nicht, diese mächtigen und sanften Laubbäume, nur etwas schwächer werden sie im Winter, die Blätter zunehmend blässer, bis im Frühling die alte Kraft zurückkehrt. Es gibt auf der Welt keinen anderen Ort, wo du dich so sehr als Teil der Natur fühlen und von dir selbst lösen kannst. Außer vielleicht in den finsteren Gängen unter gewissen vertrauenswürdigen Tempeln. Über und unter der Erde, Maulwurf und Vogel. Sich durch die Luft schwingen, durch die Erde tasten. Wenn du zurückkehrst, weißt du, was du an ihr hast.

Der Blick von oben, die vielen ruckelnden Blicke auf das Relief der Berg- und Stadtlandschaft, auf den Reigen von Licht und Wind und Meer. Das Tuten eines Schiffs, oder war das in Ozus Film? Die übers Wasser hallenden Schläge des Hammers auf Eisen. Sonst hab ich hier nichts zu suchen, keine Katzen und Eulen, keine heiligen Steine, die (nicht) zu mir sprechen, keine augenzwinkernd schweigenden Buddhafiguren. Zwinkern kann ich doch selbst, und schweigen auch! Ich blinzele nicht einmal, zucke mit keiner Wimper. Will bloß ins Café, hinein ins Holz, ins Gezweig, auf knarzenden Bretterboden, ächzendes Gestühl.

So war das doch? Hier das Refugium der Eulen und daran anschließend das Revier der Katzen, die sich wie die Hasen auf der Haseninsel vermehren, seien sie nun aus Stein oder aus Fleisch und Blut. Ein Paradies für kleine Kinder, das umtriebige Katzen- ebenso wie das stillere Eulenreich. In meiner Erinnerung – und noch in der Gegenwart – ist es der gehütete Rückzugsort eines sonst ganz unauffälligen frankophilen Mannes, der hier über die Jahre hinweg allerlei echte oder falsche Louis-Quatorze-Möbel und zahllose edle wie auch kitschige oder komische Eulenfiguren, Eulenbilder, Eulenspiegel angesammelt hat, die er frühmorgens vor Geschäftsbeginn eigenhändig abstaubt mit Wedeln, die wie die Möbel aus Frankreich gekommen sind, sei's von ihm persönlich verschifft, sei es von einer Handelsfirma, und von Trägern den steilen Pfad heraufbefördert.

Ich betrete den Laden, kein Mensch empfängt mich, zur Sicherheit mache ich ein paar Fotos, ignoriere die Schilder „Photographieren verboten!“, habe sie wirklich nicht gesehen, wer sieht sowas schon, aber das spärliche Personal hat seine Rechtfertigung, unsereins aufmerksam zu machen. Ein dicklicher jüngerer Mann empfing mich dann doch noch, machte mich aufmerksam, hier wird alles mit Behutsamkeit getan, zubereitet, aufgetragen, man hat Zeit, das ist ja das Schöne. Wer keine Zeit hat, ist hier nicht erbeten, sondern fehl am Platz. Der falsche Franzose ist nicht da und ich wage nicht, den Rundlichen zu fragen, ob der Begründer etwa abgeschieden sei und er, der Jüngere, vielleicht die Tradition fortführe, oder verschärfe... Ich setze mich auf ein Eulengesicht, starre auf eine am Holzpfosten hängende Eulenmaske, lege das Notizheft neben eine Eule, die sich als Zuckerdose entpuppt. Rundliche, abgeschottete Tiere mit kreisförmigen Gesichtern, der falsche Franzose war hager, amselartig, der zwang sich zu seinem Glück.

Meine Tochter, als sie klein war, näherte sich naturgemäß den vielen, vielen Tieren, wollte sie auch berühren, mit ihnen spielen, sie sprach mit ihnen, hüpfte durch die hölzerne Kammer, brachte die schiefe Hütte ins Wanken: Auch die niedrige Decke ist von Eulen verziert, scheuch sie nicht auf! Der schöne & geruhsame Aufenthalt wurde zur Qual, eine angenehme Qual, trotz allem; ich glaube ja, daß sich die exquisiten Gäste freiwillig und gern quälen, und ebenso der exquisite Eulenwirt, nur die exquisite Jazzmusik, die fast unhörbar durch den halbdunklen Raum flattert, jubiliert unscheinbar durch die Lüfte (Keith Jarrett & Charlie Haden). Sind wir hier nicht in einem Sarg? Mit einer gläsernen Wand, durch die man steil auf das Gestrüpp hinunterschaut und auf die von Katzen gesäumte Straße, von liegenden, eingerollten, sich streckenden, buckelnden, selten auch fauchenden Katzen, und man bemerkt die unauffälligen Gestalten, die sich mit gezückten Handys bücken und eine Katzengestalt nach der anderen ins Foto einsperren, tausende, hunderttausende solcher Katzenfigürchen werden es sein, mehr als Kannons in jedem Kannon-Tempel, aber die Unauffälligen erfüllen geduldig ihren Auftrag (an sich selbst), und mit einem Mal ist unsereins zufrieden mit der rigorosen Verbotspolitik des falschen Franzosen und seines rundlichen Kompagnons: Nicht auszudenken, wenn hier oben die Photographiererei zugelassen wäre, in diesem einen Raum würden sie damit nie an ein Ende kommen, das Abbilden würde all die mühsam herbei- und heraufgeschafften Bilder für immer blockieren, durchkreuzen, auffressen, vernichten.

Das Verschwundene: Reisfelder, das kleine chinesische Restaurant am Pier, ein Gemeinschaftsgebäude in der langen, ziemlich schmuddeligen Ladenpassage (Investoren für Neubauprojekte gesucht!). Schade drum? Weiß nicht…

Der Frankophile? Ist noch da, aufrecht im Devotionaliengeschäft, ins Gespräch mit dem Besitzer vertieft.

Schulkinder auf dem Heimweg, quirlig wie eh und je. Im Gleichschritt vier kleine Freundinnen mit gleichfarbigen Ranzen am Rücken. Drei Mittelschülerinnen auf Fahrrädern rasen mit eingezogenen Köpfen an der alten Badeanstalt vorbei.

Daß ich nie wieder die kleine Last eines tragbaren Kindes auf meinen Schultern spüren werde, nicht einmal dann, wenn ich eines unwahrscheinlichen und fernen Tages Großvater werden sollte.

Nachgedicht

passe l'automne, vienne l'hiver...
Zeitvertreib über die Jahre hinweg
pasatiempo
Zeitbogenbrücke
passe le printemps, vienne l'été...
Renga Renga Ringelreihen
Sprünge von Fels zu Fels
von Wort zu Wort
von Schweigen zu Schweigen
von Mal zu Mal übers Zikadengedicht
nachgedichtet von Octavio Paz
nachgedacht ausgedacht
Wörter umkreist
abgetastet wie die Felsen in Onomichi
nachgemacht endlich nachgedacht
hingenommen, mit dem Verstehen zu Ende gekommen
daß (nicht warum) Don Octavio das Glas eingeführt hat
ins Zikadengedicht von
    Matsu
    oh
    Basho

Metapher: Brücke, Übertragung
von hier nach dort
von dort nach hier
mit gespanntem Bogen
während immer noch Sand
durchs Stundenglas träufelt
zeitigt sich

gläserne Stille:
der Sound der Zikaden
dringt in die Felsen

als Übertragung der Übertragung der Übertragung von
passé l'été, l'hiver et tout

Während ich von dem beschwerlichen Aufstieg auf einem Felsen ausruhte, fiel mir ein Kirschbäumchen ins Auge, nicht höher als ein Mann, das eben erst seine Knospen öffnete. Dieser Spätling, der dem Winter getrotzt und den Frühling dabei nicht vergessen hatte, darf wahrhaftig als Vorbild gelten für mich und für jedermann, dachte ich. Blühende Schönheit wider die Eiseskälte: Ich sah mich an jene Pflaumenblüten unter glühendem Himmel erinnert, die ein altes Gedicht aufbewahrt hat.

Du fühlst mit mir,
wilder Kirschbaum,
wie ich mit dir.
Keiner versteht mich
wie du.

Nach den hier geltenden Gesetzen darf nichts von dem, was man sieht, abgebildet und fortgetragen werden, weder im Wort noch im Bild. Privacy: nichts zeigen, nichts sagen! Schon gut, ich gehorche und schweige… Oder doch nicht? Wie man's nimmt und wie es euch gefällt.

Blasse Mondsichel
auf schwarzen Flügeln zeichnet
die träumende Nacht.

*

Kritische Dichtkunst:

Ach, oller Mond,
Li Po hat auch mal Verse
an dich geschmiedet.

Lunare Gegenstrophe:

O Fußpoet, wie hinkt dein Vers,
wo tausend Sterne blinken!

Die Zerstörung Jikes I

Was nicht alles verschwindet… Oft habe ich das Gefühl, hierzulande sei das Nichts gefräßiger als anderswo. Oder ich bin alt geworden, meine Zeit läuft schneller als früher ab, sie eilt dem Ende entgegen (es gibt kein Ende!). Was nicht alles verschwindet! Der komfortable Barackenbau, bewohnt von Junggesellen, Junggesellinnen, Studenten, *salarymen*, *salarywomen*, wird nach etwa fünfundzwanzig Jahren Lebensdauer abgetragen: Wie leicht das geht, wie wenig es zu beseitigen gibt, wie primitiv die Strukturen, die Auf- und Einteilungen. Bin neugierig, wie der neue Bau aussehen wird. Nicht viel anders als der alte? In ein paar Monaten, vielleicht schon in Wochen, werde ich hier den Vergleich einfügen. Wenige Meter neben den Komfortbaracken stand ein alter Bauernhof mit kleinem Ziergarten, ein Haupt- und zwei Nebengebäude, Schutzmauern an drei Seiten, Reisfelder dahinter; jetzt ist er ebenfalls demoliert, nur ein Kakibaum, eine Stele und ein hartnäckig rotblättriges Ahornbäumchen hat man stehengelassen, zur Freude künftiger ... ich weiß nicht, ob Mieter, Eigenheim- oder Parkplatzbesitzer.

(Erste Einfügung, drei Tage später: Der ehemalige Bauernhof ist immer noch Brachland, aber bei den verschwundenen Baracken kann man an den Grundfesten sehen, daß es sich um Eigenheime handeln wird. Winzige Zimmerchen, aber eigen.)

Hier beginnt der Stadtteil Jike, eine ehemals ländliche Gegend, in welcher vereinzelte Wohnhäuser und kleine Ansiedlungen die Bauernhäuser, Teiche und Felder noch nicht verdrängt hatten, die seit einigen Jahren aber immer mehr planiert, rasiert, betoniert, glatt und praktisch („benri") gemacht wird. Ich empfinde das als Verbrechen gegen die Menschheit; meine Leser halten das für übertrieben, es gebe Schlimmeres, mit den wahren, tödlichen Verbrechen könne man das nicht vergleichen... Aber ist die Menschheit nicht dabei, sich selbst auszurotten, ganz ohne Rückgriff auf Atombomben? Ihre Lebensbedingungen zu zerstören, indem alles praktisch und gleichgeschaltet wird? Weiter drüben, hinter dem Hauptbahnhof Saijo und dem größten Tempel der Stadt, in Kitamachi, war früher ein kleiner Park und in dem kleinen Park ein Teich, der keinem Feld zur Bewässerung diente, ein bloßer Vergnügungsteich für

Enten, Schildkröten, Spaziergänger, Kinder, an drei Seiten dicht umwachsen von Bäumen, Ahorn, Eichen, etwas Schilf, kleine Felsen im Teich, auf denen zart gepanzerte Reptilien lagerten. Eines schönen Tages ging ich wieder einmal hin, um die Schönheit des Orts zu genießen und für eine Weile, nur für eine Weile, die vergehende Zeit und alles andere zu vergessen, aber der Teich war verschwunden und einige Bäume mit ihm, und ich traf einen versprengten Parkwächter in Uniform an, einen etwa achtzigjährigen Mann, den fragte ich nach dem Teich. Er schien von nichts zu wissen, hatte alles vergessen, bei Greisen nicht ungewöhnlich, sie erinnern sich an früher, aber nicht an gestern oder was vor zwei Wochen war (neuerdings vergessen auch die Jungen alles unverzüglich, und nicht nur zeitweilig in wohltuenden Erinnerungspausen). Tastend gab der Wächter von wir-wissen-nicht-was eine Vermutung zum Besten: „Vielleicht hat der Teich Anrainer gestört? Der Entenlärm?" Dann mit etwas mehr Überzeugungswillen: „Wahrscheinlich kommt hier ein Parkplatz hin." (Weit und breit keine Autostraße, kein Supermarkt, keine Wohntürme). „Oder..."

„Schon gut, danke für die Auskunft." Bloß nicht an der Obrigkeit zweifeln. An der Stelle meines märchenhaften Teichs befindet sich immer noch, Jahre später, ein kreisförmiger geplätteter Platz mit nichts drauf, wirklich nichts, nicht einmal Baufirmenfahnen.

Die Zerstörung Jikes II

Die Ortschaft Jike habe ich im Zeitraum eines Jahrzehnts durch zahllose Fahrten und Gänge zum Krankenhaus kennengelernt, das am Ende des Tals am Fuß dicht bewaldeter Berge liegt. Dabei habe ich ganz verschiedene Wege ausprobiert, am Fluß entlang, zwischen Reisfeldern, auf der Autostraße, am Rand des Gebirges, an Teichufern entlang. Viele der schönsten Ecken sind im Lauf dieser Jahre verschwunden, wurden eingeebnet, Hütten geschliffen, ebenso ein älteres Krankenhaus; nur das klobige, nicht mehr benützte Gebäude der Landmaschinenfirma Satake – ihr Sitz befindet sich jetzt auf der anderen Seite der Eisenbahngeleise, keinen Kilometer entfernt: vielstöckige, glatte Stahl-Glas-Architektur wie in den Geschäftsvierteln von Tokyo –, ein großes Haus für Behinderte, ein Kindergarten, ein paar Gemüsegärten und ein größeres Shinto-Heiligtum sind geblieben. Heiligtümer und Friedhöfe werden respektiert, auch die Natur in den heiligen Bezirken wird respektiert, halbherzig zwar, das Wäldchen hinter dem Schrein haben die Bauarbeiter, die nebenan ihr Zerstörungswerk treiben, ordentlich zerzaust. Ich sage Zerstörungswerk, denn bevor hier etwas aufgebaut wird, wird erst einmal kräftig vernichtet.

Das neu entstehende Viertel hat auch einen Bahnhof bekommen, der die meiste Zeit menschenleer ist, weil außer den Oberschülern sowieso alle mit Autos fahren; ferner eine Grundschule, Apotheken, was noch? Supermärkte. Supermärkte und Konbinis. Die verstädterte Gegend hier, in der auch die Universität Hiroshima liegt, zeichnet sich durch eine besonders hohe Dichte von Supermärkten und Friseurläden aus. Heute bin ich zu Fuß nach Jike gegangen, um meine Gedanken noch einmal am Augenschein zu prüfen. Was mir dabei zuallererst aufgefallen ist, sind die Fahnen – sie haben sich eindeutig vermehrt. Stereotype Fahnen, stereotype Sprüche, hochkant in der Luft stehende Rechtecke, bunt und phantasielos, Okkupationsfahnen, die vor allem eines sagen: Dieses Fleckchen Erde hier, rechteckig wie ich selbst, gehört mir und ich kann es dir gern verkaufen und ein Häuschen drauf für dich bauen, wenn du genug Geld hast oder bereit bist, dich bei unserer Bank zu verschulden, wahrscheinlich bis zu deinem Lebensende, aber darüber reden wir nicht jetzt, sondern später. Brache Rechtecke, makellos horizontal, einige schon von Unkraut bewachsen. Die Wohnblocks in Bahnhofsnähe, *ekimae*, besonders praktisch, besonders häßlich.

Viele Bauernhäuser behaupten sich, besonders die herrschaftlichen Anwesen, die nicht mehr zu landwirtschaftlichen Zwecken verwendet werden; manchmal auch kuriose Überbleibsel wie das Soba-Restaurant unterhalb des Shinto-Schreins, das mir auf meinen Um- und Abwegen öfters aufgefallen war, ein Haus im hiesigen ländlichen Stil, ehemals vielleicht Pavillon eines Bauernhofs, mit großem Parkplatz, auf dem ich kaum je ein Fahrzeug gesehen habe, auch diesmal nicht. Bin da zum ersten Mal reingegangen. Zwei Männer in Kochuniform und eine sehr alte Frau saßen beim Eingang; als ich den Laden betrat, sprangen sie auf, zuerst die erstaunlich wendige Greisin, als würden sie es dem

Gast gegenüber an Respekt mangeln lassen, wenn sie einfach so sitzen blieben. Ich war der einzige Gast, womöglich hatten sie tagelang auf mich gewartet, dieses Gefühl hatte ich, als ich mich auf den Platz setzte, den ich mir aussuchen durfte. In Quadrate unterteilte Papierfenster, dicke Bänke und Tische aus Baumstämmen, die obere Fläche lackiert, die natürlichen Formen erhalten (unpraktisch beim Essen, *fuben*), auf dem Fernsehbildschirm unter der Decke lief ein *dorama*, eine japanische Fernsehserie. Ich bestellte Tempura-Soba, etwas teuer, aber das sollte sich lohnen, weil die Tempura von allerlei Gemüse und einer großen Garnele frisch zubereitet und köstlich war. Während ich zahlte, sah ich die Greisin hinter dem Dreiviertelvorhang in der Ecke auf einem Bänkchen sitzen. Sie lächelte, ja, lachte mich an, als wüßte sie alles über mich, weil sie mich schon als Kleinkind gekannt hatte, aber vielleicht lächelt sie immer so, in die Ewigkeit hinein (oder aus ihr heraus). Das Lächeln war der unzerstörbare Rest ihrer Gesichtszüge, die ansonsten längst erloschen waren, das Gesicht ein flaches, fast reliefloses weißes Rund unter dem blauen gemusterten Tuch, das ihren Scheitel bedeckte. Gern hätte ich ein wenig mit ihr geplaudert – die alten Frauen sind noch am gesprächigsten –, aber das war heute nicht möglich. Nächstes Mal, nahm ich mir vor; ehe sie hundert wird.

Nächstes Mal, wenige Tage später, vom Krankenhaus kommend, dasselbe. Leeres Lokal, die drei sitzen zusammen, diesmal nicht bei der Tür, sondern am nächsten Tisch, ein Stück weiter drinnen in der Wärme des geheizten Raums, draußen ist es seit gestern winterlich kalt, und die lächelnde Greisin trägt eine dunkle Haube anstelle des Tuchs. Wieder dieselbe Szene, die drei verlassen hurtig den Tisch. Später aber, während ich meine Niku-Soba schlürfe – mit einem Stückchen Yuzu darin: wunderbare Geschmacksnuance dank dieser Winzigkeit! – kommt sie zurück, kommentiert ein wenig die Fernsehbilder, auf denen Schneemassen irgendwo im Norden – *yukiguni*, Schneeland! – zu sehen sind, und wendet sich, nachdem ich aufgegessen habe, mir zu, mit einer Entschuldigung wegen des Geruchs (den ich nicht rieche) nach (angeblich) leicht angebranntem Hühnerfleisch. Wir tauschen noch ein paar Höflichkeiten aus, ehe ich mich auf den Weg mache. Nächstes Mal, nehme ich mir vor, ein kleines Stück weiter in der Vertrautheit. Nächstes Mal, nächstes Mal... Behutsam, wir beide werden steinalt.

Drei Tage älter. Sonntag, 12 Uhr 40, kein Auto auf dem Parkplatz, zwei Fahrräder, wie immer. Variationen: Eine große fuchsbraune Katze geht gemächlich am Eingang vorbei, in welchem der Mann mit der weißen Kochmütze steht. Die Greisin sitzt allein am Tisch, steht auf und räumt die Zeitung weg, in der sie gelesen hat. Ich bestelle Oden, typisches Winteressen, zur Soba. Im Regionalfernsehen ein Mädchen mit langem glattem Haar wie in den siebziger Jahren, sie studiert Französisch und sagt zwei Sätze in dieser Sprache, worauf der Moderator mit verwundertem Gesichtsausdruck bemerkt, Französisch klinge ganz anders als Englisch. (Daß es auf der Welt eine einzige Fremdsprache gibt, lernt man in der Schule.) Das Mädchen – ich frage mich, ob ich sie von der Uni kenne – spielt noch einen J-Pop-Song und begleitet sich auf der Gitarre. Retro-Hippie? Danach ein Programm mit TV-Prominenten, die in kleinen Teams Geschicklichkeitsspiele gegeneinander austragen und nebenbei, aber pausenlos über das Geschehen hier in der Provinz wie auch in der Welt plaudern. Geschwätziges Fernsehen für die schweigsame Bevölkerung! Als ich an der Kassa zahle, steht die Greisin im Winkel hinter dem Vorhang, ich luge durch den Spalt und sie bedankt sich freundlich. Diesmal trägt sie eine Maske, die weißer ist als ihre Gesichtshaut. Ich glaube, früher hat sie keine getragen.

Als ich an der großflächigen, noch ziemlich leeren Baustelle vorbeikomme, erkenne ich an der Wäsche im Fensterrahmen, daß das erste Einfamilienhaus bezogen ist. Vor der Haustür steht eine Frau und schaut zu dem Mann hoch, der auf einer Leiter balancierend eine kleine Überwachungskamera unter dem Dach anzubringen versucht.

Die Zerstörung Jikes III

Meiner Gewohnheit entsprechend ließ ich mich, da es draußen noch recht warm war, den restlichen Nachmittag treiben, bog bald hier, bald dort in ein Sträßchen, schaute mir die Siedlungen an. Siedlung, verdienen die baulichen Anhäufungen diese Bezeichnung? Fast zur Gänze bestehen sie aus Fertighäusern, die in wenigen Wochen aufgestellt werden, sobald ein Opfer zugeschnappt hat. Hin und wieder merkt man, daß Sonderwünsche im Spiel waren, das Ergebnis sind dann eine

„griechische“ Fassade, ein „viktorianischer“ Erker oder ein paar „Rokoko“-Schnörkel. Gut, ist registriert. An solchen Orten interessiere ich mich sowieso mehr für die Ränder, dorthin treibt es mich unweigerlich, den scheinbar unzugänglichen Teich entlang oder ein Stück weit den Berg hinauf, nicht sehr weit, mein Fußleiden rät mir davon ab. Ein Bewässerungsteich tief im Wald, das System hier schon aufgegeben, die Wege notdürftig instand gehalten wegen der Starkstrommasten und auch, weil man einige Bachbetten und Kanäle freihalten muß, um zu gewährleisten, daß das Wasser bei künftigen Unwettern abfließen kann.

In einer der Siedlungen am Waldrand zweigt plötzlich eine Straße ab. Sie befindet sich in Bau, steigt ziemlich forsch den Berg hoch, macht eine scharfe Kurve, danach kann man erkennen, daß sie schon ziemlich weit führt, aber wohin? Das Gebirge hier ist weitläufig, hinter der ersten, zweiten, dritten Erhebung liegen nur ein paar Dörfer, die Ansiedlungen werden immer spärlicher. Gegen Ende des Asphaltstreifens tritt mir ein behelmter Bauarbeiter entgegen, ein freundlicher Mann von, wie es scheint, schlichtem Gemüt. Überlandstraße, sagt er, ja, ja – wohin, weiß er nicht, vielleicht zum Flughafen? Kann sein, zum Flughafen. Wir haben doch schon eine recht gute Straße zum Flughafen, oder? In der Gegend hier werden von Zeit zu Zeit vollkommen unnötige Straßen gebaut, einfach so über einen Berg, wie zu Übungszwecken, eine Art Hochsprungtraining, aber Olympiaden finden doch nicht mehr statt? Wahrscheinlich nur aus Beschäftigungsgründen, damit die Bevölkerung etwas zu tun hat und man sagen kann, es gebe keine Arbeitslosigkeit. Neue, glatte Straßen durch weite Wälder, fast ohne Autos, wunderbar für einsame Radfahrer wie mich.

Danke, Herr Straßenarbeiter. Entschuldigen Sie die Störung. Ich bin nun mal ein neugieriger Typ. Ja, da kann man nichts machen. Jike ist verloren, da kann man auch nichts machen. Nicht ganz verloren, natürlich. Vielleicht nie ganz. Solange die lächelnde Greisin lebt. Hier eine elegante, lichtfreundliche Kiefer und die Stele dahinter. Eine vielsträngige Baumwurzel. Ein Yuzu-Bäumchen auf struppiger Wiese. Das ausschwingende Dach, das seit Jahrhunderten geistige – geistliche? – Energie übers Land weht, auch wenn das niemand mehr bemerkt. Nein, auch das ist ungerecht, immer wieder mal kommt einer oder eine zum Schrein, um eine Bitte oder einen Dank vorzubringen. Sogar ein Bauarbeiter hat die paar Schritte von der Baustelle herüber getan, nimmt jetzt den Helm ab, verneigt sich und klatscht zweimal in die Hände. Photographieren verboten? Ich will hier nichts forttragen, schon gar nicht klauen, im Gegenteil. In Wort und Bild rette ich dies und jenes vor dem Verschwinden. Auch dich und deinen Schutzhelm. Wenn ich gebraucht werde, dann dafür. Zur Lebensrettung, oder nicht?

Selbstgespräch eines Fuß- und Herzleidenden

Das schaffst du nicht, Alter.
(------)
(------)
(------)

Junge, du hast es geschafft!
(^^^^^^^)

*

In dialektaler Version:

Des schåffsd ned, Oida.
(----------)
(----------)
(----------)
Buali, du håsd as gschåffd!
(^^^^^^)

Erdberg und Spiegelberg

Hier die längere Version einer Regionalreise, der mein Vorgänger zweifellos die kürzere vorziehen würde:

Vor 330 Jahren zog ein gewisser Matsuo Basho von Tempel zu Tempel, von Sehenswürdigkeit zu Sehenswürdigkeit, von einem Naturschauspiel zum nächsten. Das dauerte und war beschwerlich, ältere Reisende konnten nicht sicher sein, jemals nach Hause zurückzukehren. Basho pilgerte stets in Begleitung durchs Hinterland, allein hätte er eine so lange Reise auf so schmalen und manchmal steilen Pfaden wohl kaum gewagt. Frauen erwähnt er in seinem Buch selten, auf Wanderschaft scheint er nie welchen begegnet zu sein, nur hin und wieder einer Hausfrau. Ich hingegen reise meistens allein, und es ist mir lieber so. Feinde habe ich nicht zu fürchten, außer vielleicht einmal ein Wildschwein, oder mich selbst (vor allem auf dem Fahrrad).

Basho kam die Unfreiheit, mit welcher der Wissende zu kämpfen hat, manchmal zu Bewußtsein. Ich glaube, es war in Matsushima, daß ihn die vielen Gedichte und Berichte, die er über den wunderschönen Ort gelesen und gehört hatte, hemmten und störten. Blockierte Wahrnehmung, blockiertes Schreiben. Matsuo Basho beschließt, zu schweigen.

Und so sagte ich zu mir selbst, zuviel Berühmtes auf ausgetretenen Pfaden stumpft deinen Blick, deine Gedanken ab. Geh in eine andere Richtung, suche nach Orten, über die nie jemand ein Wort verliert. Das ist bei uns hier der Westen, wo Gebirgszüge aufeinander folgen, dicht gestaffelt zum Meer hinunter. Blaue Weite, Wälderdunkel, sonst nichts. Und so geriet ich in eine wilde Gegend mit ungepflegten Feldern, schiefen Hütten und Lagerplätzen für Alteisen und Maschinen, wo sich die Spuren der Zivilisation bald gänzlich verloren, abgesehen von einem der unvermeidlichen Stauseen. In der Ferne sah ich die Erdzungen im Grün, und ich konnte nicht umhin, fühlte mich angezogen, obwohl ich mir schon so oft gesagt hatte: Schluß mit Naturkatastrophentourismus! Deine Faszination für die Destruktion ist auch nicht produktiver als das muntere Tempelhopping eines Basho oder Noteboom. Da stand ich nun wieder einmal an so einer Endmoräne, ging sogar in sie hinein, ein gutes Stück den dort ziemlich steilen Berg hinauf, aber ich wußte schon, bis zum Abriß hinaufzusteigen, das unterläßt du lieber, denn das Unwetter hat im Verein mit der Erdgewalt die Mure tief gefurcht und Abgründe in die aus der Ferne glatt erscheinende Fläche hineingezogen. Eine äußerst rauhe Zunge! Wo nach zweieinhalb Jahren immer noch nicht viel wächst, nur das feine, hohe, durchscheinende Gras oder Schilf, wie man's nennen will, und ein paar zögerlich grünende Stauden.

Ich fuhr weiter auf ansteigender Straße und kam zu einer Fläche, die nach einem Park aussah, ein Hüttchen für ich weiß nicht was, einige Kirschbäume, jetzt kahl; auch hier hatte es kleinere Muren gegeben. Wenig später las ich auf einem Schild von einem Projekt, datiert mit März 2018; von Freizeit und Kultur war da die Rede, ich befand mich auf historischem Boden. Nach den Unwettern im Sommer desselben Jahres hat man das Projekt anscheinend aufgegeben, doch immerhin wird der Weg zum Gipfel instand gehalten, auch wenn sich kaum ein Wanderer hierher verirrt, wo es nichts zu sehen gibt. Gut für mich, ohne Machete aber mit festem Schuhwerk. Dort oben, auf dem Tsuchiyama, belehrt mich das Schild hier unten, dort oben stand einst die Burg, die jedoch vom Feind zerstört wurde. Mitte des 16. Jahrhunderts (nach europäischen Begriffen), in der Feudalkriegszeit lange nach der friedlichen Heian-

Epoche und vor dem gestrengen Shogunat. Die nächste Burg befand sich auf dem Kagamiyama, hinter der Universität, nicht weit von meiner Wohnung; auch davon sind nur ein paar unsichtbare Spuren übrig. Die Burgherren konnten einander Zeichen geben, vom Erdberg zum Spiegelberg.

Der ansteigende Pfad von ausgewaschenem Kalkstein schlängelt sich zuerst zwischen Latschen, führt dann durch den Wald, auf einem Kamm, wo nach der anderen Seite wieder ein Hang weggerutscht und weggebrochen ist – vermutlich deshalb die Kette am Zugang zum Park, den ich längst hinter mir gelassen habe, und das übliche Schild: *kiken*, Gefahr. Unbegründet, denke ich; bis zu den nächsten Unwettern wird der Berg halten. Zuletzt dann wieder Felsen, der Weg wird manchmal zum Steig, die Hölzer am Boden trittfest und noch nicht verwaschen, nicht morsch. An den besonders steilen Stellen sind Seile an Baumstämmen befestigt, die in die Tiefe weisen und beim Aufstieg helfen.

Mehrmals wollte ich kehrtmachen. Nicht einmal das Handy nützt mir hier, wenn mein Herz verrücktspielt, kein Hubschrauber kann hier landen. Doch der Berg ruft, wie man weiß. (Eine meiner Lieblingslektüren als Kind: *Der Sonnblick ruft*, ein Roman über die Wetterstation im Hochgebirge.) Und er hat mich nicht behelligt. Im Gegenteil, er hat mir seine Schönheit gezeigt, ein paar Sonn- und viele Wolkenblicke, die weite Landschaft, ihre Faltungen, Erhebungen, die Ruhe in der Unruhe der Wellen. Die Ahnung des Meeres am Horizont. Nur die Ahnung. *Mare nostrum*. Die braunen Kästen der Universität. Der viel näher liegende, blendende Riesenkasten unserer Arbeitsplätze schaffenden und erhaltenden Technologiefirma. Der endlose Wald in westlicher Richtung, wo sich eine militärische Sperrzone versteckt, die ich schon einmal durchquert habe.

Ich habe es also geschafft… Natürlich hast du es geschafft, du hättest dich gar nicht so anstellen müssen! Fordernder war am Ende der Rückweg mit dem Fahrrad, weil ich mir eingebildet hatte, auch das nächste Tal noch erkunden zu müssen, das tief hinunterführte; am späten Nachmittag wurde es auch schon kalt. Die Streifen an der Straße und am Fluß gar nicht so dünn besiedelt auf dieser allseitigen Schattseite. Ein Ramen-Laden, den ich zu spät bemerkte. Karaoke, lebenswichtig. Aber kein einziges Konbini. Für die Bewohner ein Leben zwischen Eigenheim, Auto und Firma. Ein Grundschulkasten, ja. Ein ländlicher Minisupermarkt, wo ich das letzte Nigiri des Tages ergattere. Eine Autowerkstatt mit zahllosen Mini Coopers, einige davon mit englischem Kennzeichen, sowie einem hellblau gestrichenen Rennauto aus den fünfziger Jahren, Achtzylinder, dessen Haube der Mechaniker im Blaumann gerade anhebt, als ich vorbeikomme.

„Können Sie mir das Ding nicht leihen?“, sage ich zum Scherz.

„Auf deinem Fahrrad hast du es wärmer.“

Guter Rat oder schroffes Wesen? Ich nehme den Satz als passendes Valet. Und fasse mir wieder mal ein Herz.

Blüte zur Unzeit!
Die Sonne, Kirschbäumchen,
hält uns zum Narren.

Zustimmung

Geh dorthin, wo nie jemand hingeht! Das war meine Devise, und ihr zudank kam ich an einen bezaubernden Ort, der mir den Landkreis und die immer noch in mir schlummernden Kräfte offenbarte.

Aber genau das wolltest du doch nicht! Auch dieser Ort war dir im Handumdrehen, im Fußsohlenheben zu einem Ziel geworden, das man in Erinnerung bewahrt, um es eines Tages als ein anderer wieder aufzusuchen.

Richtig, das Unvorhergesehene, Nicht-Beschriebene, in gewisser Weise Unbeschreibbare kam erst danach, als es mich weitertrieb, irgendwohin, in die Kälte und Unwirtlichkeit. Davon hatte ich in meiner bescheidenen Aufzeichnung so gut wie nichts erwähnt.

Es gab ja auch nichts zu erwähnen, und dies ist der Ort, die Erfahrung deines Glücks. Wenn du hier weiterschreibst, zerstörst du das Namenlose, das in dir ist. Schrift ist Zerstörung, das weißt du doch!

Weiß ich, und es ist mir egal. Wie sonst soll ich mich bewegen, wenn nicht im Widerspruch? Es war das langsam hereinsinkende Dunkel, eine Dämmerung, die sich Zeit ließ, ganz anders als das abgedroschene „Und beim nächsten Lidschlag war es stockfinstere Nacht“, wie man es in exotischen Romanen findet. Auch gingen nicht die Lichter an, die elektrischen, nicht einmal die der Autos, deren Lenker sich einbilden, sie würden Strom sparen. Nein, es blieb halbdunkel, halb hell und halb dunkel, und das Kräfteverhältnis zwischen den beiden Hälften änderte sich fast nicht, vielleicht bewegte es sich ja mal in diese, mal in die andere Richtung.

Da war einer, der saß auf einer Böschung am Rand einer kleinen Ausbuchtung der Fahrbahn, die vielleicht einmal einem Linienbus zur Haltestelle gedient hatte, das Fahrrad neben sich abgestellt, die Verpackung eines Nigiri mit drei Handgriffen ablösend, abwechselnd das Reisdreieck mit der sauren Pflaume in seiner Höhle und die Sprudelflasche zum Mund führend, zwischen den Bissen und Schlucken auf die Autos schauend, die ab und zu an ihm vorbeifuhren, die Schulter dem Wind zugewandt, flüchtigen Profilen nachsinnend, weniger als einer unmöglichen Begegnung, im Herzen eine trostlose Zustimmung zu allem, allem.

Neujahr, wieder einmal

Abweisend glänzt der Himmel
mit seinen Hieroglyphen,
dem Kommenden ein Schild.

Dem Kommenden ein Schild.

Das sind die Schlußverse des Neujahrsgedichts, das ich zweimal veröffentlicht habe, an den letzten beiden Jahreswechseln. Eigentlich sollte ich das auch jetzt wieder tun; vielleicht hat der Wortschild ja das Ärgste abgewendet.

Aber irgendetwas ist anders, ich weiß nicht, was. Gestern ging ich frühmorgens aus dem Haus, um meine Spur in die ganz dünne Schneedecke zu zeichnen. Jeder Schritt ein Schweigen, und manchmal ein Wort. Im Lawson-Konbini einen Pappbecher Kaffee schlürfend, sah ich die Sonne über der östlichen Hügelkette aufgehen und dachte: Auf diese Art wäre der Tag, das Jahr, alles Neue zu begehen.

Heute Abend, am letzten des Jahres, ziehen die Wolken über den abgewetzten Himmel. Man sieht es nicht, die Wolken walten gnädig, aber die Spuren sind chaotisch, viel zu viele, kopflos, Spiegelbild unserer Hilflosigkeit. Der Tag war lang, das Jahr zu lang.

Die Himmelshieroglyphen
verschließen immer noch
ihre Bedeutung.
Vielleicht sind es Tabernakel
der Leere. Schauen wir
nach und nach.

Doch dann, schon im neuen Jahr, war alles unmerklich anders, fast gleich, aber anders, der Schnee war geschmolzen und es hatte von neuem geschneit, und auf dem Weg ins Licht fiel mir weiter nichts als ein Zweizeiler ein:

Alter Mond und neue Sonne,
was werdet ihr heuer kombinieren?*

Ich war einer der ersten Begrüßer der Sonne und des neuen Jahrs, aber nicht der allererste, das sah ich an den Spuren im Schnee. Jogger, Hundeausführer, Photo-

* Das Original in meinem Kopf, während des Gehens: „Vecchia luna e sole nuovo, / quest'anno cosa combinerete?“

graphierer (wie ich). Der von Hügelketten und Bergen umgebene Kessel erscheint mir heute zum ersten Mal als Hochebene, wahrscheinlich wegen der Weiße, die die Weite weitet. Dabei habe ich diese Ebene schon hundertmal durchquert, auf dem Fahrrad, das kleine Mädchen vor mir auf dem windigen Thron, behutsam zur Kinderkrippe oder nach Hause steuernd.

Wieder im Lawson, der Kasten auch heute morgen lichterfüllt, kein einziges Auto vor der Konbini-Front, ungewohnter Anblick. Pappbecherkaffee, heiß wie in der Hand und der Kehle des ehemaligen Engels am Imbißstand (Bruno Ganz, auch in Berlin ist es kalt). Bald aber weiter, hintenrum an reglosen Einfamilienhäusern, dann querfeldein, zwischen Feldern und durch eine Wiese, wo gelbe Halme aus dem Schnee ragen, links und rechts Betonbauteile, ganze Wände, weiße Säume oben auf den Kanten. Hier irgendwo muß ein Waldheiligtum sein, und ich finde es auch, zwischen beschneiten Grabmalen; am ersten Tag des Jahres will ich doch den Gott bitten, daß alles nicht schlimmer wird, das genügt uns schon, und will ihm auch danken für all das Regionale, mir An- und Zugehörige, und die Reisen darin.

(Erinnerung, plötzlich, an die Menschenmasse, von der ich mich vor einem ganz anders begonnenen Jahr am wundervollen Kasuga-Schrein vorbeischieben ließ. Hier das Gegenteil, kein Mensch weit und breit, ich der erste, meine Spur im Schnee.)

Auch unten nicht, nachdem ich den Hügel auf der anderen Seite die Steintreppe hinabgestiegen war zu dem recht großen, recht eleganten Tempel (als wollte er das Schreinchen oben beschämen). Ich wende mich um, blicke zurück, blicke nach vorn mit der Sonne Lauf, versetze mich in das helle Gestirn, das lanzengleich durch das Laubwerk stößt, und da erscheint rechter Hand eine zweite Scheibe, aus Stein, die Zwillingssonne, die an den Anfang erinnert, die Gründung, die Geschichte, in welcher die lieben Toten wohnen.

*

Diving fish on the roof,
birds on their fins, they shoulder
a pale harvest moon.

*

Das neue Jahr tagt
und die Spatzen erzählen
alte Geschichtchen.

*

Mond, du Springinkerl,
führst uns an der beschneiten
Nase herum!

*

Klimpernde Sonne,
hüpfende Fische: Funken
schlägt das gläserne Meer.

Reise in der Heimat (Erinnerung)

Jetzt war ich schon anderthalb Jahre nicht mehr in der Heimat.

Dieses Wort, „Heimat“, geht mir immer noch schwer über die Lippen, aber leichter als vor zehn oder zwanzig Jahren, und mit dem langen Fortsein, dem zeitlichen Abstand wird auch das Wort wieder brauchbar, und nicht nur, weil sich der Zeitgeist gewandelt hat und die Mädchen im Dirndl, die Burschen in Lederhosen auf Popkonzerte rennen (ein Kleidungsstück, das ich als Volksschüler haßte, die Lederne, aber jeden Tag tragen mußte). Und es ist noch länger her, zweieinhalb Jahre, da bin ich querfeldein vom alten Familienhaus, das nicht mehr steht, nach Kremsmünster marschiert, wo ich vor einem halben Jahrhundert das Gymnasium besuchte, etwa anderthalb Jahrhunderte nach Adalbert Stifter. An diesen Gang übers Land erinnere ich mich heute, da es kalt ist in Higashi-Hiroshima und ich es nicht wage – oder zu faul bin –, mich aufs Fahrrad zu schwingen, dem Schnee in höheren Lagen entgegen. Damals, bei meiner Heimatwanderung, war es Sommer, und ich muß aufpassen, nicht abzuschweifen in die tausendfältige Vergangenheit einer wenn auch bescheidenen Biographie, denn selbst das Genre des Reiseberichts fordert ein wenig Strenge, Beschränkung und Form.

Die leicht welligen, weitgeschwungenen, oft sehr geräumigen Felder bildeten wahrscheinlich meine erste Erfahrung von Epiphanie, als mein selbständiges und widerspenstiges Bewußtsein erwachte und ich mich als Wortkünstler – damals ein Schimpfwort:

„So ein Künstler!“ – betätigen zu müssen glaubte. Die Epiphanien, zu Anfang, glaube ich, im November, als wochenlang Nebel über den Feldern lag, wodurch die letzten Farben verschwanden, andererseits aber die Formen hervortraten, diese Epiphanien gingen damals nicht in die wortverliebten Texte ein, die ich verfaßte. Ich wußte nicht, wie man diese Türen öffnet, diese Steine wegschiebt, wie man die Verbindung schafft.

Jetzt aber war Hochsommer, das Licht weißlich, die Farben schon am Vormittag durch die Helle ausgebleicht. Ich marschierte auf den Bauernsträßchen, an riesigen, langgezogenen, trotzdem oft geduckt, selten herrschaftlich wirkenden Bauernhöfen vorbei – ihre Pendants in Hiroshima, viel kleiner, ohne Ställe für das Vieh, ohne Misthaufen, wachsen mehr in die Höhe als in die Breite –, um deren Kanten sie oft einen Bogen machen, an bereits abgeernteten, stoppeligen Weizenfeldern vorbei und zwischen Kukuruzfeldern, die höher als mannshoch standen, in der Ferne die bläuliche Himmelslinie des Toten Gebirges und die Zacke des Traunsteins. Mir zu Füßen, an den Säumen und kleinen Böschungen der Felder, unzählige Löcher im Boden: Feldmäuse, früher hatte es nicht so viele gegeben.

Dann sank die Landschaft ab, zum Sipbach hin, der nach Sipbachzell fließt und später in die Traun (alles in der Volksschule gelernt und im Gedächtnis behalten!), eine Senke, kein enges Tal, dort hat der Bach Platz zum Mäandern, Buschwerk säumt wie eh und je seine Ufer, Sommerblumen, am Frühlingsanfang Schneeglöckchen (jedenfalls zu meiner Zeit), das Wasser hier und dort hervorglänzend. Auf der anderen Seite, weiter oben dann, steht das wunderbare schönbrunngelbe Kirchlein von Heiligenkreuz, in der Barockzeit von italienischen Baumeistern errichtet, aber viel schlichter als die seinerzeit barockisierte, viel größere, fast monumentale Stiftskirche. Vor einem Bauernhof saß eine junge Frau auf der Hausbank, und ich fragte sie, ob ich auch auf dem Pfad, der hier vom Sträßchen abzweigte, nach Heiligenkreuz käme. Nach ihrem Akzent zu schließen stammte sie aus Kärnten, den von mir genannten Namen hatte sie noch nie gehört. Ich durchquerte, immer der Nase nach, die abschüssige Wiese, stieß auch auf den Sipbach, aber eine Furt, wie ich gedacht hatte, oder einen Steg fand ich nicht. Schwierig, nahe am Bach voranzukommen, wegen der Feuchtwiesen und dem Gestrüpp.

Ich ging also über die Brücke, wenig später am Kirchlein vorbei und kam zu einer Abzweigung: nach der einen Seite ging es zum Schacherteich, nach der anderen zum Stift. In die Gegenrichtung habe ich einst als Klosterschüler bei klirrender Februarkälte eine Pilgerwanderung unternommen, zusammen mit vielleicht zweihundert anderen, von denen jeder eine Fackel trug. Im Morgengrauen kehrten wir zurück; auf dem kleinen Schigelände vor den Toren des Klosters, zu dem wir in den Winterturnstunden manchmal getrieben wurden, sah ich den Schnee im ersten Sonnenlicht glänzen. Um acht Uhr begann die Schule, ein ganz normaler Tag. Im Schacherteich fingen wir während der Ferien Fische (nicht viele), in den Wäldern, die ihn säumen, suchten und fanden wir Pilze (ziemlich viele). Drei, vier Jahrzehnte zuvor war mein Vater mit seinen

Freunden auf dem Fahrrad zum Schwimmen hingefahren; Badeanstalten gab es in unserer Gegend damals noch nicht.

Ich schlug also den Weg nach Kremsmünster ein und kam bald an einem ehemaligen Bauernhof vorbei, der meine Neugier weckte, weil mich der Parkplatz und die geparkten Autos auf ein Gasthaus schließen ließen. Es war aber ein Klub für Sportfischer, hinter dem Haus waren Teiche angelegt worden, alles recht proper, die Angler müssen sich heutzutage nicht mehr mit der ungehobelten Natur am Schacherteich abgeben. Weiter drüben, in Weißkirchen, unweit von Wels, für mich die Stadt von Landwirtschaftsmesse und Volksfest („Vergnügungspark" oder „Rummelplatz", solche Wörter hatten wir nicht), ist ein ziemlicher großer Teil der Landschaft zum Golfplatz umgestaltet worden. Warum nicht, dachte ich, als ich dort, auf einer anderen Heimatwanderung, vorbeikam. Sport, Wellness, Erholungsräume – wenigstens verkommt auf diese Weise nicht alles; das herkömmliche Bauerntum ist ohnehin nicht zu retten.

Nach einer Weile – ich erfreute mich an Haselnußstauden und Brombeerhecken, tat mich sogar daran gütlich – erschienen die Sternwarte mit ihren kleinen astronomischen Kuppeln und die beiden Zwiebeltürme der Stiftskirche unter mir; ich hatte die Kante erreicht, wo es hinunter ins Kremstal geht. Gegenüber, auf der anderen Seite des Tals, sah ich Schloß Kremsegg, das Vorbild für den Aspermeierhof in Stifters *Nachsommer*, den Gustermairberg, zu dem die Schüler in Gruppen, angeführt von einem Präfekten, immer wieder mal hinaufwandern mußten, und die Kremsmauer, den nächstgelegenen Felsenberg, am Horizont. Ich stieg also hinab, vorbei am großen, alten, fast ein wenig schloßhaften Gasthof zum Kaiser Max und durch das Haupttor, zu dem früher die sogenannten Altkremsmünsterer zu den Klängen von *O alte Burschenherrlichkeit*, gespielt von der sogenannten Studentenkapelle, hinausgeleitet wurden (wobei mich die letzten Verse, die lateinischen, *o jerum, jerum, jerum...*, am meisten belustigten).

Was hatte ich hier, in diesem weitläufigen Kloster, dessen Stiftsmauern hinter dem Stiftsgarten ich oft entlanglaufen mußte, was hatte ich hier eigentlich vor? Hatte ich etwas vor? Ja, ich wollte mich wie ein Tourist bewegen, aber das ganze Programm war mir dann doch zu viel. Ich wollte durch die Tore schreiten und durch den Arkadengang entlang des so schön faulig riechenden Stiftsgrabens (der nicht mehr roch) über die großen Steinplatten stolpern (ich stolperte nicht). Ich löste ein Ticket, nur für Gemäldegalerie, Schatzkammer und Bibliothek; die Sternwarte, dieses 250 oder 270 Jahre alte naturhistorische Museum mitten auf dem Land, war mir dann doch zu viel (nächstes Mal, mit meiner Tochter, nahm ich mir vor). Auch den Fischbehälter, diesen wunderbar klaren, hellen Ort, den Fischer von Erlach einst gestaltet hatte, als wollte er einen griechisch-heiteren Kontrast zur düsteren Barockkirche, den langen Gängen und tristen Zellen des Klosters schaffen: auch der Fischbehälter, dieser wunderbar klare, helle Ort, wirkt in der geschlossenen Stiftswelt von Kremsmünster geradezu überirdisch.

Diese Räume kann man nur mit einem Führer, einer Führerin besuchen. In meiner Gruppe befand sich eine französische Kleingruppe, zwei Männer und eine Frau, alle drei sprachen sehr gut Deutsch und verstanden etwas von der Sache, von Geschichte und Kunst. Nach der Führung ging ich in ein kleines Café (oder Buffet?) in der Nähe des Haupttors, und da saßen sie schon, die drei gescheiten Franzosen. Ich hätte gern ein wenig mit ihnen geplaudert, am liebsten auf Französisch, aber das wäre mir peinlich gewesen, weil sie so gut Deutsch konnten. Die ganze Zeit würdigten sie mich keines Blicks; ein bißchen arrogant waren sie schon. Universitätsprofessoren in Freizeitkleidung?

Was ich noch gern getan hätte: nach eigenem Gutdünken in der Gemäldegalerie verweilen und mich in ein paar dieser wunderbaren flämischen Landschaftsbilder aus dem 18. Jahrhundert vertiefen. Solcherart, von meiner Phantasie unterstützt, die eine oder andere Reise unternehmen, in die Tiefe dieser Landschaften hinein, und mich dort umtun und verweilen, auf der Sitzbank unter der Linde neben dem winzigen pfeiferauchenden Männchen (oder war das eine Erinnerung an den Baum mitten in der Welt, auf dem Gustermairberg, oder an eine bestimmte Szene im *Nachsommer*?). Aber das war nicht möglich. Die Bibliothek mit den alten Folianten und der großen Sphäre, der Weltkugel in der Mitte und den schwungvollen Wandornamenten interessierte mich weniger, da genügte mir die Weisung der Führerin und ich tat so, als würde ich die echten Buchrücken entziffern und nach der Geheimtür aus falschen Folianten suchen.

Nach der Stärkung im erwähnten Buffet machte ich mich auf den Rückweg, dachte auch, während ich die Sipbachsenke hinunter- und auf der anderen Seite wieder hinaufstieg, daß ich hier eigentlich zu Fuß hätte zur Schule gehen können. Ich wollte nie im Internat sein; in meinem letzten Jahr habe ich es auch geschafft, mich loszulösen, fuhr sogar ein paarmal mit einem Fahrrad hin, ließ mich von einem in Kremsmünster in einer Firma arbeitenden Bekannten meines Vaters mit dem Auto mitnehmen; doch auf die Idee, Fußmärsche zu machen, kam ich nie. Sicher, im Winter wäre es hart gewesen, damals fiel noch mehr Schnee, und um sechs Uhr früh war es noch dunkel. Aber im Frühling, im Sommer? Zu spät…

Ich hielt in Sattledt Einzug, mutterseelenallein, kein Mensch auf der Hauptstraße, geschlossene Geschäfte, früher waren hier zwei Krämerläden, ein Elektrohändler, Gasthäuser, ein Bäcker, jetzt nur noch eine Bank und endlose Autokolonnen auf der Hauptstraße, schwere Lastwagen, die als Karawanen zum Hofer ziehen, dem Lebensmittelverteiler, der irgendwann, schon „nach meiner Zeit“, hier sein Hauptquartier aufgeschlagen hatte und viel zum Aufstieg wie zum Niedergang des Orts beigetragen hat. An der ehemaligen Tankstelle hat man sogar die Zapfsäulen abmontiert, und das Gasthaus, das sich großspurig in „Traveler Hotel“ umbenannt hatte, mit seiner eigelben (früher viel dezenteren) Fassade und der Schrift, der einzelne Lettern abhandenkommen, beherbergt jetzt Flüchtlinge aus Syrien, Afghanistan und Eritrea, nur noch wenige, die meisten sind inzwischen weitergezogen. An der Dorfkirche vorbei, die mir immer noch das Herz wärmt, keine Schönheit, aber sie hat Charakter, die Ortsbewohner haben sie unter großen Opfern in der Vorkriegszeit, die zugleich eine Nachkriegszeit war, durch Spenden und eigene Arbeitskraft errichtet. (Ach ja, der Gerechtigkeit halber: Eine Café-Konditorei, die den Namen verdient, gibt es jetzt, so etwas hatten wir früher nicht; nahe der Stelle – lang ist's her –, wo das Dorfkino stand.) Vor der windschief gewordenen, von Werbetafeln – „Den ganzen Tag im Bett zum Hofer-Preis!" – verunzierten Scheune, in der meine Cousins und Freunde und ich erlaubte und unerlaubte Sachen trieben, steht ein hölzerner Pritschenwagen: derselbe, der schon in meiner Kindheit eine Antiquität war und noch früher von einem Ochsen oder Pferd gezogen worden war und auf dem ich, kaum des Lesens mächtig, auf dem Heimweg von der Schule die Zeitung mit der gewaltigen Schlagzeile fand, die mich, obwohl ich sie kaum verstand, erschütterte: „Kennedy ermordet".

Ich bin zu Hause, in der Heimat, im Haus meines Bruders, der diese Kirche regelmäßig besucht, als wäre die Zeit der Kirchgänge nicht längst vorbei. Die ganze Heimat ist, wenn überhaupt, nur in meiner Erinnerung. In der Gegenwart existiert sie nicht, damit muß ich mich abfinden. Und damit, daß ich ein heimatloser Geselle bin. Oder nicht, denn ich trage die Heimat mit mir herum, überall, überallhin. Diese Heimatlosigkeit hat zumindest den Vorteil, daß mich die Neugier nicht verläßt. Auch die Neugier auf das, was ich seit jeher schon kenne. Zu kennen glaube, um genau zu sein.

Zwiefalt

Manchmal gehe ich einfach nur so übers Land, auf Feldwegen und Sträßchen, die immer wieder mal eine Biegung oder ein Eck machen, und sehe die Felder, die sich da erstrecken, und die Häuser und Gärten und Bäume, die sich frei übers Land verteilen, und einen Fußgeher meinesgleichen, und einen Reiher, der überlegt, ob ich als Störfaktor einzuschätzen bin und er auffliegen soll (er hebt schon die Flügel), und der Himmel über allem ist flach wie ein Wäschebrett, die Wolken in langen weißen Streifen wie Rillen, und der Himmel rundet sich und wölbt sich, nicht mehr und nicht weniger als eine Falte des Universums, ebenso vereinzelt wie die Ich-Falte hier und der Fußgeher in Gegenrichtung und der Bauernhof mit dem fast kahlen Feigenbaum, eine klare Himmelshöhle, die sich Platon nicht hat träumen lassen, und ich gehe dahin, fern jeder Dämmerung, und das Weiß und Hellblau, die Himmelfarbe, *celeste*, diese einzigartige Helle, die jedem *chiaroscuro* spottet, diese Mitte, die mich begleitet, dieses Maß, nach dem niemand suchen muß, weil es alles durchdringt, zieht mich fort und läßt mich umso mehr hiersein, nämlich fort nach Uruguay, zu den Weiden und dem Gestrüpp hinterm Uferstreifen von Fluß oder Meer, wo der Himmel nahbar ist und das Land sich freundlich dir entgegenwölbt und die Wege darauf, eher für Pferde als für Autos oder Fahrräder, ins Irgend- und Nirgendwo führen, gleichviel, und da, in diesen umfassenden Momenten, genügt sich das Dasein als solches in mir und das Genügen – ja, eine Art Zufriedenheit, nämlich mit allem – strömt in den Körper, in seine Mitte, zum Herzen, an die Ränder, Finger und Zehen, in die Kopfhaut, die Haare.

Dieses Entrücktsein gehört dazu, es gehört zum Hiersein und verstärkt es, macht es intensiver, es sind zahllose Orte und Phänomene, die zum Trampolin werden können, weil ein Aufschwung nämlich dazugehört, weil die Anziehung von fern/oben allein genügt nicht, aber dann sind es doch nur zwei, ich weiß nicht warum, Uruguay und Paris, das Hinterland in Fluß- oder Meeresnähe und die Rue Ledru-Rollin, Rue de Charonne, die Ecke dort, das Uruguay hier und das kleine, in der Ferne zurückgebliebene Land, das man einfalten kann, und die Ecke mit dem Keilhaus auf dem Weg zur Bastille oder zur Métro Ledru-Rollin oder auf dem Weg vom Komeda-Café zu den Reisfeldern und Kakibäumen und den KZ-Baracken, die ich – manchmal, zugegeben, ein wenig zu intensiv, obsessiv – studiere, diesen mehrstöckig aufragenden, einem Rohrblattmundstück (Fagott?) gleichenden Plattbau, den ich von meinem Zimmer schräg gegenüber, auf dem winzigen Dachbalkon stehend, mustere, die blinde Hinterwand, wahrscheinlich ist dem Haus im Zuge der Modernisierung ein Teil wegamputiert worden, und die drei riesigen gelben, verblichenen Lettern, von denen nur die erste mit Sicherheit identifizierbar ist (KGB, habe ich oft vermutet), und während ich auf dem Gehsteig mit vollem Schwung in die kleine Senke einfahre, knapp am untersten Balkon des Keilhauses vorbei, denke ich jedesmal: Wenn ich mit dem Kopf gegen die Kante stoße, dann…, aber ich stoße natürlich nie dagegen, ich spiele nur damit, daß mein Schwung scheitern könnte, und so gleite ich glücklich, im anderen Leben wie in diesem, den Keil entlang, der langsam breiter wird, der Grundriß ein spitzes Dreieck, dessen erster Raum ebenfalls dreiecksförmig ist, eine kleine Wundertüte in der großen: Gern würde ich einmal in einem Zimmer mit so einem spitzen Winkel wohnen, wie man den wohl nützt, als sinnlosen, sinnstiftenden, nutzlos nützlichen Freiraum, denke ich und lasse den Gedanken mit dem Fahrtwind hinter mir wehen.

Gestern habe ich wieder einmal gedacht, als ich in einem gar nicht magischen Moment dort vorbeikam, daß ich nie die unansehnliche schmale Straße an der anderen Längsseite des Gebäudekeils nehme, und so habe ich kurz entschlossen abgebremst und bin zurückgefahren und habe mir langsam, mit Muße, angesehen, was es da zu sehen gibt: die Sportplätze einer Schule, die in Hakama gekleideten, eine ferne Zielscheibe fixierenden, den Bogen spannenden Schüler, die Tennis spielenden Mädchen, den gähnend leeren Sandplatz weiter vorne, die offenen Garagen auf der anderen Seite (das Keilhaus entpuppt sich als Pfahlbau), dann die folgenden Häuser mit mehr oder minder rechteckigem Grundriß, die kleine, säuberlich aufgeräumte Werkstätte, das Lager für Schläuche und Rohre ganz unterschiedlicher Größe, die Betonsockel links und rechts, den hohen Maschendrahtzaun an den Sportplätzen, die hübsch angerostete Wellblechverkleidung einer Hütte oder Scheune, den kurzen steilen Anstieg, der endlich zurückführt zur Autostraße, die ich meide, weil sie Nicht-Motorisierten keinen Platz bietet und der Gehsteig ein Drahtseil ist, auf dem ich keine Kunststücke ausprobieren will, die mache ich lieber hier.

Lange Schatten

Lange Schatten um 16 Uhr 5,
eine Schulglocke tönt dunkel
über die abgeernteten Felder
und die Alten quatschen
von Haus zu Haus.
Schatten, meine Verlängerung,
Niederlage und Gewinn,
grüßen ichlos und platt
ihren Bruder, den Festgepflockten,
von Spatzen Verhöhnten.
„Bald blühen wieder die Pflaumen!"
ruft eine Alte
der Älteren zu.

Hinter den sieben Bergen

Hinter den sieben Bergen, mit diesem Vers im Kopf bin ich losgezogen, und es ist auch die Wahrheit, keine Mär, daß dort draußen auf die weite Ebene der Felder ein Berg folgt, oder ein Hügel, eine Erhebung jedenfalls. Sieben, die Zahl für viele, sehr viele, unendlich viele. Und es ist wahr, auf den ersten folgt ein zweiter und dann viele, bis am Ende doch wieder das Meer kommen muß, das wußte ich, zumindest theoretisch, von der Landkarte.

Eigentlich muß es heißen: Hinter dem Supermarkt, dem riesigen fensterlosen Kasten, oder hinter den sieben Supermärkten, denn so sieht doch heute die Welt aus. Aber hinter dem ersten war kein zweiter Supermarkt, da begannen die Reisfelder und dann dieser Buckel, nicht viel mehr als eine geringe Unebenheit, die ich damals, vor fünfzehn Jahren, als ich das erste Mal hier war, nicht beging, weil mich das Taxi zum Shinkansen-Bahnhof auf der anderen Seite des Kessels, wo wiederum sieben Berge begannen, zurückbrachte. Da kommen Sie, wurde mir gesagt, nur mit dem Taxi hin. Heute weiß ich, daß es ein schöner einstündiger Fußweg ist, auf und ab, Berg und Tal. Und ich weiß, daß das Glamourgebäude im Zentrum der Stadt, am sogenannten Boulevard, nicht das Rathaus ist, wie ich zuerst dachte, sondern ein Pachinkokomplex.

Heute beginnen hinter dem Supermarkt immer noch die Felder, vor dem ersten der sieben Berge, und so wollte ich wieder einmal nachsehen hinter dem ersten, weil ich seit fünfzehn Jahren weiß, daß dort eines dieser vielen kleinen, übers Land verteilten Paradiese liegt, und zwar nicht erst hinter dem siebten Berg! Es ist ein Dorf, mit schönen, freundschaftlich zusammenstehenden Häusern von Bauern und ehemaligen Bauern, die meisten von ihnen alte Leute, die auch im Winter nicht ruhen und in den Beeten geschäftig sind, und zwei längst aufgelassenen Läden und engen, schräg hin und her laufenden Sträßchen und Gemüsegärten und Tümpeln und kleinen Feldern und Kirsch- und Kaki- und Feigenbäumen und kleinen und größeren Schreinen und Bambuswäldchen und Friedhöfchen und einem

Gemeinschaftshaus und Hügeln, die nicht einmal im Märchen Berge genannt werden, ein schönes Beispiel der Kleinteiligkeit, zu der auch ein bißchen Verhüttelung gehören mag. Friede den Hütten, Gott sei ihnen gnädig.

Ein Freund von mir hatte hier einmal ein Feld gepachtet, vor dem Gemeinschaftshaus und neben einem solchen Friedhof, von wo man einen Blick auf den Kagamiyama und den Supermarktkasten hat. Er radelte in freien Stunden oder frühmorgens vor der Arbeit herüber und zog Bohnen und Daikon und Salat, aber jetzt ist er emeritiert und weggezogen und das Feld wirkt halb verlassen: Kann sein, daß der Kohl unbeaufsichtigt weiterwächst und die Beete langsam verwildern. Der Garten Candides, habe ich manches Mal gedacht, hier liegt er doch. Hier sind sie, die unschuldigen Gärten, liegen einfach so an deinen Wegen, das Glück ist ungebrochen und frei zugänglich. Es genügt fast, zu atmen. Oder Hand mitanzulegen, wie ich es manchmal tat. Jetzt nicht mehr, jetzt betätige ich mich lieber als Wegerlentdecker.

Einer stochert nostalgisch

Einer stochert nostalgisch
im Schutthaufen
nach Resten vom Vaterhaus
und findet den Knochen des Großvaters,
den die Großmutter oder sonstwer
als Stützpfeiler für den Hausschrein
vor aller Augen hat aufgestellt,

so daß ihn zeitlebens
niemand je sah.

Was jetzt noch von der Bevölkerung bleibt,
läßt sich gern in die brandneuen
Wohlfühlbaracken deportieren.

Pflaumenblüte

Das Wegerl da draußen brauche ich nicht zu entdecken, das kenne ich schon lange. Hinter den weiteren Feldern und vor dem nächsten Berg zieht es seinen Bogen, als würde es sich vor ihm horizontal verneigen. Vielleicht kann man es gar nicht als Wegerl bezeichnen, es ist eher ein Sträßchen, hochdeutsch gesagt, aber ein Auto habe ich hier noch nie fahren sehen. Vermutlich ist es ein Rest eines viel älteren, kurvenreicheren Verkehrssystems und dient heute nur noch als Zugang zu Beeten und Unterständen, Werkzeuglagern und einem ländlichen Büro. Auch die Autostraße ist hier leicht geschwungen, so daß im Verein mit dem Bogen des Wegerls eine mandelförmige Insel entsteht, auf der ein Teil von dem liegt, was ich soeben beschrieben habe. Ich nehme immer diesen Umweg, der einen Verlust von zwanzig bis dreißig Sekunden bedeutet, oder besser gesagt einen Gewinn: Ich gewinne ein schönes Stück Zeit. Manchmal, in wärmeren Jahreszeiten, sehe ich die alte Frau, die alles beobachtet (vor allem mich, kommt mir, dem Betrachter, vor), auf einer einfachen Holzbank sitzen, aber ich verweile nicht, so viel Zeitgewinn muß nicht sein, und außerdem will ich nicht als Zudringling erscheinen. Nein, ich bin bloß der, der vorübergeht.

Wo wollte ich hin? Oh doch, ich hatte ein Ziel. Nachsehen nämlich, wie es den Pflaumenbäumen, deren erste Blüten ich unlängst begrüßt hatte, nach der Schneenacht vor drei Tagen ergeht. Das habe ich auch getan, aber erst am Ende jenes Ausflugs, der mich in unvorhergesehene Schwierigkeiten brachte: mit nur einem Schuh am Fuß, dem linken. Die Bäumchen am Rand des steilen Wegerls, zwischen Solarpanelen, Bauernhaus (ein Hahn läßt sich manchmal hören!) und dem Bauklotz einer Elektrofirma, diese Bäumchen blühen unverdrossen ins Jahr hinein. Zwei kalte Tage lang haben sie pausiert, haben ihr Streben klug gedrosselt; bei meinem neuerlichen Besuch waren ein paar wenige Blüten und viele schöne, braunrote, dirndlfarbene Knospen dazugekommen.

Es ist übrigens nicht gar so ungewöhnlich, daß hier die Pflaumen Mitte Januar zu blühen beginnen. Immer wenn ich die weißen Blüten mit dem zartroten Innenrand vor dem kalten blauen Himmel sehe, denke ich an den Baum in Kyoto, vor dem ich einst um dieselbe Zeit in Entzücken gefallen bin. Ich kann mich genau an den Ort unweit vom Kamogawa erinnern, und manchmal – jetzt schon lange nicht mehr – suche ich ihn auf.

Der Winter ist keine tote Jahreszeit, jedenfalls nicht hier bei uns. Und so werden denn auch Gedichte gedacht und geschrieben.

Lichtblick

Der Gimpel läßt sich
wieder sehen. Die beiden Alten
sitzen neuerdings
auf Strohstühlen vor dem Geschäft,
wo sie, Jahre ist's her,
– was war es noch? –
verkauften oder kauften.

Die Falle

Eine ganz andere Erinnerung: die Autobahn. Die Autobahn, wie sie durch die Landschaft schneidet, sie zunächst einmal sogar bereichert. Wälder links und rechts, Brombeerhecken, ein gepflügter Acker, der noch unfertige Belag: Bitumen. Bitumen, dieses seltsame Wort hatten wir aufgeschnappt von einem der Arbeitertrupps, denen wir manchmal begegneten; ein Zauberwort, das uns in ein wundersames Reich entführte, nämlich hierher, in unseren großen Autobahnwald, der sich bis zu der hohen Talbrücke erstreckte, auf der wir uns nur wenige Schritte vorwagten; es war ohnehin Zeit zur Umkehr. Ich weiß nicht, warum wir immer nur zu zweit dort wanderten, meine jüngeren Geschwister waren nie dabei, vielleicht waren sie noch zu klein oder spielten lieber zu Hause. Großmutter und ich, wir waren wie ein Liebespaar, das sich eine Zeitlang bei der Hand hält und dann wieder neckisch trennt, wo der eine Kreise um den anderen zieht, meistens das hüpfende Kind um die alte Frau. Wir waren ein Liebespaar, und die Arbeiter hatten etwas zum Lächeln, einen Grund, sich auf den Schaft der Spitzhacke zu stützen und eine Pause einzulegen, doch bald hatten sie sich an uns gewöhnt, hoben kaum noch den Kopf zum Gruß.

An all das mußte ich denken, als ich das immer noch vertraut in meinen Ohren klingende Geräusch der in die Ferne ziehenden Fahrzeuge hörte und schließlich durch eine Unterführung schritt, niedrig und eng und dunkel, eine Pfütze in einer Bodensenke, eine andere in einer Rinne, ganz ähnlich der Unterführung in der Nähe unseres Hauses, wo wir Kinder – meine Geschwister waren dabei – dem vom Rauschen und Rumpeln der Fahrzeuge untermalten Hall unserer Stimmen nachlauschten. Nein, so viel gerauscht und gerumpelt hat es damals noch nicht, die Fahrzeuge kamen und gingen vereinzelt. Jetzt, sechzig Jahre später, ist das Rauschen und Rumpeln hier wie dort unablässig, ein dichter Strom.

Hinter der Böschung, wo sogleich die Berge und Wälder begannen, das letzte Bauernhaus hatte ich auf der anderen Seite zurückgelassen, war irgendetwas merkwürdig, zu viel Helle für so einen Ort, und der Starkstrommast, der da aufragte, wirkte noch nackter als diese Masten sonst. In seinem unteren, bodennahen Bereich war er gelb gestrichen, und noch ein paar Schritte weiter sah ich auch schon die Mauer aus schwarz glänzenden Ballen (wie die Heuballen nach der Ernte, aber die hier waren mit anderem Material gefüllt, mit Sand, glaube ich), und dann die ausgebesserte Leitplanke zwischen dem Straßenrand (der „Zubringer“) und dem

Fuß der Böschung – hier erst, am Autobahndamm, war der letzte Ausläufer der Mure zum Stillstand gekommen.

Dem Katastrophentourismus hatte ich endgültig entsagt, aber diesmal konnte ich meine Neugier nicht zügeln und beschloß nachzusehen, was geschehen war, und außerdem rief mich der Berg: Gab es da vielleicht noch ein Tal, von dem ich nichts wußte? Waren es nicht sieben, sondern sieben mal sieben Berge? Die Lawine, das erkannte ich schon nach wenigen Schritten, war da in weiten Bögen heruntergeschwungen, an einer Stelle beschrieb sie eine scharfe Kurve, und es war nicht nur *eine* Mure, es waren zwei, die sich weiter oben vereinigt hatten, die größte Lawinenwüste, die ich nach den Unwettern gesehen hatte, wenn auch nicht die tiefste Schlucht, die war mir viel früher einmal auf dem Weg nach Takehara untergekommen. Am rechten Rand führte ein gut begehbarer Waldpfad hinauf, der nach einer Weile den Blick freigab auf einen hohen, aber nach den regenschwachen Wochen und Monaten schmalen Wasserfall. Der Bach, jetzt nur ein Rinnsal, war durch Stufen und kleine Dämme gesichert, aber das hatte damals, vor zweieinhalb Jahren, nichts genützt, Geröll und Schlamm, Felsen und Stämme hatten sich über alle Begrenzungen hinweggesetzt.

Wo die beiden Muren, von zwei Hängen in fast entgegengesetzter Richtung herunterkommend, sich vereint hatten und dort jetzt ein regelrechtes Meer, oder soll man sagen: eine Wüste bilden – ein steinernes Meer und eine hölzerne, nicht grüne, sondern vorwiegend graue Wüste –, stieg ich hinab, kein Gefahrenschild warnte mich, außerdem sah ich Fußspuren, Abdrücke ziemlich großer Schuhe, wahrscheinlich von zwei Männern. Ich ging eine Weile über Stock und Stein, war aber noch weit von der Mitte dieser Wüste entfernt, als ich plötzlich spürte, wie mich am linken Fuß etwas zog, was augenblicklich zur Folge hatte, daß ich rücklings hinfiel. Im ersten Moment dachte ich an ein Tier, aber da war kein Tier; was ich sah und spürte, war eine metallene Vorrichtung, eine aus Eisendraht, Stahlfedern und Plättchen gebildete Falle, die sich um meinen Fuß gezogen hatte. Ich war unverletzt, spürte keine Schmerzen, doch der Angriff hatte sich so rasch und unwiderstehlich ereignet, daß ich überhaupt nicht hatte reagieren können. Jetzt saß ich da, mein Blick auf der Höhe des Treibholzes und der zum Himmel zeigenden spitzen Äste, und suchte zu begreifen, was mir zugestoßen war. Beim Sturz hatte sich ein Foto ausgelöst, das jetzt und in alle Ewigkeit die Nasenlöcher und die Brille und die Stirn eines von einem gespaltenen Ast flankierten, vielleicht noch nichts ahnenden Mannes zeigt. So ein Selfie würde ich absichtlich niemals zustande bringen!

Die Schlinge hatte sich fest um den vorderen Teil meines linken Schuhs gezogen. Das Seil, dessen Ende sie bildete, war an einem Baumstamm befestigt, der ein paar Meter weiter auf dem Boden lag. Ich versuchte, die Falle mit Steinen und Ästen aufzustemmen, erkannte aber bald, daß das aussichtslos war. Zum Glück trug ich meine Militärschuhe: die festen, stiefelartigen Schuhe im Doc-Martens-Stil, die ich vor gut zehn Jahren auf Etajima im Laden der dortigen Marineschule gekauft hatte, in jenem schönen, großzügigen klassizistischen Gebäude aus dezent rotem Backstein und weißen dorischen Säulen, das zusammen mit der Insellandschaft und dem Meer eine überwältigende Ruhe ausstrahlt. Dort hatte ich diese schönen und preisgünstigen Schuhe entdeckt und einen zufällig anwesenden Soldaten gefragt, was er von den Schuhen halte, und nach seiner Antwort, alle würden sie bei der Arbeit auf dem Schiff solche Schuhe tragen, die seien absolut wasserundurchlässig, aber viel fester als Gummistiefel, sogar für Kämpfe geeignet – nachdem ich dies vernommen hatte, hatte ich stante pede ein Paar gekauft.

Die Halbstiefel aus Etajima haben mich in der Wüste beschützt. Sie besaßen nämlich in den vorderen Kappen eine Verstärkung aus Eisenspänen – oder etwas dergleichen, schwer waren sie trotzdem nicht –, so daß sie sich kaum zusammendrücken ließen. Jetzt, in die Falle gegangen, sah ich, daß der Eisendraht genau dort, wo die verstärkte Kappe endete, ziemlich tief in den Schuh schnitt, die Rille hübsch geschmückt mit etwas Farnkraut. Es war unmöglich, die Vorrichtung wieder loszuwerden, und ebenso unmöglich, die Schlinge am anderen Ende vom Baumstamm zu lösen. Also beschloß ich, den Schuh auszuziehen und auf diesem Schlachtfeld zurückzulassen, wo ich ein Opfer geworden war, aber nicht der Naturgewalten, sondern des menschlichen Aufräumeifers. So dachte ich zunächst, aber später, ruhig überlegt, kamen mir Zweifel, denn zum Abtransport eines Baumstamms eine Schlinge um diesen zu legen, leuchtete mir noch ein, aber warum war am anderen Ende des Seils eine ebenso gefährliche Vorrichtung angebracht? Es hatte doch keinen Sinn, zwei Stämme aneinanderzubinden? Und Aufräumtrupps legten doch immer den größten Bedacht auf Sicherheit? Bloß kein Werkzeug herumliegenlassen!

Also konnte es nur eine Falle sein. Aber in Japan war es immer noch, wenn nicht verboten, so zumindest verpönt, Wild zu jagen, im ganzen Land gab es keine reguläre Jägerschaft – erst in allerletzter Zeit, wegen der rapiden Vermehrung der Wildschweine, hatte man mit der Jagd begonnen, aber auf der anderen Seite der Hauptinsel, am Japanischen Meer – und Schußwaffen waren so gut wie keine in Umlauf. Aber wenn hier Wilderer ihr Unwesen trieben, wie schlachteten sie denn ihre Beute? Jeder Schuß mußte Verdacht erregen (nicht wie in den Sattledter Autobahnwäldern, wo es im Herbst dauernd krachte). Mit einem Küchenmesser? Einem historischen Schwert? Unvorstellbar.

Ist auch egal. Ich zog meinen Fuß aus dem linken Schuh, ließ diesen zurück und machte mich auf den Weg, zuerst die spitzen Steine und bald darauf den nassen Boden an der Sohle spürend. Während der feuchten Abschnitte des Waldpfads hüpfte ich auf dem rechten Bein, und in den Lichtungen sowie später auf dem sonnenbeschienenen Asphalt war ich froh, daß der Boden hier viel wärmer war als im Schatten. Ich erreichte mein Fahrrad, das ich auf einem gestampften, stellenweise geschotterten, ziemlich weiten Parkplatz, der kaum benutzt wurde, abgestellt hatte. In der Gegend hier gab es hölzerne Nachkriegsbaracken, von denen einige sogar noch bewohnt wurden, Verschläge, kleine Werkstätten, dazwischen Gärten, Wäldchen, Brachfelder, einen kleinen Schrein, und etwas weiter die dann schon mehrstöckigen und stabileren, aber mit den Jahrzehnten heruntergekommenen, nicht mehr renovierten, nur noch rudimentär bewohnten Baracken der Wirtschaftswunderzeit. Alte Leute, die nur die niedrigsten Mieten bezahlen konnten. Keine jungen Leute, keine Familien, keine Kinder. Die hatten sich in den Einfamilienhäusern hinter dem Schilftümpel und dem Motorradfriedhof verbarrikadiert.

Ich fuhr in die Richtung, in der ich den nächsten Supermarkt vermutete. Die Erinnerung trog mich, es war ein Seven Eleven. So konvenient Konbinis sonst sind, Schuhe oder Schlapfen gab es hier nicht. Also hinunter zur Autostraße, dort ist ein anderer Supermarkt, ein anderes Youme Town, Bruder des Kastens vor dem ersten der sieben Berge. Verschämt hinkte ich zwischen den Regalen, der Boden war ziemlich kalt. Es gab sogar eine Abteilung für Schuhe, Gott sei Dank ohne Verkäufer. Ich kaufte mir recht gut geformte schwarze Plastikschlapfen, die aus der Ferne gesehen als Halbschuhe durchgehen mochten, und fuhr in mein Büro. Zu Hause, schwor ich mir, werde ich nichts von diesem Abenteuer erzählen, die haben kein Verständnis dafür. Hoffentlich schaut niemand ins Facebook!

Über die Verfertigung von Gedichten beim Gehen

Heinrich von Kleist hat bekanntlich das allmähliche, regellose, gewiß auch nicht immer erfolgreiche Entstehen von Gedanken beim Sprechen entdeckt. Du machst dich auf den Weg, sagst etwas, manchmal ist dir selbst nicht recht klar, wohin dein Diskurs (*correre, courir!*) führen wird, und langsam beginnst du richtig zu sprechen, und vielleicht ist da ein Partner, der widerspricht, mit Betonung auf der ersten oder dritten Silbe, egal. Und so kommt etwas zustande, das am Weltgeist teilhat, auf wie bescheidene Weise auch immer, ein einsames oder Gemeinschaftsprodukt, aber letztlich doch immer, weil Sprache Sprache ist, etwas Gemeinsames, an dem andere teilhaben können, wenn sie wollen und wenn die Gedanken aufgeschrieben und gelesen oder sonstwie aufgezeichnet und wiederholt werden.

Das hat Kleist festgestellt. Dichten aber, in den meisten Fällen (wenn es sich nicht gerade um Renga-Zusammenkünfte wie die von Octavio Paz, Jacques Roubaud und Charles Tomlinson handelt, oder um Poetry Slams von unbekannten Künstlern), ist eine einsame Sache, doch keine, die im Elfenbeinturm zustande käme (wie die irrige Meinung lautet), sondern unterwegs auf dem Land und in der Stadt. Unterwegs zur Sprache… Gedichte verfertigen sich langsam beim eher langsamen, mehr oder minder rhythmischen Gehen, da kommen sie dahergeschwommen, die Wörter, auf den Wellen der Luft, aus dem Irgendwo, von den Bäumen und Vögeln, Feldern und Grashalmen, rosa Straßenecken und flüchtigen Menschensilhouetten. Sie kommen dahergeschwommen und vereinigen sich mit dem Blut, das im Körper zirkuliert, und den Schritten, die den Dichter dort- und dahin befördern, an kein Ziel, denn was er treibt, ist die Kunst, sich zu verirren und trotzdem nicht verloren zu gehen, sondern eher: zu sich zu finden. Das nennt man auch Syntax, oder einfach: Zusammenhang. Und so entstehen die Gedichte, langsam beim Gehen.

Es ist klar, daß der Winter keine so gute Zeit für Gedichte ist, jedenfalls nicht für einen dilettierenden, kälteempfindlichen Dichter wie mich, dessen Körper sich bei Minusgraden im Freien zu sehr verkrampft, und dasselbe tun die Wörter, die Sätze, die dann nichts taugen. Aber wenn es einmal für zwei, drei Tage wärmer wird, treibt es ihn hinaus, er atmet auf, hebt den Kopf, sieht mit Staunen, daß alles immer noch da ist, wenn auch ein wenig farblos, dunstig, oder doch klar, manchmal sogar schmerzhaft klar wie die Schatten, die er in Gemeinschaft mit allerlei Pfosten und Pfählen wirft: Was er als Paradies in Erinnerung hat, war vielleicht doch kein Paradies, aber das macht nichts, sagt er zu sich selbst und spürt sich schon in den Wellen, noch wortlos, der Luftschwimmer, im blanken Rhythmus, am Horizont erscheint Nerudas Schwert wie ein gemalter Ast mit zwei oder drei Blüten auf einer Schiebetür in irgendeinem Tempel, ein Echo der gesehenen, erfahrenen Erwiderung seiner Schritte:

Kahl der Spiegelberg,
treues Widerbild meines
erhobenen Haupts.

Der Tanz des Dichters

Zwei Vögel, nicht verwandt, picken auf dem leeren
Feld.
Die Zwiebeln werden ausgeschaufelt.
Nerudas Schwerter welken, und Zwiebelduft
umweht den Dichter.
Neben dem eleganten Bauernhaus
ist ruck-zuck eine Komfortbaracke aufgeschossen,
im Rohbau turnen behelmte Bauarbeiter.
Die alte Umfriedung und die neue Hausecke
berühren sich an den Ellenbogen (wie zum Morgen-
gruß),
darunter duckt sich das schmale Gäßchen.
Mühsam steigt ein alter Dichter die Steintreppe hoch
und packt sein Konbini-Essen aus:
Kartoffelpuffer, Hackfleischkroketten, Reisdreieck,
Donut (*old fashioned*), Kaffeedose.
In den steilen Rinnen des Schindeldachs
sind braune Zweige und Nadeln liegengeblieben.
Das kleine, flachere Vordach ist bemoost,
und auf der Rampe des Seitenpavillons
haben sich Münzen angesammelt,
gar nicht so wenige, an die zweihundert Yen.
Soll ich, denkt er, am Ende was dazulegen?
Vielleicht eine gelochte Münze, die bringt Glück
und gibt der Bitte Nachdruck, Form, denn
so ein Waldgott kann dich schon eine Weile
beschützen.
Der Baulärm ist verstummt, die Maurer machen
Mittagspause.

Der farnbewachsene Hang glänzt fett in der Sonne,
indes die Dachfische
blinken. Eine einsame Feldtaube gurrt störrisch im Viervierteltakt,
Betonung jeweils auf dem ersten. Der Dichter will
den Tanz dazu erfinden und probt auf tönernen,
bald aber schwungvollen Versfüßen die Schritte.
Auf der Steiltreppe kommt ihm ein junges Liebespaar
entgegen
und grüßt verlegen. Du überfliegst sie, denkt er,
wie ein ramponierter Mauersegler.

Janus

Hundertmal diesen Ort passiert,
Jahreszeiten durchquerend,
der Schönheit jedesmal zugenickt
wie einer fernen Verwandten.
Erst in der Winterkargheit, nichts als Form,
zeigt sie sein Wesen.

Nebenan, im Pflaumengeäst,
spotten hundert Blüten jeglichem Wesen.
Täglich und stündlich werden sie mehr
und verschieben den Himmel.

Dazwischen flattern zwei Feldtauben,
lassen sich wiegen vom Licht.
Der Blick, sagt der Gott,
zeugt allhier die Dinge.

Die Kunst des Aufgebens

1

Wer nicht sucht, der findet

Auf der Landkarte war mir ein Shinto-Schrein aufgefallen, er sollte sich am Ende einer langen, schnurgerade westwärts führenden Straße befinden, das letzte Stück auf der Karte nur noch strichliert, was immer das bedeuten mochte. Ein Fußweg, ein Pfad? Ein Wegerl?

In altvertrauter Arroganz vergaß ich, die Karte mitzunehmen, und freute mich auch noch darüber. Erstens glaubte ich mir den Weg genau eingeprägt zu haben, zweitens will ich mich schon ein Leben lang in der Kunst des Verirrens üben. Nach meiner Einschätzung und Erinnerung mußte der Fahrweg von der Uferstraße eines mir gut bekannten Stausees abgehen, unweit von dem Spielplatz, den ich mit meiner Tochter manchmal aufsuchte, als sie klein war und weiter drüben am Turnunterricht einer betagten ehemaligen Spitzensportlerin teilnahm, die neben ihr Haus in einer ganz gewöhnlichen Siedlung eine kleine Turnhalle hatte bauen lassen. Vor einem Kulturzentrum war eine Informationstafel, die Wanderwege vorschlug: 1,2 Kilometer lang der eine, 2,2 der andere, lächerliche Strecken für einen erfahrenen Pilger wie mich, außerdem kannte ich die Gegend jenseits der Seen wie meine Westentasche. Die andere Seite, wo die Berghänge steil anstiegen, kannte ich kaum.

Auf der abzweigenden Straße stieß ich nach kurzem auf eine Absperrung, dort ließ ich mein Fahrrad stehen.

Gelbes, mannshohes Schilfgras eroberte von den Rändern her die Fahrbahn; Fahrzeuge kamen hier sehr selten durch. Nach einer Weile fiel mir ein Schild ins Auge, das die Strecke als Parcours für Waldläufer auswies. Wenig später kam mir ein Mann entgegen, ohne Sportkleidung, aber auch kein Wanderer wie ich. Wahrscheinlich hatte er bei den Wasserreservoirs zu tun gehabt, die weiter oben im Wald verborgen waren; große, zylinderförmige Behälter, die der Versorgung der ganzen Ortschaft hier dienten. In der Kurve, die an dem Areal vorbeiführte, spürte ich es schon: Hier war etwas passiert, der Berg – nicht entzweigebrochen, aber sicher beschädigt. Baumstämme lagen umher, sie waren zusammen mit Felsbrocken das Tal heruntergekommen, wo nur noch ein schmaler, steiler Weg bergan führte, so es denn ein Weg war; wahrscheinlich nicht, nur ein Abweg; nach einer Weile drehte ich um. Als die Wasserzylinder unter mir auftauchten, bemerkte ich, daß die Straße in die andere Richtung zeigte. Ich stieg über Baumstämme, trat näher und sah jetzt auch schon die Schlucht, die die Wassermassen gerissen hatten, sah die dünne schwärzliche Asphaltdecke, darunter hellbraune Erde. Die Lawine war in der weitgezogenen Kurve abgegangen, die die Straße einst hier beschrieben hatte, indem sie sich an das Gelände angeschmiegt hatte; jetzt war sie unpassierbar, die andere Seite dreißig, vierzig Meter entfernt.

Aha, dachte ich, deshalb keine Waldläufer; nur ein einsamer irrender Dummkopf wie ich. Abwärts gehend sah ich in der Ferne, ganz klein, das Gebäude, in dem mein Büro war, das ich vor nicht einmal zwei Stunden verlassen hatte. Schon ziemlich weit unten, man sah die Stauseen blinken, war seitlich ein Hohlweg, der mir beim Aufstieg zwar aufgefallen war, den ich aber rechts liegengelassen hatte, weil ich nicht auf den Ooyama wollte – ich war doch, fast hatte ich es inzwischen vergessen, auf der Suche nach dem Ogura-Schrein. Ohne Eile und Plan besehen, war das aber ein schöner Weg, bedeckt von altem Laub und Kiefernnadeln, und mir blieben noch wenigstens zwei Stunden, bis die Dämmerung begann, also ließ ich mich locken. Auch waren die Zerstörungen auf dieser Seite geringer, der Wald ziemlich dicht, viel Buschwerk und Farne, der Weg nun wirklich ein schmaler Pfad, der sich schlängelte, links und rechts und auf und ab, einige Steilstücke, dann auch schon größere Felsen, ein paar Höhenmeter zu klettern. Über Stock und Stein, wie es so schön heißt. Man hatte wenig Fernsicht, zwischen dem dichten Geäst und den Blättern schienen helle Siedlungsflecken durch, ich erkannte die weißen Flächen der neu angesiedelten Logistik-Firma, die Trasse der Autobahn, später die knallrote Bogenbrücke in der Nähe des Bahnhofs von Hachihonmatsu. Stille herrschte, durchbrochen von spärlichem Vogelgezwitscher, dann wieder, immer nur kurz, von einem Rauschen tief unten, als erstreckte sich dort eine Großstadt.

Ein Mann mit Bergschuhen und Rucksack kam mir entgegen, er mochte ein paar Jahre über dreißig sein und ich dachte, warum ist der nicht in der Arbeit, als mir einfiel, daß Sonntag war, und ich mich verbesserte: Warum ist der nicht bei seinen Kindern – bevor ich den Spieß umdrehte und mich selbst fragte: Warum bist du nicht bei deinem Kind? Warum ist es nicht bei dir? (Antwort: Welche Vierzehnjährige will schon mit ihrem Vater einen unbekannten Berg besteigen?) Erst diese flüchtige Begegnung erinnerte mich daran, daß die Dämmerung bald beginnen würde, und der Gipfel dieses mysteriösen Ooyama, was nichts anderes hieß als „Großer Berg“, schien noch ziemlich fern; dummerweise hatte ich den Wanderer nicht nach der Entfernung gefragt.

Ich brachte noch einige Streckenabschnitte hinter mich, mit der üblichen Methode: Nachsehen, was hinter der nächsten Anhöhe, der nächsten Biegung, dem nächsten Felsen auf mich wartet (vielleicht schon das Ziel?), aber der Gipfel wollte sich nicht zeigen, und so machte ich kehrt. „Man muß auch aufgeben können“, hatte mir neulich ein Student in einem Aufsatz geschrieben, damals hatte ich nicht daran gedacht, den Satz auf mich zu beziehen. Gib's auf, Alter! Auf die Kunst des lebenslänglichen Irrens folgt die Kunst des Aufgebens, sieh das endlich ein! Beide Künste können dir Freude machen; wer sagt denn, daß die zweite kurz und enttäuschend sein muß? Vielleicht ist das Aufgeben nur eine andere Art, sich zu verirren.

Nach wenigen Metern bergabwärts sah ich neben dem Pfad etwas im Gebüsch schimmern: Kein Zweifel, eine weiße Sanitärmaske, wie sie sich die ganze Welt, *tout le monde*, nun seit bald einem Jahr vors Gesicht bindet. Keine Seltenheit, so ein Fund. Aber hier oben, fern der Zivilisation? Hatte der Andere Atembeschwerden bekommen? Jetzt, auf dem Rückweg? Es dauerte nicht lange, da sah ich ein zweites Stück, mitten auf dem

Weg; sah es nicht auf den ersten, sondern auf den zweiten Blick, weil es erdbraun war und die Aufschrift beige: Adidas, eine Baseballmütze, wie sie heutzutage jeder zweite trägt. Gleich wie die Maske sah sie ganz frisch aus, nicht verschmutzt, nicht feucht, zweifellos hatte jener Wanderer sie verloren. War es ihm jetzt auch zu heiß geworden? Begann er einen Striptease, würde ich ihn im Tal, am Seeufer, nackt antreffen? Oder war das mein Trost – meine Belohnung! – fürs Aufgeben?

Ich kam wieder an dem Holzschild vorbei, das einen Pfad hinunter zum Bahnhof von Hachihonmatsu anzeigte. Meine Neugier muß schwer zu stillen sein, denn die Fragen, die ich wälzte, hielten mich nicht davon ab, in der angezeigten Richtung, wenige Meter tiefer, eine – wenn auch sehr schwache – Lichtung zu bemerken, einen Ort, der etwas ausstrahlte. Wie sich herausstellte, war es keine Hüttenwand, sondern ein Felsen, mächtiger als alle anderen auf diesem Berg, spitz zulaufend, ein übergroßer Hinkelstein (richtig, wie die von Obelix!), zur Lichtung und zum Tal hin glatt, an der Rückseite bemoost. Einige Inschriften im Stein sehr alt, die einzige für mich entzifferbare fünf Jahre vor meiner Geburt gemeißelt; auf einer waagrechten Steinplatte stand aufrecht eine Statue, die in Richtung Sonnenaufgang blickte. Sollte jemand den Mut aufbringen, im Dunkeln hier heraufzusteigen oder in einem Schlafsack zu übernachten, er könnte sehen, wie der erste Lichtstrahl auf das Gesicht der Göttin fällt, und vielleicht würde er sich der Illusion hingeben, daß das Licht der Welt von ihr stammt und das Gestirn es empfängt und dann wiedergibt, zurückwirft, reflektiert, so daß es schließlich den

Menschen zugute kommt, das Licht und seine Wärme. Mitten in der Wildnis ein Standbild der Bodhisattva Kannon, die uns allen ihr grenzenloses Mitleid spendet, damit wir selbst zum Mitgefühl füreinander und mit jeglicher Kreatur befähigt werden, oder der Sonnengöttin Amaterasu, der Begründerin der Geschichte Japans und des Kaiserhauses, die uns das immer noch leuchtende, sich durch unsere Schuld phasenweise, um nicht zu sagen täglich verdunkelnde Licht der Zeit geschenkt hat. Oder es waren beide, Kannon-Amaterasu in Personalunion, der ich, wie es sich geziemt, nun meinen Dank abstattete.

Der Abstecher hatte nicht lange gedauert. Zurück auf dem Hauptpfad, fand ich alsbald das dritte und letzte Stück in der Reihe der Verluste; kein Kleidungsstück, wie es das Gesetz der Serie erwarten lassen würde, sondern ein winziges buntes Püppchen an einem glitzernden Kettchen, vielleicht eine Pokémon-Figur (nicht mein Spezialgebiet), ein Talisman zum Anhängen an ein Handy, wie es vor der immerwährenden Smartphone-Ära Mode war. Also doch kein Wanderer-Striptease. Und, wie gesagt, es war dann mit dem Finden auch Schluß. Ich hob das Monsterchen auf, steckte es in meine Hosentasche; die Adidas-Mütze hatte ich mir auf den Kopf gesetzt, weil ich zu faul war, eigens den Rucksack abzunehmen und sie darin zu verstauen. Die Maske hatte ich nicht berührt, Gott bewahre; zu grotesk, wenn ich mich ausgerechnet in der Wildnis des Großen Bergs mit dem für mich gewiß tödlichen Virus anstecken würde; *veramente troppo grottesco!* Was war mit dem Mann, meinem Anderen, nur los? Ein eingefleischter

Verlierer? Einer von dem Schlag, die zu Hause so viele Dinge haben, daß sie gar nicht genug verlieren können? Hatte er Spaß daran, machte er seine Ausflüge einzig, um sich am Verlieren zu erfreuen? Während ich mich am Finden und Sammeln nicht von solchem Klimbim, sondern von ehrwürdigen Wahrnehmungsbildern erfreute? War der andere mein Negativbild? Mein dunkler Gott, dem kein Stein und kein Schrein geweiht war?

Der wird sich hüten, etwas wiederzufinden! Ich merkte, wie ich unwillkürlich meine Schritte beschleunigte. Umgestürzte, angeschwemmte Baumstämme waren zersägt worden, Hindernisse beseitigt, der Weg an den wenigen gefährdeten Stellen notdürftig – mit denselben Baumstämmen – gesichert. Ein schöner Wanderweg, im Grunde genommen. Aber es hatte inzwischen wahrhaftig zu dämmern begonnen, und außerdem wollte ich sehen, ob der Mann noch da war, seinen Vorsprung konnte ich, bis wir im Tal waren, vielleicht aufholen.

Ganz habe ich ihn nicht aufgeholt. Der Wanderer war mit seiner Jause schon fertig, als ich ihn und seinen Wagen, einen roten Mazda, bei der untersten Zweigstelle der Wasserwerke sah. Durch das geöffnete Fenster kam Radiomusik, irgendein J-Pop-Gedudel; das leere Bentokistchen lag auf dem Dach, der Verlierer hatte wohl im Stehen gegessen. Ich verlangsamte meine Schritte, grüßte – mit sehr leiser Stimme, wie ich zugeben muß –, blieb aber nicht stehen. Ich war drauf und dran, ihn zu fragen, ob er nicht etwas verloren hätte, streckte ihm auch ein wenig den Kopf entgegen, um ihn auf die Mütze hinzuweisen, doch er schaute nicht in meine Richtung, sondern geradeaus, zum See hinunter, und als ich an ihm vorbei war, setzte er sich ins Auto und fuhr mit einem kurzen Reifenquietschen davon, der Verlierer, der er doch war. Als ich aufs Fahrrad stieg, sah ich, daß das Bentokistchen und eine Teeflasche am Fuß des Zauns vor dem Wasserbüro lagen. Noch etwas verloren! Wahrscheinlich, dachte ich, warten Frau und Kinder zu Hause auf ihn.

Dann noch ein Gedanke, als ich selbst losfuhr, stolzer Träger der mir zugefallenen Adidas-Mütze: Wasser schenkt Leben und nimmt es auch. Wir hier, in der Provinz und im ganzen Land, sind damit gesegnet, aber manchmal wird es eben zuviel. Was, wenn einer der Wasserzylinder abgerutscht und zerbrochen wäre? Vor wenigen Tagen war etwas ähnliches geschehen, in viel größerem Maßstab, weit weg, irgendwo im Himalaja-Gebiet. Die Gletscher schmelzen, Wasserkraftwerke sind nicht immer klug gebaut; dort, im nördlichen Indien, hat dies zu einer gewaltigen Katastrophe geführt. Hatte auch unsere Katastrophe vor zweieinhalb Jahren menschliche Ursachen? Nein, denn daß sich der Regen derart ballt und tagelang ergießt, ist nicht neu und allein der Natur geschuldet. In unserer Gegend gab es nicht die eine große Sintflut, sondern hunderte kleine und mittlere Erdrutsche, in allen Lagen und Himmelsrichtungen, gefährlich, weil unberechenbar, und für einige tödlich. Was davon geblieben ist, wirkt von manchen Standorten aus gesehen wie ein Fleckerlteppich der Zerstörung. Dessen Wunden nach und nach, teils mit menschlicher Unterstützung, verheilen.

Kann sein, daß oben bei den großen Reservoirs nach dem Bau der Straße das Gelände verletzlicher geworden war. Man hatte Bäume gefällt und Schnitte gezogen. Aber Straßen wie diese passen sich dem Gelände an, und die Wassermassen suchen sich natürliche Wege, oder künstliche, es ist ihnen egal. Bei uns am Hausberg war die Lawine mitten im Wald knapp unterm Gipfelkamm abgegangen, den außer mir und den Kindern kaum je ein Mensch betreten hatte.

2

Der Zwieweg

Den Ogura-Schrein wollte ich noch nicht aufgeben. Es gab, laut Karte, die ich diesmal wohlweislich einsteckte, noch einen anderen Zubringer zu dieser schnurgeraden, am Ende nur noch strichlierten Straße. Ich fuhr also los, lernte wieder ein paar Ortschaften kennen, kam an einem uralten mächtigen Blockhaus vorbei, das vor vielen Jahren als Gemischtwarenladen gedient haben mußte, und sah wenig später die langgezogenen flachen Gebäude aus demselben dunklen Holz, das Gelände umgeben von Stacheldraht, hinter dem Haupttor ein Soldat. Wie selten begegne ich hier Soldaten, fast erfreut es mein pazifistisches Herz. Nun, das japanische Militär ist friedliebend, es dient gemäß der Verfassung von 1947 nur der Selbstverteidigung. Die Kaserne hatte den letzten Krieg heil überstanden, dreißig Kilometer entfernt war eine Atombombe explodiert, ob die Krieger es damals, am 6. August, überhaupt mitbekamen?

Vom Ogura-Schrein jedoch keine Spur. Ich fuhr einen Kilometer weit zurück, nahm aufs Geratewohl einen

Reisfeldweg, *tambomichi*, kam an einer Volksschule vorbei und dann wirklich auf die ersehnte schnurgerade, recht breite, nach zwei, drei Kilometern nicht mehr asphaltierte, durch Kiefernwälder schneidende Straße, die zweifellos von den Soldaten gebaut worden war. Weiter drüben, in südwestlicher Richtung, hatte ich letztes Jahr ein ähnliches Gebiet durchquert. Damals war ich einem einsamen Goldspieler begegnet, jetzt war es ein Motocrossfahrer, den ich eine Zeitlang vor mir herrattern sah und bald nur noch hörte, wie er sich auf Seitenwegen – *hosomichi* – entfernte, wieder näherkam, endlich doch entfernte. Der Boden war lehmig, zuerst gelb, dann braun, schließlich rot, und ich dachte wieder einmal an das Land der Guaraní, an die rote Erde und die – bis hin zur Hauptstadt und dem Anwesen von Doktor Francia, dem aufgeklärten Diktator des Landes Paraguay (dem Augusto Roa Bastos ein naturgemäß ambivalentes Denkmal gesetzt hat) – recht bescheidenen, zurückhaltenden Siedlungen (auch die Hauptstadt ein Dorf), die ich wohl nie mehr wiedersehen werde.

Ich machte vor einem *bivio* halt. Wenn ich an eine Weggabelung komme, fällt mir immer zuerst das italienische Wort ein, das ich schöner finde, als würde es eine magische Wirkung verströmen, schöner als die deutsche „Weggabelung“, obwohl „Gabelung“ im Grunde genommen viel besser klingt; wahrscheinlich deshalb, weil das erste Mal, daß mich eine solche Gabelung regelrecht begeisterte, in Sizilien war, am *bivio*, dem Doppelweg oder Zwieweg zwischen Agrigento und Palermo, den ich irrtümlich in südlicher statt in nördlicher Richtung nahm, worüber ich mich damals eben noch begeistern konnte.

Rückblickend muß ich mir eingestehen, daß es falsch war, nach rechts abzubiegen. Ich hätte bei meiner Idee der Schnurgeradheit bleiben und geradeaus weitergehen sollen. Andererseits war es richtig, denn ohne wahrhaft falsche Entscheidungen gibt es kein Verirren und nicht die damit verbundenen Entdeckungen. Mein Gedanke war, daß nur der bezeichnete Weg zielführend sein konnte. Der Weg geradeaus, der weiter oben im Bergwald anscheinend doch eine Kurve machte, war nicht beschildert, auf der rechten Seite dagegen las ich etwas von Ogura, allerdings war da kein Zeichen für *jinja*, Schrein, nur irgendetwas mit Wasser, Wasserlauf. Ogura war zweifellos der Ortsname, in Japan gar nicht so selten, auch die berühmte alte Sammlung der hundert Gedichte trägt diesen Namen, *Ogura hyakunin isshu*, weil sie in einem (damals wahrscheinlich ländlichen) Stadtteil von Kyoto erstellt worden war.

Wie der geneigte Leser hinlänglich weiß, suche ich schon seit geraumer Zeit keine Katastrophenorte mehr auf. Wenn man aber nicht um sie herumkommt... Nach der Gabelung ging es eine kurze Strecke steil bergab, wie in ein Loch, und dann war da ein Brückchen mit rissigem, leicht abgesunkenem Belag, und der Durchfluß an der Bergseite mit grauen, zur Straße hin abgesägten Baumstämmen und Ästen, einem regelrechten Totholzknäuel, verstopft. Die Brücke konnte ich gefahrlos überqueren, doch alsbald fand ich mich in einer zerzausten und gezeichneten Landschaft wieder. Das Gefühl, als ich mich darin bewegte, war ein wenig anders als sonst, denn es hatte hier kein zentrales Ereignis gegeben, keinen großen Bruch, bei dem die oberste Hautschicht der Erde ein wenig nachgibt (ganz unerheblich, planetarisch betrachtet), vielmehr glich die aus Flachstücken, Steilhängen und welligen Abschnitten zusammengesetzte Gegend einem Schlachtfeld, wo nach allen Richtungen Scharmützel stattgefunden hatten, aber nicht die eine große Schlacht. Hier und dort war etwas verändert, umgestürzt, gekappt, durchgeschnitten, niedergedrückt, aufgebäumt, fortgekullert, verstreut, die kleinen Erdbrüche und Verschlammungen auch schon wieder halb verwachsen, der Pilgerweg, eine Zeitlang recht breit, zwei oder drei Serpentinen beschreibend, so daß ich immer noch glaubte, an seinem Ende würde ich den Ogura-Schrein finden, nicht wiederhergestellt, nur wenige Spuren von ordnenden, räumenden Menschenhänden, auch deshalb diese schöne Mischung aus Chaos und Struktur. Als Sinnbild dieses wunderlichen Zustands oder Gefühls erschien mir der eine abgebrochene Baum am Ende einer kleinen Schlucht, an dessen Stamm ich einen getrockneten und verfestigten, hellen Schlamm-Mantel bemerkte, ähnlich wie bei den alten Zeughäusern, deren Lehmwände sich zwischen Holzpfosten manchmal nackt zeigten, und über dieser Verschalung die letzten Spritzer, die damals aus der Lawine gesprungen waren, ebenfalls verfestigt, eine Halsspirale in einer Höhe, daß ich sie gerade noch mit meinen ausgestreckten Armen berühren konnte.

Ich folgte dem Pilgerweg. Über Stock und Stein, oft beschwerlich, dann wieder frei, befreit von einer inneren

Last. Über den Weg bogen sich dornige Stauden, die ich unwillkürlich beiseite drückte. Ein Dorn drang in die Kuppe meines Zeigefingers, und ich begann zu bluten. Ich steckte den Finger in den Mund, um zu saugen, aber das Blut hörte nicht auf, zu fließen. Das hatte ich erwartet, denn seit Jahren verströme ich mich, und ich sehe den Tag kommen, da nichts von mir bleibt. Stigmatisiert von den Katastrophen des Lebens wie der Körper der Landschaft, doch im Unterschied zu mir wird sie bleiben, und so ist es recht. Der Weg, vorhin noch eine befahrbare Straße, wurde zum Pfad, verschwand zeitweise unter Geröll; ich stieg ins Bachbett hinunter, wo ein Rinnsal dahinplätscherte, fand schließlich den Weg wieder. Die Vorstellung, hier oben könnte irgendwo der Ogura-Schrein liegen, mußte ich aufgeben. Einmal sagte mir ein Grenzstein, wo ich mich aufhielt, im Westen von . . . , ich habe es nicht notiert, möglicherweise konnte man den Bergkamm, dem ich mich näherte, überqueren, dann wäre ich im Osten – oder Norden? – von . . .

Ein letzter Zwieweg, *bivio*. Ein Weg, der kein Weg war, und das zweifach. Die Bergflanken hier dicht bewachsen, die Bäume nicht allzu hoch, das Gefälle immer steiler. Hier war das Erdreich intakt, erst weiter unten hatte es nachgegeben, aber die Pfade, die sich an einem Felsen gabelten, der mich zum Hinsetzen und Schreiben einlud, verliefen sich im Gestrüpp. Vielleicht gab es doch kein Durchkommen nach Higashi-Irgendwo? War der Ogura-Schrein nur eine Phantasie, ein Fehler auf der Landkarte? Es blieb mir nichts anderes übrig, als aufzugeben; das heißt kehrtzumachen, den dornigen Pilgerweg hinunter. Ein Pilgerweg ins Nichts.

Kurz nach dem emblematischen Baum mit dem Schlamm-Mantel macht der Weg, der hier wieder breiter wird, eine scharfe Biegung, und dort erstreckt sich dann, zwischen Bachbett und Straße, ein handtellerartiges Plateau. Baumteile lagen kreuz und quer, das war nichts Besonderes, doch als ich mich näherte, kam mir der Gedanke, der Ogura-Schrein könnte sich an dieser Stelle befunden haben und sei während der Unwetter von einer Lawine zerstört worden. Genauer bedacht, sprach nichts dafür, das Holz war unbearbeitet, sogenanntes Totholz, kein einziger Dachziegel dazwischen, kein Steinlöwe, kein Torso, nichts. Dann aber, genauer betrachtet, fiel mir etwas Rötliches auf, eine Figur, nein, zwei brüderliche Figuren, Zwillinge, die auf einer unmerklichen Böschung, an einem niedrigen Erdwall saßen und lächelten, oder gar lachten. Von Gras und Gestrüpp umrankt, waren sie vom Weg her kaum auszumachen. Lachten sie über mich? Lächelten sie mir zu? Unter ihnen zeigten zwei dünne Rohre aus dem Wall, durch die je ein dünner Wasserfaden fiel, der eine Armlänge tiefer in einer Rinne weiterfloß, und seitlich sah ich nun auch ein altes hölzernes Brunnendach mit Bambusrohr liegen, dessen Stützpfeiler abgebrochen war.

Die Statuetten waren zwei fröhliche Götter, oder ein einziger, zwiefaltiger Gott. Sie saßen auf einem umgelegten Fäßchen, dessen Deckel mit weiteren Motiven verziert war, einer Schildkröte, einem über den Wellen fliegenden Kranich, mehreren Sonnenblumengesichtern (oder Margeriten). Kein Fisch. Ebisu, der Schutzgott der Fischer, hat meistens einen dabei, wie der in Ebisu, Tokyo, vor dem Bahnhof, an dem ich, als ich noch

Fernreisen machte, oft vorbeispaziert bin. Die zwei Brüder hier sahen einander ähnlich, sehr ähnlich, der eine vielleicht eine Spur rundlicher, der andere etwas kleiner, beide verschmitzt, Krähenfüße an den Augenwinkeln. Der eine trug einen Beutel, oder nein, vielleicht war es doch ein Fisch, der Schwanz hing nach hinten über die Schulter, und der andere saß da als Fischergehilfe. Der erste trug ein Barett auf dem Kopf, der andere eine Mütze mit angedeutetem Zipfel. Vielleicht war der größere Daikoku, der solche Kopfbedeckungen vorzog, während Ebisu lieber spitzige trug. Daikoku sorgt, wenn er uns gewogen ist, für gute Ernten und schützt uns vor Hochwasser; er sorgt dafür, daß nicht zuviel und nicht zuwenig Wasser auf die Felder kommt.

Einen Momentlang verspürte ich den Impuls, dem kleineren, Ebisu, die Adidas-Mütze, die ich im Rucksack trug, auf den Kopf zu setzen, als Opfergabe. Aber doppelt bedeckt? Meinem geplagten Kopf war eine einzige Mütze schon zu schwer. Die lustigen Kumpane waren beide Glücksgötter, und ich fragte mich, ob ihre Schutzkraft im vor zweieinhalb Jahren eingetretenen Ernstfall etwa nicht ausgereicht hatte. Oder doch? Alles hätte viel schlimmer kommen können. Haben wir nicht immer Glück im Unglück? Außer dann, wenn wir uns die Suppe selbst einbrocken, da gibt es kein Halten, die Dämme brechen.

Ich ging zu einem der beiden Rohre und kostete von dem Wasser; es war kalt und köstlich. *Ogura-Quelle*, das war wohl die Bedeutung des Zeichens beim ersten *bivio* gewesen. Ich machte kehrt, und mit dem übernächsten Schritt stieg ich über ein kleines, silbrig und grün leuchtendes Quadrat. Kein Frosch, nein, die schlafen um diese Jahreszeit. Ich bückte mich; es war ein ungebrauchtes Kondom, eine nicht geöffnete, ziemlich frisch aussehende Packung. Ritter Sport, kann man im Supermarkt kaufen. Nein, Okamoto. Der Junge hat wohl kein Glück gehabt?

Oder doch?

Eben!

3

Am Rand des Randes der Welt

Wieder am *bivio*, warum nicht doch die andere Möglichkeit wählen? Entscheidung revidieren? Beides tun! Es ging steil bergauf, zuletzt war die Straße geschottert, wohl hatte man sie verbreitert, damit Bagger an den Schrein herankämen, die ich dort im abgeholzten Gelände tatenlos herumstehen sah. Eine Tafel bezeichnete dem Besucher den Ort, das Gründungsdatum 1204, dazu das Götterlied von Minamoto no Yorimasa, einem dichtenden Krieger, der es im Jahrhundert vor dem dreizehnten (nach christlicher Zeitrechnung) verfaßt hatte. Das kleine Bauwerk war zweifellos vielmals erneuert worden, sicher auch manchmal beschädigt, unterspült, von einem stürzenden Baum getroffen, neu errichtet, wie es hierzulande so oder so der Brauch ist. Bei den letzten Unwettern hatte sich das Erdreich links und rechts vom Ogura-Schrein gelöst, zwei Lawinen waren an ihm vorbeigerauscht, er selbst hat die Katastrophe überstanden.

Habe jetzt wirklich den Rand des Randes der Welt erreicht: das war mein Flüstergedanke, als ich die letzte Stufe der Steintreppe hinter mir hatte und auf dem Plateau stand. Wenn die Erde annähernd eine Kugel ist, gibt es keinen Rand, es gibt nur Mitten. Der Ogura-Schrein befand sich in der Mitte der Mitte. Beides galt, Rand und Mitte. Und die Bewegung konnte immer noch weitergehen. Obwohl sich in Bälde, dachte ich, eine Pause empfiehlt. Ein (vorläufiges) Ende von Rand und Mitte.

Der Schrein selbst war nichts Besonderes, im Umkreis gab es Hunderte dieser Art, nur war er ungewöhnlich reich bebildert und beschriftet; für seine und meine Verhältnisse, versteht sich, ein bescheidener Reichtum. Eine weitere Steintafel rezitierte in vermooster Schrift ein Memento Mori, *vita brevis ars longa*, die Kunst überdauert (wenn es wahr ist), ein reines Gedankengedicht ohne ein einziges Bild, ohne Musik, ohne Gefühl: absolute Abstraktion. Bedenke, Mensch, du bist aus Staub, und wirst zu Staub werden. Ein Bild: Staub. Noch ein Bild: die Sonne. Ich schenke es Masa Nori, dem unbekannten Dichter jener Verse.

Der Mensch (das bist du!)
macht sich bald aus dem Staub;
die Sonne scheint nur kurz.

Ein düsteres Waldgedicht. Soll sein, Licht der Erinnerung.

Unterm Dach des Schreins war ein buntes Allerlei ausgestellt, ein Foto von Pilgern oder Anwohnern aus dem Jahr 1955, die hier irgendein Fest begangen oder vielleicht ein Theaterstück aufgeführt hatten, gemalte Szenen von der Reisaussaat, während der ein Ereignis geschah, das ich weder im Bild noch in der Schrift entziffern konnte, und das schönste Gemälde, mit frisch wirkenden Farben, olivgrün das Kostüm des einen und die Sonne gelb, eine Darstellung des Kampfes zwischen Benkei und Minamoto no Yoshitsune, einem dynastischen Vorfahren des oben erwähnten Yorimasa. Die Motive erkannte ich, den Schauplatz, die Gojo-Brücke in Kyoto, weil ich einmal (in Tokyo) ein Kabuki-Stück gesehen hatte, das genaue diese, in zahlreichen Versionen überlieferte Geschichte erzählte. Benkei macht sich an der Brücke stark, nimmt 999 Personen das Schwert ab, doch im tausendsten Kampf unterliegt er, wird zum Gefolgsmann des ersten des Minamoto-Clans (10. Jahrhundert) und dient ihm treu für den Rest seines Lebens. Die feminine Schönheit des nur leicht bewaffneten, leichtfüßig übers Brückengeländer hüpfenden Yoshitsune verwirrte mich zuerst, doch es konnte nur er sein; der schwere, gut gerüstete Benkei zeigt sich gegenüber dieser luftigen Erscheinung baß erstaunt. Ein Hauch von Heian in einer doch schon ziemlich kriegslüsternen Zeit.

Zuletzt bin ich noch, schräg hangaufwärts, zu dem Nebenpavillon hinüberspaziert, der ebenfalls verschont geblieben ist. Das Kistchen, viel mehr war es nicht, „Hütte" wäre schon zuviel gesagt, das Kistchen also war vollgestellt mit – nun ja, daß man den Göttern ein Gläschen Reiswein darbringt, ist nichts Ungewöhnliches, aber hier war der Raum vollgestellt mit großen

Schnapsflaschen, Asahi-Bierdosen (natürlich ungeöffnet!) und einer großen Packung Salz, zum Essen nur zwei *mochi*, Reisbuletten (wenn ich sie so nennen darf*).

Am Rande der Welt,
den ich nun endlich erreichte,
steht das Denkmal des
Heiligen Trinkers.

4

Nachspiel

Da ich mit Daikoku nun einmal vertraut, wenn nicht sogar vertraulich geworden war, konnte ich nicht umhin, den Schrein aufzusuchen, der seinen Namen trägt. Er war mir auf der Landkarte aufgefallen, lag noch in unserer Region, aber ziemlich weit weg von meiner näheren Umgebung. Ich konnte ihn nur mit der Eisenbahn erreichen, stieg am Hauptbahnhof von Hiroshima in einen Waggon der mir recht vertrauten Kabe-Linie um.

Der Ort selbst hieß Bairin, also Pflaumenhain; noch ein Grund für mich, hinzufahren. Ich stieg an einem wahren Provinzbahnhof aus, kaum mehr als eine Haltestelle, mit einem Wegerl neben dem einzigen Gleis, das der Bahnsteig für ein paar Meter in zwei gabelte. Dabei wurde der Raum jenseits des Gleises, stadtseitig, von einem weitläufigen Einkaufszentrum mit den üblichen fensterlosen Kästen und Kuben eingenommen, wäh-

* Reislaberl, für die Österreicher.

rend gegenüber die bewaldeten Berge alsbald steil anstiegen. Auf der Karte hatte ich erkannt, daß ich ein Stückweit gegen die Fahrtrichtung zu gehen hatte, und war überrascht, als der Schrein, besser: das Schreinchen schon nach wenigen Schritten vor mir auftauchte. Bedrängt von einem Einfamilienhaus, zwei davor geparkten Autos und lauter Radiomusik, schien es sich dünn zu machen wie jemand, der den Bauch einzieht – ein Eindruck, den die vielen kleinen, an Obelisken erinnernden Schriftsäulchen, die ihn umfriedeten, noch verstärkte. Ich ging ein-, zweimal um ihn herum. Von Daikoku keine Spur, überhaupt keine einzige Statue, nur die übliche Leere im Tabernakel. Der Kranich im Giebelfeld, die Flügel über Wellen oder Wolken ausgebreitet, war die einzige Verbindung zu meiner Begegnung mit der lustigen Gottheit in Ogura. Immerhin!

Es war also noch früh; gewöhnlich schätze ich die Wege ja mehr als das Ziel. Ich ging weiter in die Richtung, wo sich die Bergkette erhob, irgendwo müßte ich auf Pflaumenbäume stoßen, stieß aber nur auf ein einziges, ein Bäumchen, das allerdings sehr schöne weiße Blüten vorwies. Es stand unbekümmert da in einem winzigen Gärtchen neben einem Brachfeld – nein, hier war einmal ein Haus gestanden, in einer Ecke hatte man Steine und Gemäuer zusammengetragen. Weiter oben dann ein erster Wall aus hellgrauem Beton; als ich die enge Unterführung durchquerte, sah ich auch schon den nächsten, den übernächsten Wall, einer mächtiger als der andere. Wohin ich mich auch wende, immer werde ich an die Katastrophen erinnert. Von einem Haus war nur das Erdgeschoß erhalten, der erste Stock weggeschwemmt worden (gewöhnlich flüchten sich die Menschen nach oben, in diesem Fall sind sie hoffentlich unten geblieben), eine ganze Ecke fehlte, man sah durch ein großes Loch in das leergeräumte Wohnzimmer. Mir war bald klar, daß die Zerstörung, die ich hier ahnen konnte, nicht vor zweieinhalb Jahren geschehen war, sondern ein paar Jahre vorher, damals hatten sich die Unwetter auf den Norden von Hiroshima konzentriert, nicht auf den Osten. Ich erinnerte mich, daß auch damals viele Menschen umgekommen waren, und bei dem, was ich jetzt sah, wunderte mich die Zahl der Opfer nicht.

Die Verbauung war ein gewaltiges Projekt von schützenden Dämmen und nützlichen Trassen, einer neuen Autobahn, einem Tunnel, der hier ganz in der Nähe gegraben wurde. Seitlich vom zweiten Damm und der aufgerissenen Schlucht, die er versperrte, verlief ein Weg, an dem kaputten Haus vorbei, und bald darauf fand ich mich in einem Garten wieder, der im Frühling und Sommer paradiesisch aussehen mußte und im Grunde genommen auch jetzt paradiesisch war – unverlierbares Eden! –, frei zugänglich und gepflegt, wenige Meter vom Katastrophenstreifen entfernt. Gedrungene Palmen mit grün und golden glänzenden Wedeln und struppig-gedrungenen Stämmen, ein großer Kusu-Baum und – ja, da waren sie! – zahlreiche Pflaumenbäume, von denen einige weiß blühten, während die lila, fast purpurn gefärbten schon ein wenig am Verblühen waren, auf dem Boden sich bereits Blütenteppiche bildeten. Zurechtgeschnittene Buschköpfe stiegen den Hang hinauf, im Sommer trugen sie allesamt

Farben, das Schauspiel der voranschreitenden Jahreszeit hatte eben erst, mit den Pflaumen, zaghaft begonnen. An einer Seite, parallel zur Bergkette, wurde der Garten von einem langgezogenen Blockhaus begrenzt, das unbewohnt war und wohl auch kein Ort für Gemeinschaftstreffen war, es schien irgendwie einfach übriggeblieben zu sein. Dahinter dann noch ein letztes, weißes Wohnhaus, an dem die Lawine seitlich vorbeigerauscht war, ohne das Haus auch nur im geringsten anzugreifen.

Und dann noch ein Wall, der dritte und mächtigste, man konnte ihn besteigen auf einer Treppe. An seinem Fuß befand sich ein Tümpel mitsamt Quelle und Bambusrohr zum Trinken, und hinter diesem im Gebüsch ein Vogel, plötzlich sah ich ihn, als er aufflog, sah zuerst nur den glänzenden Fleck in der Luft, die türkis und silbrig blau glänzenden Flügel, das Bäuchlein von einem zarten Rot, kaum größer als ein Spatz oder ein Fink, tatsächlich aber ein Wundervogel; kein Sittich und auch kein Kolibri, er stand fliegend nicht in der Luft, sondern flatterte fast behäbig mit den Flügeln und nahm meine Gegenwart hin, mit leiser Neugier in den Augen, genau so, wie ich ihn betrachtete. Nicht gerade zutraulich wie das eine Rotkehlchen, das mir auf dem Campus oft begegnet und mich dann eine Weile begleitet, von Bäumchen zu Bäumchen, aber auch nicht so scheu wie die meisten anderen Vögel, nicht herrisch-frech wie die Krähen. Er hüpfte eine Weile am Tümpelrand, ließ sich auf dem Schotter nieder, dann wieder, als ich schon dachte, er würde mich verlassen, auf einem Ast. Ich erstieg den dritten

Wall, um einen Überblick über die Gegend zu bekommen, und war damit zufrieden, weiter nach oben gab es ohnehin keinen Weg. Der Wundervogel piepste mich einmal an, fast unhörbar, heiser, ein einziges Mal, kein großartiger Sänger, seine Schönheit hatte sich ganz im Bildhaften verausgabt.

Ein guter Sänger war der andere, der mir beim Abstieg in Richtung Bahngeleise begegnete. Er saß auf einer Stromleitung, war grau, unansehnlich, vereinzelt; kein Spatz, doch er sang mir etwas vor und hörte nicht damit auf, so daß ich nach gar nicht so kurzer Hörerschaft, die ich genoß, die Geduld verlor – zu meiner Schande muß ich es gestehen – und weiterging, indem ich dem Sänger zuzwitscherte: „So lang wie du, mein Freund, habe ich nicht Zeit." Und ein paar Augenblicke später, an einem Abschnitt der neuen Trasse vorbeikommend, dachte ich, daß sie, die Menschen – die anderen? – die Katastrophen zum Vorwand und zur Rechtfertigung für ihr eigenes Zerstörungswerk nehmen. Die Katastrophen und genauso die Epidemien, dachte ich weiter. Zuletzt, schon auf der Ausfallstraße, am Rand des Shopping-Areals, wo Fußgeher wie ich nicht sehr beliebt sind, sah ich noch ein Café, das man auf einer steilen Außentreppe im zweiten Stock (japanischer Zählung) eines schmalen Gebäudes erreichte. Es nannte sich Hiro's Café, war geschlossen und ragte himmelblau in den blauen Himmel. Noch ein Grund, hierher zurückzukehren!

Was mir, wieder im Zug, einfiel, ist die Idee, daß Daikoku den Schrein freiwillig verlassen haben könnte. Er ist ausgewandert. Vielleicht schützt er nicht vor

Hochwasser, sondern umgekehrt, er zieht sie an. Und so, um den Anrainern nicht noch mehr Unglück zu bringen, war er irgendwohin übersiedelt, in eine menschenleere Gegend wie Ogura drüben im Osten.

5

Noch ein Nachspiel

Es war noch früh am Tag, und so beschloß ich, in Mitaki auszusteigen. Seit langem will ich mir diesen, wie ich oft hörte, spirituellen Ort ansehen. Ich war schon einmal hier gewesen, oder doch in der Nähe, mit meiner Tochter, als sie klein war. Der Name Mitaki bedeutet „drei Wasserfälle". Schon damals hatte ich gedacht, ich möchte doch zu gern wissen, ob es sich um einen dreiteiligen Wasserfall handelt oder wirklich um drei voneinander getrennte, also verschiedene. Der Aufstieg bis zur heiligen Zone ist etwas mühsam, nicht so sehr wegen der Steilheit des Geländes als wegen des Asphalts und den allzu langgezogenen Kurven. Die Besucher kommen im Auto hierher, einige wenige auch im Linienbus. Es gibt da wieder mal eine Gabelung, links geht es zum Waldspielplatz und zum Naturmuseum für Kinder, rechts zum Tempelareal. Meine Tochter hatte sich naturgemäß für das Spiel entschieden, gegen buddhistische Beschaulichkeit, und sie war so oft die lange, dem Gelände angeschmiegte blaue Rutsche hinuntergerutscht und hatte sämtliche Geschicklichkeitsparcours, Kletterwände und Hängebrücken ausprobiert, bis sie völlig erschöpft und es Zeit zur Heimreise war.

Diesmal war ich von Anfang an geschwächt, weil mein Magen in letzter Zeit heikel war und mich die Wälle von Bairin auch etwas Kraft gekostet hatten. Also gedachte ich, nachdem ich in den Tempelbezirk eingetreten war, die Gelegenheit zu nützen und in dem Teehaus gleich beim Eingang Udon zu essen, das würde mein Magen vertragen. Pech gehabt, *urekiri*, ausverkauft, keine Nudeln; Macha und japanische Süßigkeiten kamen leider nicht in Frage. Es war ein Lokal ähnlich dem pseudofranzösischen Café, das ich vor Monaten in Onomichi besucht hatte, wunderbar in die Landschaft gefügt, aus demselben Stoff, Holz und Stein und Fensterglas, das wie ein Windspiel klirrte, halb verborgen im Wald, aus dem Bergdunkel heraus schimmernd, die Gäste erleuchtend, von weltlicher Sorge befreiend. Nächstes Mal… Noch ein Plan, Café bei den Pflaumenbäumen, dann bei den Wasserfällen, einfach so, ohne geistlichen Anspruch, rein zum Vergnügen, wie es die Kinder lieben und wie wir alle es lieben sollten. Kinder als Vorbild für Erwachsene, das predige ich jetzt schon seit fünfzehn Jahren . . . in den Wind.

Das Besondere am Tempelbezirk von Mitaki ist, daß er von Göttern und Vorfahren, von Figuren aus Stein und Holz bewohnt scheint, jedoch anders als sonst in derlei Arealen, wo man sich ob der schieren Menge des Eindrucks einer Invasion nie ganz erwehren kann. Hier aber wohnten sie wirklich, die Gottheiten und heiligmäßigen Leute, seit jeher und für alle Zeit. Es war *ihr* Bereich, sie traten sacht oder überraschend aus dem Dickicht hervor (ohne sich von der Stelle zu rühren) oder verbargen sich, zogen sich zurück, sahen dir freundlich auf die Nase, auf die Knie, lächelten über die Pilger, hießen sie willkommen oder zeigten sich gleichgültig. Oder dankbar, geduldig dankend wie die Schar der von einem orangefarbenen Moos bedeckten Kannons, die von alten Leuten, unter ihnen Greise, eifrig mit Wasser besprüht wurden. Nun ja, Leute, welche die Ewigkeit nahen spüren, suchen die Nähe zu den Tempeln, zu deren *dramatis personae*, zum Waldpersonal, in dessen Reihen sie bald treten werden. Immer habe ich es vermeiden wollen, eine Statue zu werden, habe dieses Bestreben zum schönen Kampf erklärt und deklariert, aber nach und nach lehren mich die spirituellen Erfahrungen, daß es, wenn sich die Waage auf die andere Seite neigt, darauf ankommt, einen sanften Übergang ins Steinerne zu finden. Nicht Tier werden, sondern mineralisch. Anorganisch, der alte Mann aus der Berggasse zu Wien hatte auch dafür ein Theoriechen bereit.

Wobei die Anorganischen ihr eigenes Leben haben und hegen, und nicht nur wegen des Moosmantels, sondern durch ihren Blick, der nicht unbedingt aus ihrem Gesicht, ihrem Auge kommen muß, sondern auch von der Schulter, dem Knie, den Ellbogen ausgehen kann. Von überall, denn da ist keine Stelle, die dich nicht sieht. So fühlen wir uns geheißen und auch schon halb geborgen, doch dann werden wir wieder auf den Weg gesandt, zurück in die Pflicht, aus der Freiheit entlassen.

Am Fuß eines der Wasserfälle, also vor dem Becken, das er dort bildete, standen einige Mönche, auch sie hatten die Ränge des Anorganischen längst erreicht. Sie harrten dort aus mit ihren Sandalen, waren im Vergleich zu ihren bescheidenen Leben auf die doppelte Größe gewachsen, mindestens, und ließen die kleinen Drachen und Dämonen, die sich zu Ungeheuern aufplusterten oder zu lustigen Pokémons, ihren Schabernack treiben – alles nur Spiel, steinernes und hölzernes Kagura, oder auch schon Kabuki als Konzession an den Zeitgeist. Erwachsensein, alt aussehen, hat schon auch Vorteile, man wird in andere Spiele hineingezogen; ich bin sicher, daß meine Tochter inzwischen Verständnis hat, oder nein, daß sie mitgehen, das heißt mitmachen wird, nächstes Mal, auf der Reise in die Pflaumen-Wasserfall-Welt, *baitaki*, 梅滝, wenn ich so sagen darf.

Ach ja, die Wasserfälle. Es sind wirklich deren drei. Ziemlich lang, nicht sehr breit, aber das ändert sich bestimmt in der Regenzeit. Keine Zerstörungen hier, vielleicht ist der ganze Bezirk, so steil er aufwärts und abwärts zieht, in der großen Mulde, dem Inneren der Bergfalte hier geschützt. Oder die buddhistischen Götter sind mächtiger als die shintoistischen. Ich weiß es nicht. Wie immer am Fuß von Wasserfällen, sobald man sich auch nur ein paar Minuten aufhält, steigt ein Gefühl der Ewigkeit auf, das Staunen darüber, daß sie hier Wirklichkeit ist, weil immer wieder etwas, ein Schwall, ein Teilstück, ein Tropfen, ein Moment, nachkommt, ersetzt, wiederholt und bestärkt, viel gleichmäßiger als die vergehende Zeit, die ringsum zum Stillstand kommt, so daß man sich ungern lösen möchte. Und das andere, der seltsame Drang, hinter den Vorhang zu gehen, so schmal er auch sein mag, was würde sich dahinter befinden, eine andere, zugleich transparente und opake Welt? „Er verschwand hinter dem Wasserfall…“ Und wer schreibt, was ich jetzt schreibe? Richtig, es ist ein leerer Brief an die Leere, die der 滝 (*taki*) gleichsam, immer nur gleichsam verkörpert.

Ich löste mich und ging weiter, den Berg hinan, den Tempelbezirk zurücklassend. Alte Frauen am Stock kamen mir entgegen, zufrieden, daß sie es schafften. Ein Kleinkind auf den Schultern des Vaters. Ein anderes, das durch den Wald brüllte, nachdem es hingefallen war. Ja, es war Sonntag – *schon wieder*, dachte ich. Und mein eigenes Keuchen, das mir die Bewegung erleichterte, ohne es hätte ich kehrtmachen müssen. Ich hatte Hunger, die Oberschenkel schmerzten, die Knie waren weich. An der Weggabelung ging ich nach links, in Richtung Küste, das Hinterland mit dem vermutlich höheren Gipfel würde mich überfordern. Ich paßte mich an, bedachte die Kräfteverhältnisse, gab aber nicht auf. Es war jetzt nicht Zeit zum Aufgeben.

Eine Familie mit zwei kleinen Kindern kam von einer anderen Seite herauf, erreichte den Gipfel gleichzeitig mit mir. Der Vater machte die Kleinen auf einen Specht aufmerksam, der sich bei seiner Klopf- und Hackarbeit nicht stören ließ, als wir uns ihm näherten, ich als unvorsichtiger Onkel, beinahe wäre ich abgerutscht, nur wegen diesem Bild. Es war hier felsig, und eine ganze Weile saßen wir dann, alle fünfe, auf einem korpulenten, wellenförmig gerillten Block, unseren Blick schweifen lassend über das Häusermeer, zu den Sandplätzen vor den Schulgebäuden und den Flußbrücken, die Gott sei Dank alle noch standen und befahrbar waren, zu den

Hochhäusern und Bahngeleisen und nach Ekicity, zu den Riesentürmen, die aus dem ehemaligen Marktgelände wuchsen, und weiter zum blauen Meer, zu den Inseln, die sich mehr oder weniger abrupt erhoben, zum Hijiyama, der vor vieltausend Jahren selbst eine Insel gewesen war, zu den Lagerflächen des Hafens und nach Etajima, wo ich mir bald einmal neue Stiefeletten kaufen wollte, nach Ninoshima, dem dreieckigen Inselberg, der von hier aus tatsächlich dem Fuji-san glich, nach Miyajima, das von der blendenden Sonne nahezu ausgelöscht wurde.

Sehr fern hörte ich ein Schiff tuten, und bald auch schon die jauchzenden, fragenden, mitunter heulenden Kinderstimmen, die das Vergnügen verrieten, das die Kinder dem Lernen und der Beschaulichkeit vorzogen, mit einer Unbekümmertheit, als wollten sie sagen: Aber wir lernen doch *hier*, seht ihr denn nicht, ihr Erwachsenen, daß sich Vergnügen und Beschaulichkeit, Weltliches und Spirituelles gar nicht so streng ausschließen, wie ihr es uns eintrichtern wollt? Aber Yoko, sie ist ja schon groß und wie alle ihres Alters eingespannt in die Lernmühle: Ob sie einmal, bald einmal – bevor es zu spät ist – Zeit haben wird für ihren alten Vater und für das beschauliche Vergnügen?

An die Welt

Mußt du alles aufschreiben?
Um es zu „retten“?
Kannst du's nicht sein lassen?
Aufgeben, sagte ein Weltmeister,
tut man nur einen Brief.
Den hier gib leer auf!

*

Eigentlich wollte ich nur nachsehen gehen, wie es dem zu Weihnachten erblühten Kirschbäumchen geht. Nur nachsehen, ohne Heft und Stift. Herausgekommen ist eine Art Tanka nebst etwas Undefinierbarem – ein HighQ?

Jahreszeitwort

Sterbend werden, ja!
Zur Unzeit erblüht, ist es
Zeit, daß es Zeit wird.
Aber für wen und wozu?
Wer durchhält, das bist du!

Poème trouvé

LESEKABI
NETTUDON
YASAN

Im Original:

レーザカビ
ネっトうどん
屋さん

Berthe Bovary, Tochter von Emma und Charles

Die Ausfahrt heute habe ich in einem Roman verbracht. Jeder kennt ihn, auch ich kannte ihn seit langem. *Kannte*, Imperfekt, weil ich vieles davon vergessen hatte. Gut so, denn der Roman mit seinen Geschichten, Figuren, Gefühlen, Atmosphären, Landschaften, Straßen und Plätzen, Häusern, Kutschen und Pferden war mir jetzt neu. Ein *anderer* Roman, jedesmal ein anderer. Ich las ihn wieder zum ersten Mal, während der vergangenen zwei Wochen, und heute zu Ende, zum bitteren Ende.

Arme Emma!

Arme Berthe, armer Charles. Ihn zeichnet der Autor als Trottel, der nie etwas merkt, so daß er es geradezu verdient, betrogen und belogen zu werden. Das Kind kommt im Roman fast überhaupt nicht vor, auch fast keine mütterlichen, väterlichen Regungen. Es ist inexistent, als wäre es kein Mensch, sondern ein belangloses Accessoir. In der Wirklichkeitsbeschreibung spielt es eine geringere Rolle als die Dinge, die Mütze, das Zigarettenetui, der Giftschrank.

Währenddessen fahre ich über den Fluß Yokogawa, der flach und breit, scheinbar stillstehend, der Mündung entgegenzieht. Armes Kind, armer Mann! Was mich angeht, ich muß mich noch nicht bedauern.

Ich schaffe die Stufen der Steiltreppe ins Himmelblau (Hiro's Café),
ich bestelle Loco Moco, ein Gericht aus Hawaii, und esse alles auf.
Ob ich es auch verdauen kann?
Eines nicht fernen Tages bin ich ein Klumpen und gleichzeitig flüssig,
auch ich fließe ins Meer.
Der Klumpen „Ich" sinkt langsam wie ein Basaltstein in die Tiefe,
die ich ebenfalls bin.

Nun, das war Phantasie. Wie *Madame Bovary*.
Closed. Statt dessen ins Flache weitergezogen.
Nicht bis zum Meer, nur bis zur Kunst,
zum Garten (dem Anfang der Kunst).

Auch das ist Phantasie geblieben: Magnolien, rosa Pflaumenblüten, bißchen Gelb, Forsythie. Mußte alles abbrechen. Vor dem Hauptbahnhof, wo gerade die letzten Altertümlichkeiten demoliert werden. Hinfällig wie der Altgewordene, der sich nicht mehr aufrechthalten kann, in die Knie sinkt, die Schulter biegt. Mach dich klein, noch kleiner, werde fast nichts!

Zu meiner nachträglichen Überraschung bemerkte eine Frau den Zusammengesunkenen. Rief einen Bahnangestellten, *ekiin-san*, der ihn zum Bahnsteig brachte, ihm dort beim Warten half, ihn zum Sitz für Gebrechliche führte.

Jetzt schreibe ich, also lebe. *Scribo ergo sum*. Nächster Halt Kaitaichi. Wo die Abzweigung nach Kure ist, ans Meer. Ein *bivio* wie der, der mich einst nach Agrigento führte, wo jetzt die Mandelbäume blühen – wie unerreichbar fern!

Ob ich es noch einmal sehen werde, das Meer?

Hallo?

Ging auf der Landstraße,
verstehen? Nix verstehen, Sausen im Ohr
an einer beliebigen Ausfallgerade
(wie Boxing, verstehst du, wie nix),
Haken am Fließband der allesamt kräftigen
Fahrzeuge gleichwie in der Fabrik,
läutet in Taschen mir das Telephon,
welches aus Sicherheitsgründen
ich zu führen gehalten,
zieh's mal, hallo?
Ist sich die Ärztin, sagt sie, komm her,
ich werde das Herz dir
nach vorne richten.
Kann nicht, sag ich,

ist mir zu früh, oder zu spät,
muß Bäumchen gießen, muß noch viel müssen.
Sagt sie, bleib wo du bist, aber komm,
wenn du dir lieb bist. Sie sind
mir eine, sag ich zuletzt, aber *thx*.

Namenloser Duft

Ich weiß nicht, wie sie heißen, diese durchaus gewöhnlichen, allverbreiteten Hecken mit ihren Blättern und Blüten, und ob ihnen überhaupt jemals jemand einen Namen gab, vielleicht wurden sie einfach vergessen bei der Benennung der Welt. Wenn das Jahr seinen Kreislauf beginnt, greifen sie tausendfach mit weiß geschmückten Armen aus dem noch matten Grün. Der Duft umfängt – wie soll ich den Duft beschreiben, den Duft von . . . . – mich oder mich, unentscheidbar, der in das unsichtbare Gewölk hineingleitet, Nase und Auge im Verein, denn es ist, als würden die namenlosen, herrischen, zärtlichen Greifarme mich mein Leben lang begleiten, quer durch die Zeiten, seit sie der Trost des heimatvertriebenen Kindes waren, oder schon vorher, vor seinem Dasein. Dort steht er, inmitten von . . . ., namenlos wie sie, steht und wartet, ewig wie sie. Auf wen, weiß er nicht, weiß nur, daß er den schönen Spielen mißtraut. Was gibt es Schöneres, ahnt er, als die taghelle Säule von Wasser in der Mitte des ummauerten Gartens, die aus dem bemoosten Brunnen aufsteigt, niedersinkt, aufsteigt und perlt und schwebt und ihn mit der Helle der heimlichen Welt verbindet? Was sind eure Spiele dagegen! Was könnt ihr wider mich, solange der Duft mich umhüllt, die Arme mir weisen? Nichts, der Tag dauert fort durch die Zeiten, die Namen prallen ab von der Hecke, dies ist das Reich, wo die Sprache nicht hinlangt.

Abstraktion

Beatles? Rolling Stones? Jimi Hendrix! Der Friseursalon ist mit alten Postern ausgestattet, mit Pop-Plakaten und Vinylplatten, das Kleeblatt aus Liverpool klebt an der Decke und an der Klotür. *The Beatles vs. The Third Reich*, was das wohl zu bedeuten hat? Gut, ich kann das googeln, aber jetzt nicht…

Meine Kräfte haben nachgelassen, die regionalen Kreise werden enger. Bevor ich mich für eine Weile in den Limbus abstrahiere, will ich wenigstens noch einen Rundgang machen, wenn schon keine Reise. Einen Rundgang, um dies und das im Gedächtnis zu bewahren, also mitzunehmen, wohin genau, weiß ich nicht. Rundgang mit Mittelpunkt: in den Friseursalon, damit ich im Limbus einen annehmlichen Kopf habe.

Wenn ich zum Friseur gehe, denke ich fast immer an ein komisches Drama von Wolfgang Bauer. Titel: *Ein fröhlicher Morgen beim Friseur*. Ich habe es vor vielen Jahren in den *manuskripten* gelesen, als Schüler im Internat, wo ich jedes Heft der Zeitschrift, die mir zugeschickt wurde, vom ersten bis zum letzten Text durchlas. *manuskripte*, meine Lichtsäule! Das Stück von Bauer ist Nonsensliteratur, und doch hat es mich dauerhaft beeindruckt, und der schöne Titel geleitet mich regelmäßig zum Friseur, den ich sonst womöglich verschmähen würde wie damals, als ich Wolfi Bauer las.

Aber der Rundgang, das Eigentliche, oder? Gut, bekanntlich zeigen sich ringsum die Blüten, auch schon die der Kirschbäume, wenngleich das alles noch nicht so imposant und übergreifend ist, wie es in einer Woche sein wird. Ich nicke dem und jenem Baum zu, ein angenehmes, manchmal überraschendes Wiedersehen: Ach, der ist auch noch da. Was leise erwidert wird: Ach, du bist auch noch da! Natürlich waren sie immer da, die Kirschbäume in der abschüssigen Kurve zum Beispiel, der eine weiß, der andere lila blühend, aber ich hatte sie nicht gesehen, den ganzen Winter lang und schon vorher waren sie für mich unsichtbar gewesen, nur weil ihr Kleid nicht so herrlich gewesen war, wie es bald sein wird – für kurze Zeit. Vielleicht ist es besser so, wir lassen einander in Ruhe und beschränken unsere Bewunderung, unsere Verführungskunst auf die Momente, in denen wir wirklich imponieren können.

Vereinsamt der Schilfwald am Wegrand, in dem immer eine Schar Spatzen herumhüpfte, schwatzend fortflog, schwatzend zurückkehrte, nie weg war. Jetzt sind sie weg, die Halme schraffieren den Himmel, aber Vögel zu tragen, sind sie zu schwach. Die Spatzen finden stets irgendwo Zuflucht, aber diesen unscheinbaren Ort ziehen sie vor.

Die Lotusfelder bieten immer noch diesen kalten und dunklen Anblick, hier und da steht ein weißer Reiher in den Pfützen, der durchgehalten hat wie ich und auffliegt wie ich, um sich einen Steinwurf weiter niederzulassen. Der Bauer mit den – später, im Sommer – schönsten Feldern weit und breit ist der erste, der sie umgräbt und bestellt, mit dem wendigen türkisgrünen Baggerchen fuhrwerkt er im Feuchten.

Weiter vorne, wo ihre großen und groben Brüder das Bauernhaus demoliert haben, ist die rechteckige Fläche platt und bereit für einen weiteren Schritt zur Landschaftsverunstaltung. Anstelle der Wohnbaracken – schon empfinde ich Nostalgie! –, die sie ebenfalls abgerissen haben, stehen vier schwarze, vereinsamte Kuben in Reih und Glied: Wer hier wohl wohnen wird? Zu teuer für Studenten, die sich sowieso noch nicht so gern einkapseln. Vielleicht frische Familien mit 0,9 Kindern?

Den Friseursalon kenne ich gut. Haareschneiden, Waschen, Rasieren kostet hier nicht viel, aber eine Modefrisur darf man nicht erwarten. Deshalb wird er ausschließlich von älteren Semestern besucht, von *ójisan* und *ojíisan*, deren schütteres, dünnes oder graues Haar so oder so nicht viel hergibt. Das Ambiente der sechziger Jahre paßt zu dieser Kundschaft, so wird es wahrscheinlich noch in hundert Jahren sein: Jimi Hendrix, John Lennon, Mick Jagger forever! (Ach, Mick Jagger, der lebt ja noch, ein zerfurchter Pop-Opa…) Das nicht so Elegante, ein bißchen Wilde; der natürliche Stil, aber ordentlich façonniert. Nicht das ganze Land ist so geleckt, wie es den Anschein erweckt.

Da sitze ich auf dem Stuhl, genieße die sachte Berührung durch Schere, Haarschneider und Kamm, und wenn ein Kunde den Laden betritt, ruft mein Friseur, der Anführer, laut ein Willkommen in den Spiegel und daß der liebe Kunde ein bißchen warten wird müssen, und die anderen Friseure wiederholen das Wichtigste leiser, der Satz dünnt aus wie mein Haar, es ist ein verklingendes Echo. Und schließlich – die Prozedur dauert nicht lange – das Waschen, die Finger, die meine Kopfhaut kraulen, der Duft des Wassers vor meiner Nase, die immergleiche Frage, ob es nicht zu heiß sei und der Kopf auch nicht jucke, meine immergleiche Antwort. Wie einem die kleinen Rituale die schwindende Lebenskraft noch einmal zurückgeben! Jedesmal noch einmal.

Alte Leute, sagte ich, bilden die Kundschaft. Dann aber, als ich unter der Trockenhaube sitze, kommt plötzlich ein Junger herein, nicht weit über dreißig, den hab ich schon mal gesehen, ich weiß auch wo: im Wald auf dem Ooyama. Auch heute trägt er eine Adidas-Mütze, aber keine braune, sondern eine knallrote, vielleicht um Diebe abzuschrecken, wer greift schon ins Feuer. Sein Profil mit dem langen Mützenschirm, unter dem dichtes struppiges Haar hervorquellt, zieht an mir vorbei; der Mann geht schnurstracks auf die Warteplätze zu.

Das Gedudel japanischer Popmusik; der Stapel der Illustrierten; die vielen bunten handgeschriebenen Mitteilungen, Angebote, Aufmunterungen; der winzige Farbfernseher, der mehr als ein Vierteljahrhundert auf dem Buckel haben dürfte. Gesprochen wird hier nicht so viel wie bei Wolfi Bauer, bei weitem nicht. Wir sind auch nicht im Theater. Es ist kein fröhlicher Nachmittag, aber einer, der dich froh macht, zumindest für den Rest des Tages. Und das läßt dich erwarten, daß du den Limbus schon irgendwie durchstehen wirst.

Draußen gehe ich um die andere Hausecke, die andere Straße entlang, und prompt komme ich an einem der unzähligen Friseurläden vorbei, *Cherish Hair* nennt er sich, die geschäftliche Phantasie kennt keine Grenzen. Der Salon ist oder war oder sollte sein das Wohnzimmer eines fast ein wenig stattlichen anthrazitgrauen Einfamilienhauses, das „Menü", wie man die Preisliste hier nennt, auf eine chromblinkende Tafel geklebt, die Preise steigen hin und wieder. Für Männer kostet ein Haarschnitt 4.000 Yen plus Steuern, mit Studentenermäßigung 3.600, also auch knapp 4.000. Frauen, die eine Dauerwelle wollen, müssen einen Betrag um die 10.000 hinlegen. Um sich die Modefrisuren leisten zu können (bei *Cherish* kann man sich silbergraue Haare machen lassen oder „Designerfarben" verpaßt bekommen), arbeiten die StudentInnen in Konbinis und anderen Geschäften, für einen Stundenlohn von 850 Yen. So blöd waren wir in der Beatles-Zeit nicht, wir haben den Friseur gemieden... Na ja, besonders klug waren wir trotzdem nicht.

Damit endet mein Rundgang auch schon; bald werde ich mich mit meiner schnittigen Frisur in den Limbus abstrahieren. Nein, ich dehne ihn noch ein wenig aus, dafür reichen die Kräfte: Komeda-Café, wie üblich, und dann in das Geschäft, das regionale Produkte verkauft, von der Küste unten und von den Inseln, jede Menge Zitrusfrüchte. Große Lust, und das macht mich wirklich fröhlich, allein die Lust macht mich fröhlich, große Lust auf diese Mandarinen oder Orangen, Orangenmandarinen, die ich neulich hier gekauft habe.

Setoka, wahrscheinlich aus Setoda in der Setonaikai, dem *mare nostrum*, aber ich finde keine, auch letztes Mal, als ich sie zum ersten Mal sah, lagen nur wenige Päckchen da. Ich glaube, von dieser Sorte gibt es wirklich nur wenige, sie sind eine kostbare, wenn auch nicht teure Köstlichkeit.

Egal, diesmal nehme ich Shiranushi, auch nicht übel. So habe ich im Limbus, von dunklen Wäldern und einem glitzernden Teich und drei blühenden Hinterglasbäumen umgeben, etwas von der Frische der Setonaikai bei mir. Bäumchen, Bäume und Sträucher, auf Wiedersehen!

Herzensbruder

Auf dem Weg zum Limbus, mitten zwischen den Reisfeldern, ich auf dem Fahrrad, kommt mir der alte, längst emeritierte Rechtssoziologieprofessor (er hat mir sein Alter kürzlich verraten, zwanzig Jahre mehr als ich), mein Vorbild und Herzensbruder, entgegen und grüßt mich schon von weitem. Fast immer, wenn ich ihm begegne, und das geschieht nicht selten, wir beide sind die eifrigsten Geher und Fahrer in dieser ganzen Gegend, zu der wir ebenso gehören wie die gebückten und traktorfahrenden Bauern – fast immer grüße ich ihn zuerst, aber diesmal ist es umgekehrt. Mit seiner indonesischen Tracht, die ihm vorzeiten irgendwer geschenkt hat, einer beigen, golden bestickten Tunika, und der ebenso glitzernden breiten, vermutlich muslimischen Mütze ist er von weitem erkennbar, eine irdische Licht- und Schlottergestalt. Von der Universität hat er sich nie ganz lösen können, deshalb geht er lautstark Grüße und Wünsche verteilend in die Cafeteria und zum Zeitunglesen in die Bibliothek, wo ihn alle belächeln und respektieren. Manchmal bramarbasiert er von Trier, wo er im fernen 20. Jahrhundert studiert hat, und gern nimmt er den Namen „Karl Marx“ in den Mund. Auch er fuhr früher mit dem Fahrrad; jetzt nicht mehr, nachdem er ein paarmal gestürzt ist. Jetzt geht er zu Fuß, braucht doppelt so lang, aber das kümmert ihn nicht; stützt sich auf einen Stock und hat nichts von dem strahlenden Lächeln eingebüßt, das er mir – und fast allen anderen – entgegenbringt.

Auch ich habe ihn früher belächelt... Jetzt nicht mehr, seit ich weiß, wo er wohnt, in einer Baracke abseits von zwei Bauernhäusern, nach einem wunderbaren S, den der dort manchmal schlammige Weg Richtung Waldcafé beschreibt, und daß seine Tochter, die einen Deutschen geheiratet hat (von dem sie aus irgendwelchen Gründen, vielleicht durch den Tod, geschieden ist), sowie seine Enkel und Urenkel im fernen Hokkaido und sonstwo leben. Allein durch meine deutsche Sprache, durch einen schlichten Gruß, irgendeine hübsche Wortfolge, kann ich sein Herz erfreuen.

Bis zum nächsten Mal, Sensei! *Mata ganbarimashou!*[*]

*

* Unübersetzbar. Hier vielleicht eine Aufforderung zum Durchhalten. (A.d.Ü.)

Die Blütenblätter fallen schon wieder, und ich erinnere mich, daß ich vor einem Jahr an diesem einfachen, massiven, grau verwitterten Holztisch saß und den nach und nach von den zwei Baumkronen über meinem Haupt herabsegelnden lila und violetten und weißen Luftschiffchen beim Herabsegeln zusah. Das Holzgrau ist heute recht schön gesprenkelt, weil uns der Wind in Ruhe läßt und nur selten ein paar von den feinen Dingern umdreht oder verweht.

So geht es denn wieder einmal zu Ende, und langsam ersteht alles neu – für den, der Augen hat, weiter zu sehen als ins Hochzeitsweiß. Aber das hier, die rührigen Zeichen altvertrauter Handschrift, nicht ihr beharrlicher Sinn, nur das geht ganz langsam zu Ende.

Freigang am Enkogawa

Vom Limbus kurzzeitig beurlaubt
wie ein Gefängnisinsasse, der zusehen muß,
was er mit den paar Stunden, Jahren oder Jahrzehnten
noch anfängt.
Mehr als ein kurzer Spaziergang am Fluß nicht erlaubt.

Ebbe, dunkel glänzender Schlamm,
darauf die ersten gefallenen Blütenblätter
als Vorhut der Vergänglichkeit.
Mankai, Vollpracht, auf der Schneide des Messers,
das unsichtbar durch die Gezeiten zieht.
Transversales Krebsvolk, mit Fliehen beschäftigt,
während

ein schwarzer Kormoran so tut, als ginge ihn das alles
nichts an.
Zeigt statt dessen die Zeichnung seiner Flügel,
stellt das Schauen zur Schau.

Ob er noch einmal auffliegt? Oder als Monument
vor der Blütenkulisse verharrt,
bis ihn Salzduft umfängt und er endlich
begreift – aber was denn, was?
Sein Blick jetzt gewendet, flußaufwärts,
und meiner auch. Hinauf zu den drei Wasserfällen,
die ich im Limbus vermisse.

*

Daß er auf die Wirklichkeit und den Begriff davon nicht verzichten will, denkt einer und schreibt es an der Fensterfront im Krankenhaussalon (6. Stock), um das brüderliche Gefühl zu bestätigen, das er in diesem Augenblick für die Krähe hegt, die in altbewährtem Schwarz auf der gelb blühenden Hecke vor dem Hubschrauberlandeplatz auf dem Dach des Gegenübergebäudes hockt und nicht fortzufliegen gedenkt, bis sich das Maschineninsekt lautstark nähern wird.

Und dann, als der Schreibende wieder einmal aufblickt, ist er doch weg, der Rabe, ohne daß sich das Insekt hätte hören lassen. Statt dessen rührt sich eine Handvoll Spatzen an der Gebäudekante. Sie wenden das Köpfchen hierhin und dorthin und schauen sich jeden der Kranken an, dann wieder den Nachbarn, jetzt links, jetzt rechts. Sie nicken: Interessante Vorführung! Auch das Fernsehbild entgeht ihnen nicht, die nervösen roten und weißen Farben, der bleibende grüne Fleck und andere Details, die summa summarum für die Menschen dort irgendwas darstellen mögen.

Und für sie auch, eine Darstellung der Darstellung, denkt der Schreibende. Viele Wirklichkeiten, über die wir fliegen (die wir überfliegen). Gut so!

Fantasie in C-Dur

Schubert hätte sich nicht träumen lassen, daß einst ein Landsmann in tiefster Nacht mit Kopfhörern an den Ohren und einem Computer (den er sich ebenfalls nicht hätte träumen lassen) auf dem Schoß auf einem Krankenbett im 6. Stock eines riesigen hochtechnologisierten japanischen Klinikums liegen und aus seiner Musik etwas wie überirdischen Trost, wenn nicht gar Hoffnung auf weitere, nähere Sommer- und Winterreisen ziehen würde.

Auf der Schwelle

. . . die Kraft der Bäume und Wiesen
das tausendfältige Leuchten des Grüns (und anderer
Farben
die Deutlichkeit der Umrisse, auch der Wunden in
der Landschaft (immer noch der Katastrophenblick)
vor allem aber das Licht

Nicht nur ist der Blick gereinigt, wie wenn du aus dem Tunnellabyrinth unter dem Tempel hervorsteigst
sondern das Licht selbst ist anders, schärfer, sanfter, scharf und weich
und die Schwalben flitzen von und zu den Balkonen

Zurück aus dem Limbus I

Jahr für Jahr sind wir uns nähergekommen. Gestern trat ich auf den Balkon und konnte dem Baum, den ich so lange, so geduldig wachsen sah, zum ersten Mal die Hand reichen, indem ich mich über die Brüstung lehnte, um den Rand seiner Zweige und Blätter zu spüren.

„Bleib, Freund, und wachse", sagte ich. Und dann, über die Schulter: „Ich – bleibe auch."

Zurück aus dem Limbus II

Das Buch hat auf mich gewartet.

Die Welt hat auf mich gewartet.

Sie waren nicht untätig, weder die Welt noch das Buch, das auch im Stillen wird.

Die Reisfelder stehen schon unter Wasser. Sie glänzen in der Sonne.

Die Bergwälder sind scheckig vom hellen und dunklen Grün, von Kiefern und Bambushainen.

Das Taxi zieht die Autobahnböschung entlang, ein Ort, den ich sonst meide. Selbst hier gibt es etwas zu sehen, einen abgedrängten kleinen, kargen, wahrscheinlich noch jungen Park, den niemand besucht und irgendwer pflegt, wenn er nicht mit dem Bestellen der Felder beschäftigt ist.

Ein neues Ziel für den Fußgeher, so langsam er auch geworden ist.

Je langsamer, desto besser!

Zurück aus dem Limbus III

Vielleicht stand hier einmal ein Haus, denn die vier Ränder der Fläche des Gärtleins sind mit Betonleisten eingefaßt und an mehreren Ecken liegen Haufen von Hausteinen. Oder es war (oder ist?) die Freilichtwerkstatt eines Steinmetzen; darauf würde das Zwillingspaar der kunstvoll geformten Seelenlaternen hindeuten, die dort zwischen zwei Bäumen stehen. Der Garten wird wenig gepflegt, aber verwahrlost ist er nicht. Man merkt den Bäumen – Ahorn, Kiefern, eine Eiche – die Mühe an, die es sie kostet, Höhe zu gewinnen. Die Fläche ist durch sehr alte, graue, zerfaserte Holzbalken am Boden in Streifen geteilt, wie große Beete, aber Gemüse wird hier nicht gezogen. Nein, für eine Behausung war und wäre hier gar kein Platz. Aber ein Park, in dem man lustwandelt, ist das auch nicht. Die Autobahn ist ihm wahrscheinlich erst lange, nachdem er angelegt wurde, auf den Leib gerückt. In einer Ecke steht eines dieser winzigen ländlichen Büros, ein Container mit Glastür, darin etwas Werkzeug, Verstrebungen und Doppelkreuze, mit denen sich Gerüste oder Absperrungen zusammenhalten lassen. Doch gebaut wird an diesem abseitigen Ort nicht mehr. In Ewigkeit, amen!

Wegrand

Jetzt schaffe ich gerade mal den kurzen Weg zu meinem Büro. Langsam, langsam; so wird er länger, der Weg. Und so erschließen sich Wegrandschönheiten, sonst immer übergangen, vorbeigegangen, blickabgewandt: von Blumen überwältigte Hecken und Silberrinde an Baumstämmen. Ein kleiner Radfahrerschatten, dessen Eile – verdrängt vom nächsten Schatten – als Schutzmantel dient für die Langsamkeit, in der ich mich verschaue.

Geh aus mein Herz

Geh aus mein Herz und suche Freud
in dieser schönen Frühlingszeit...

Wenn es aber nicht will, das Herz? Wenn es zwar will, aber nicht kann? Dann macht es eine Reise in den Herzkammern, den mit tausend Tapeten ausgelegten, die hier und dort abblättern und von vergangenen Reisen unter und über dem Regenbogen erzählen; in den Herzkammern, wo alte Gedichte darauf warten, neu gelesen zu werden.

Geh aus mein Herz und suche Freud
in dieser schönen Frühlingszeit
an deines Gottes Gaben;
Schau an der schönen Gärten Zier,
und siehe, wie sie mir und dir
sich ausgeschmücket haben.

(Jedem steht es frei, hier die restlichen 14 Strophen zu lesen, zum Beispiel in Wikipedia.)

*

Wolken, Inbegriff
des Wie und der Verteilung.
Seid gerecht wie sie!

*

Ohne Nasenschutz
in freier Natur: helle
Fluten von Düften.

*

Das Buch hat auf mich gewartet, um mir zu sagen, daß es jetzt schließt. Du mußt allein weiterkommen, sagt es. Am Rand des Randes der Zeit, deiner Zeit, in dieser letzten Sackgasse, dreh dich noch einmal um (sagt es). Geh in die Himmelsrichtung, finde den Durchgang, such mich nicht mehr!

Resümee

An der Wildnis geschnuppert, mehr nicht.
Diesen mächtigen rundlichen Baum
vor Augen, der zu schäumen schien
und überschäumte in die graue Luft,
die sich jetzt erst recht um ihn drängte.
Atmen als Freudenpaartanz!
Atmen und schauen…

Auch flattern die Schmetterlinge wieder,
oder sie schauen tief in den Kelch.
Geschnuppert, geflattert, geschäumt:
Alles ist Vorbild, Inbild und Vorbild,
und – wenn eine Zeit vergeht –
im Nachbild zusammengefaßt,
als schäumte sie rückwärts, die Zeit.

Wildnis und Spielplatz

Damals, in den vergangenen Zeiten, spürte ich sogar die Zeit schäumen. Vielleicht spürte ich sie nur vergehen, aber es war eine Art Wallen, ein Über-sich-Hinausgehen der Augenblicke, ein zeitloses Verstreichen, das an mich streifte. Punktuelle Liebkosung der endlosen Zeit, als liebte sie ausgerechnet die Menschen.

Damals, als ich ein treusorgender Vater war und am Spielplatzrand saß, an allen Spielplätzen der Welt, hier und dort und fern und nah, und sehen und hören durfte und lernen, mühelos, von Müttern, die allesamt schön waren (schön durch ihr Kind?). Und einspringen, manchmal. Nichts war notwendig, alles begab sich, das Fallen des Blütenblatts, das Trippeln der Spatzen, das Einsetzen der Dämmerung, das Strömen des Sojadufts und die unmerkliche Bewegung meiner Nasenflügel.

Hier und jetzt aber, Jahre später, am Rand der Wildnis und der Zeit, zu vernehmen die Einflüsterung des reglosen Schmetterlings: Die Steine rollen nach oben!

Sisyphos?

Nein, die Steine selbst. Sisyphos hat sich längst aus dem Staub gemacht…

*

Frisch aufgehellte
Ahornarme gegen die
Phalanx der Autos.
Regenpfützen auf dem Asphalt,
spiegelnde Friedensstifter.

Gebet des Regens

Lieber Gott, begann ich mein Gebet und mußte auch schon wieder einhalten. Welcher Gott denn? Der rechts wohnt, oder der links? Der ewige, allgegenwärtige oder der an Ort und Stelle jetzt ansässige? Oder war das egal, ganz egal welcher Gott?

Lieber Gott, begann ich mein Gebet. Der Rest bleibt unter uns.

...

Dann begann es zu regnen, tausend kleine Geräusche, eine umfassende, den Herzschlag besänftigende Perkussion. Geschenk des Himmels? Die Tropfen erkannten ihre Verwandten, die Kieselsteinchen, zu denen sie sich gesellten, um den Garten mit seinen gerechten Furchen, Geraden, Kreisen und Ovalen zu heben durch die Botschaft von oben.

. . .

Laß die Worte, sagte ich mir. Der Regen mit seinen vielen, fast – immer nur fast – gleichen Tönen ist der bessere Beter. Er beherrscht die Sprache, die hier nottut. Regen, bitte für mich!

*

Religionsgewebe, von Fäden des Aberglaubens durchschossen, das macht sie schön bunt. „Am Fuß des Inselbergs kullern kleine rundliche Dämonen, tausend Statuetten des Aberglaubens, über den buddhistischen Hügel." Die Jenseitsverwalter schmeicheln dem Dichter, indem sie seinen Leibheiligen in die Reihe stellen, obzwar unauffällig am Ende der Tempelveranda. Jetzt kugelt er mit all den Jizos und Bodhisattvas herunter – oder herauf.

Dazu eine abgestürzte Reflexion, das heißt Selbstspiegelung, folglich Verdoppelung:

> Protziger Tempel der Jenseitsverwalter
> glaubt die winddurchwehte Hügelstätte
> des älteren Bruders gar zu beschämen.
> Der aber weiß von keinem Nachleben,

alles ist ihm (wie) immer, jetzt und jetzt
läßt er die gebleichten Papierzacken
am Dachbalken baumeln und winken,
keineswegs zum Spott. Ich war, ich werde,
ich werde bleiben.

Kästen in der Landschaft

In diesem Tal war ich noch nie, dachte ich; die Region ist unendlich! Dann aber kam mir eine Wegkehre bekannt vor, und mir wurde klar, daß ich nur ein paar Um- und Abwege gefahren war. Was ist schon unendlich auf Erden… Gangbare Wege, gestaltbare Flächen und Hänge, seit Jahrhunderten erschlossen. Dickicht und Abgründe rührt man besser nicht an; Rodungen, Autobahnen, Brücken gibt es genug.

Niedergeschlagen und doch erfreut – Freude des Wiedersehens! – nahm ich einen Weg, von dem ich wußte, daß er schön war. Schön im amönen Sinn; „stimmig", pflegte eine längst verstorbene Freundin zu sagen; also klassische Schönheit, wohlproportioniert, das rechte Verhältnis von Feldern und Wäldern, Nadel- und Laubwald, Wohnen und Wirtschaften, Erde und Pflanzen und Wasser, von bestellten und belassenen Flecken und Ecken. Vielleicht darf man hier sogar von Anmut sprechen. „Wo Anmut stattfindet, ist die Seele das bewegende Prinzip." Ja, die Landschaft hat eine Seele, eingehaucht von den Menschen. Jedenfalls hier in dieser unpraktischen Ecke, wo kein Student und kein *salaryman* ein Zimmer mieten würde.

Freilich, die Anmut währte nicht lange (auch das wußte ich), bald würde die Gegend rauher werden, mit Muren, Totholz, Geröll. Ich fuhr das Massiv des Tsuchiyama entlang, auf dessen Gipfel einst die Burg gestanden hatte. Von oben sieht man über das ganze Land, aber zuerst, ehe der Blick ins Blaue schweift, stößt er sich an Micron, dem Riesenkasten an einem der Gegenhänge, der sich nicht in die Landschaft fügt und sie nicht einmal herausfordert, sondern einfach nur unterbricht. (Dasselbe rigide Unterbrechungsprinzip wie im TV oder auf YouTube.) Weißer, grauer, blinder Fleck! In diese Richtung fuhr ich, es war da ein schmaler und steiler Weg seitlich der terrassierten Teiche, oder Stauseen, oder beides. Unterwegs kam ich an einem Gemüsegärtchen vorbei, das wie vergessen zwischen Waldrand und Autostraße lag, wo die Erdbeeren prall und rot leuchteten und sich nicht um den Gitterzaun kümmerten, so daß ich es mir erlauben durfte, eine davon zu pflücken.

Micron ist ein internationaler Konzern, der hier eine Niederlassung hat, Mikrochips herstellt und technologische Lösungen für unser bequemes digitalisiertes vernetztes Leben bereitstellt. Der Kasten dort, scheinbar fensterlos, unterscheidet sich architektonisch kaum von den Lagerhallen und Supermärkten, die über die Region und die ganze Welt verstreut sind, nur daß er sich viel länger hinstreckt, bestimmt mehr als einen Kilometer. Schon fast im Schatten des Kastens biege ich nach rechts ab, zum Höhenkamm hinauf; hier war ich wirklich noch nie, vielleicht hatte ich den Kasten zu sehr gemieden. Und alsbald die Enttäuschung: Noch so ein idiotischer Golfplatz! Die Beschimpfung nehme ich zurück: Immer noch besser als Wohlfühlbaracken, Lagerkästen und Einfamilienkapseln; immerhin pflegen und hegen die Golfunternehmer die Landschaft, gestalten sie zurückhaltend, adrett, proper, vielleicht ein bißchen zu glatt. Aber die Elektrowagerl da, von denen sich die „Sportler" über den Rasen kutschieren lassen, weil sie nicht einmal imstande sind, zu Fuß zu gehen wie ich!

Fang nicht schon wieder an... Golfplätze sind eine schöne Alternative zur kleinteiligen Landwirtschaft, die so oder so dem Tod geweiht ist. Aber diese himmelhohen Zäune und Netze bei dem, was man *driving range* nennt, wo die Leute sinnlos in die Ferne ballern, die könnten sie sich sparen. Als ich da vorbeigekommen bin, lagen tausend Bälle in der Nähe des Zauns, zu beiden Seiten, alle waren weiß, nur ein einziger rot, den habe ich aufgeklaubt und in den Rucksack gesteckt, weil er mich gar zu sehr an die Erdbeere vorhin erinnerte. Eßbar war er leider nicht, nur ein Souvenir für mein Home-Office, dort bekommt er einen Ehrenplatz in einem Schälchen mit USB-Sticks, farblich paßt er dazu.

Ich habe die Golfanlage, die wohl der Freizeitgestaltung der Micronianer dient (an den Wochenenden, jetzt sind nur ein paar Pensionisten hier, die jobbenden Studenten langweilen sich), hinter mir gelassen, das Gelände wird steiler, dann eine gewaltige Böschung, ein riesiger Stausee, nicht einmal zur Hälfte mit Wasser gefüllt. Braune Ufer, trauriger Anblick. Also weiter, brüchiger Belag, Ende des Asphalts, ein Wasserlauf tief in der dunkelgrünen Schlucht linker Hand. Dann hängt eine silberglänzende Kette mit makellosem Warnschild quer über den Weg, aber sowas kann mich nicht abhalten, ich hebe das Fahrrad darüber. Komme aber nicht weit, der Schotterweg wird zu steil; versuche es zu Fuß, bis zur nächsten, übernächsten Kurve, zur nächsten Anhöhe. Wo diese Straße wohl hinführt? Drüben auf der anderen Seite ist nicht viel, eine Hochebene, Reisfelder, ein kleines Postamt, zwei oder drei Konbinis, die Volksschule, die meine Tochter früher besucht hat... Gut, daß ich in der Kunst des Aufgebens geübt bin; ich mache kehrt.

Und auf dem Rückweg sehe ich tatsächlich eine Schlange am Wegrand liegen, nicht quer, sondern parallel zum Rand, zweifellos bin ich vor kurzem an ihr vorbeigestiegen, ohne sie zu sehen. Man bemerkt diese der Umgebung angepaßten Tiere immer erst im letzten Moment, das ist das Problem, denn an sich sind sie friedlich. Eine giftige Mamushi? Ich glaube nicht, dazu war sie mit ihren gut zwei Metern zu lang, Mamushi sind kürzer. Außerdem hatte sie keine hellen Querstreifen als Muster. In den letzten Wochen hat es viel geregnet, andererseits ist es noch nicht sehr heiß; ohnehin ist jetzt die Jahreszeit, in der sich die Schlangen nach dem Winterschlaf viel bewegen. Neulich hatte ich zwischen den Reisfeldern in der Ebene eine liegen gesehen, aber quer zum Weg, fast hätte ich sie überfahren. Sie ruhte da, zufällig fiel mein Blick genau auf ihren Kopf, der irgendwie nachdenklich aussah, vorne schmal, ein intelligentes Gesichtchen. Diese hier ist etwa gleich lang, aber dicker, ungefähr wie mein Unterarm, und etwas heller. Ich schreite zügig vorbei, nicht sehr rasch, denn wie üblich empfinde ich etwas wie Angstlust, eine ewige, immer wieder neue Neugier gegenüber diesen rätselhaften Wesen, die ganz anders aussehen, sich ganz anders fortbewegen und offensichtlich auch ganz anders denken als die Menschen.

Genug abgeschweift. Ich habe mein Fahrrad wiedergefunden, *retrouvé mon vélo*, und mich auf den Sattel geschwungen, oder nein, vorher habe ich zwischen totem Gehölz, das irgendwer hier angehäuft hat, etwas rot leuchten sehen, eine wilde Erdbeere, von derselben Farbe und Größe wie der Golfball und die gezüchtete Erdbeere unten im Tal. Und natürlich habe ich diese wilde gepflückt und in den Mund gesteckt, und was glaubt ihr, welche besser war, die hier oder die vom Garten? Nein, nicht die wilde, sondern die kultivierte, zivilisierte. Gar kein Vergleich. Es lebe das naturfreundliche Wirtschaften!

Unten im Tal, eigentlich ist es schon wieder eine Hochebene, habe ich im Seven Eleven haltgemacht und eine Dose Kaffee sowie ein *Schokokro* – Japaner lieben Abkürzungen – gekauft. Leider gab es kein Mini-Café, deshalb habe ich alles in den Rucksack gesteckt in der Hoffnung, unterwegs eine Sitzgelegenheit zu finden. Fand ich auch, wie so oft bei einem kleinen Shinto-Schrein, der da zusammen mit einem schmalen Hain zwischen den Feldern steht – ungewohnte *location*! Der Platz unter dem Torii war mit Unkraut bewachsen (aber für Dichter gibt es kein Unkraut, nur Kräuter und Gräser), also mit hohem Gras, als würden hier keine gläubigen oder hungrigen Menschlein empfangen, sondern Grillen und Heuschrecken, vielleicht Schlangen.

Ich bin trotzdem zwischen den Säulen durchgegangen, habe mich bekreuzigt – alte Gewohnheit – und Jause gehalten.

Nachher dann, auf dem Heimweg, habe ich überlegt, ob ich den Weg über den nächsten Golfplatz nehmen soll, wo ich im letzten Frühjahr einer Schlange begegnet bin, die ich damals sogar abgelichtet habe. Nein, sage ich mir, genug Golf für heute. Alles in allem gibt es in unserem Gemeindegebiet mindestens fünf weitläufige Anlagen, und manchmal erscheinen sie mir sogar als Augenweide (amön ja, nicht anmutig, schließlich geht es ums seelenlose Geld), aber jedenfalls hoffe ich, daß die Betreiber kräftig Steuern zahlen, damit sie etwas zur Entwicklung und Bewahrung dieser schönen Landschaft beitragen. Oder soll ich das lieber nicht hoffen, weil ich im Grunde genommen weiß, daß mit all dem Geld doch wieder nur der Zerstörung Vorschub geleistet wird?

Capriccio

Einer von tausend
Sonnenstrahlen bahnt sich den Weg
durchs Bambusdickicht
und spielt *a capriccio* auf
dem leuchtenden Moosklavier.

Kindervers

Spiegelplatsch und Ringelreih
spielt die alte Sonne
mit den jungen Wasserlinsen
und den frischen Setzelingen,
mit den flinken Wasserläufern
und den zähen Wolken:
Ringelreih und Spiegelplatsch
Gott und mir zur Wonne.

Hasen & Giftgas

War schon lange in meinem Kopf, die Idee, wieder einmal Okunoshima zu besuchen. Mit dem Fahrrad würde ich es nicht schaffen, ich nahm den Zug, erstmal durch die Bergtäler in Richtung Osten, dann unten an der Küste zurück in Richtung Westen, ein komplizierter Weg, gerade recht für Leute, die sich nicht nur fortbewegen, sondern auch etwas wahrnehmen wollen. Freilich macht mich die Strecke bis Mihara neuerdings ein wenig traurig, wegen all der Solarpanele, die dort ins Kraut schießen. Bis jetzt wechseln sich Solar- und Reisfelder noch ab, letztere sind jedoch auf dem Rückzug. Derzeit stehen sie unter Wasser, man sieht die ganz leicht ausschwingenden Linien der Pflänzchen, die regelmäßigen, zwar nicht *ganz* regelmäßigen, folglich lebendigen Muster, während die Panele den immergleichen Anblick bieten, *nichts* als regelmäßig, geradlinig, praktisch und langweilig in ihrem düster glänzenden Graubraun. Ökologie als Feindin jeglicher Ästhetik. Einige Talbuchten sind schon zur Gänze mit diesen Ungetümen ausgefüllt. Sollen wir die Designer auf den Plan rufen, oder machen die alles noch schlimmer? Es bräuchte einen Hundertwasser – was sage ich, hundert Hundertwasser, um die ökologischen Industrieobjekte zu verschönern.

Aber derlei Erregungen wollte ich heute vermeiden. Um 10 Uhr 15 stand ich in dem kleinen, holzverkleideten Hafengebäude und fragte nach Matsumoto-san. Ich hatte Glück, seine Unterrichtsstunde war genau in diesem Moment zu Ende, er erschien hinter dem Ladentisch und führte mich sogleich in sein neues Büro. Ryoma unterrichtet nebenbei Fremdsprachen an der Universität, derzeit online, das ist praktisch für ihn und viele andere Lehrer, und die erste Einheit des Tages endet genau zu diesem Zeitpunkt, 10 Uhr 15. Wie üblich unterhalten wir uns auf Französisch; Ryoma spricht außerdem Englisch und ein wenig Arabisch, nach dem Studium in Paris hat er in Dubai gearbeitet. Er ist ein Unternehmer im schönsten Sinn des Wortes, hat immer wieder neue Ideen und will sie sogleich umsetzen, was er dann meistens auch tut. Nach dem unerwartet frühen Tod seines Onkels, dem Besitzer des Hafens von Tadanoumi, übernahm er kurzerhand das Etablissement, obwohl er anfangs skeptisch war, denn der Ort war einfach zu verschlafen, das Gebäude schäbig, eine einzige Schiffslinie ging von hier ab. Nach der Übernahme zögerte er nicht, alles zu renovieren, erkundete Möglichkeiten, den Markt – sprich: den Okunoshima-Tourismus – neu zu beleben, und stellte binnen kurzem ein schmuckes Haus mit rosa Briefkastensäule hin, in dem nun jede Menge Souvenirs, die Verpackungen von ihm selbst designt, dankbare Abnehmer finden, vor allem jüngere Frauen und Familien mit Kleinkindern. Sein neues Büro hat Ryoma in der Mitte dieses netten Hafengebäudes; er sitzt da in einer fensterlosen, hochtechnologischen Höhle, von der aus er sein kleines Imperium dirigiert. In solchen Höhlen sieht man keine Schatten, man sieht die Wahrheit der Welt, und zwar heller als draußen. In seiner Freizeit fliegt Ryoma mit einem zweisitzigen Kleinflugzeug über das Meer und betrachtet die Inseln von oben.

Zum Glück verkehren trotz aller Erneuerung noch die alten dieselbetriebenen, stinkenden Boote, die von sonnengegerbten Haudegen übers holprige Wasser gelenkt werden (der Großteil des Verkehrs wird von Fähren bewältigt, die Passagiere und Fahrzeuge nach einem Halt in Okunoshima, wo keine Autos verkehren, zu der größeren Insel Omishima bringen, die wiederum ins Brückensystem der Setonaikai eingebunden ist). Außer mir nehmen nur drei Fahrgäste an der fünfzehnminütigen Überfahrt teil. Den beiden jungen Frauen, Ryomas Zielpublikum, werde ich auf der Insel dann mehrmals begegnen. Nicht verwunderlich, es sind fast keine Besucher da, nur Unmengen von Hasen, die sich um die wenigen Spender drängen. Ryoma hatte mir fünf Pakete mit Futter in die Hand gedrückt, die ich nicht ablehnen wollte, obwohl mir die Belagerung durch die Hasen genauso auf die Nerven geht wie die durch die Rehe und Hirsche von Miyajima.

Ich werde hier nicht den Touristenführer spielen, aber vielleicht sollte ich dem Leser erklären, daß Okunoshima als Haseninsel bekannt und beliebt ist. Es gibt hier so gut wie gar keine menschlichen Bewohner, nur das Personal des einzigen Hotels der Insel, dafür aber eine große Zahl von Hasen, mehr als tausend, habe ich gehört, aber das ist auch schon wieder ein paar Jahre her und die Karnickel vermehren sich rasch, das gehört zu ihrem Wesen. Ich schätze, daß an Wochenenden und in Ferienzeiten, wenn nicht gerade ein gefährliches Virus grassiert, Besucher und Hasen sich zahlenmäßig in etwa die Waage halten. Es sind faule Tiere, die sich von den Touristen durchfüttern lassen, wobei sie, weil sie nicht anders können, herzige Männchen machen. *Kawaiiiii* – das touristische Konzept nutzt die populäre japanische Kulturideologie des Lieben und Kleinen.

Über die Anfänge von Okunoshima als Haseninsel sind diverse Gerüchte in Umlauf. Am wahrscheinlichsten ist wohl die Geschichte, daß in den fünfziger Jahren ein Lehrer vom Festland, der zwei Tiere, Männchen und Weibchen, besaß, sie aber nicht länger halten wollte, mit einem Fischerboot zur damals gänzlich unbewohnten Insel brachte und sie hier aussetzte. Mit Giftgas hatten die Hasen in keinem Augenblick etwas zu tun, sie waren und sind keine Versuchskarnickel (solche Schauermärchen scheinen besonders bei ausländischen Besuchern beliebt zu sein). Als Adam und Eva, die beiden ersten, hier ankamen, war die Giftgasproduktion längst Geschichte, die Fabrik und das Lager dem langsamen Verfall preisgegeben. Es gibt ein kleines Museum auf der Insel, bei meinem letzten Besuch war es geschlossen, coronabedingt, wie es hieß; ein Museum, das diese Giftgasgeschichte dokumentiert, selbstverständlich aus kritischem Abstand, das Vergangene ist längst vergangen. In Okunoshima wurde von 1929 bis 1945 Giftgas hergestellt, es war ein geheimer, gut versteckter Ort, dem kriegsökonomischen Irrsinn des Militarismus dienstbar, der auch in Japan grassierte – im Grunde genommen war die sogenannte, durch Europa und Amerika inspirierte Modernisierung seit der Meiji-Zeit von Anfang an zugleich ein Prozeß der Militarisierung der Gesellschaft. Okunoshima war aber schon lange *vor* dieser Periode bewohnt und genutzt, und zwar von Fischerfamilien, die vor einer der beiden Buchten, genau dort, wo heute das Hotel steht, ihre Hütten hatten (im Museum habe ich Fotos aus dem 19. Jahrhundert gesehen). Die Militärs haben die Fischer rücksichtslos vertrieben, schließlich brauchten sie das Land für höhere Zwecke im Dienste der Nation und ihres Führers.

Meine friedlichen Futtersäckchen leerte ich bald nach meiner Ankunft aus. Anscheinend geben die meisten Besucher die Stückchen, die so ähnlich aussehen wie Hasenkot, einzeln oder in kleinen Mengen an jene Hasen, die ihnen aus irgendeinem Grund sympathisch sind oder die sie besonders *kawaii* finden. Ich war froh, das Zeug los zu sein, hinter mir kamen weitere zum Pulk gehoppelt und balgten sich mit den anderen. Ganz entkommen konnte man den Tierchen nicht, auch an der ziemlich verwahrlosten Küstenseite, die wenig von Besuchern frequentiert wird, tummelten sie sich auf den ehemaligen Tennisplätzen, die unmittelbar an den Bergwald grenzten. Ich begegnete einigen Straßen- oder Bauarbeitern sowie dem unvermeidlichen Security-Opa, der mich ins Offene winkte. Was sie hier zu errichten gedenken, blieb mir schleierhaft. Früher muß es mehr Freizeiteinrichtungen gegeben haben, in der Zeit der Bubble-Economy, als noble Thermalhotels am Meer und im Gebirge aus dem Boden sprossen; die Väter brauchten eine Beschäftigung, wenn die Mütter ihre Kinder beim Spiel mit den Hasen beaufsichtigten, also wurden sie zum Tennis abkommandiert. Diese Zeiten sind vorbei, aber welche sollen kommen? Ich fand keine Antwort auf die Frage, der ich nachhing, während ich in der Mittagshitze den Küstenwall entlangspazierte, den Blick übers Meer zum Horizont und den noch kleineren Inseln gerichtet, und die Arbeiter wußten wohl auch keine, sie waren froh, für irgendetwas bezahlt zu werden.

Ich war und bin mir nicht sicher, ob ich das Giftgaslager schon einmal betreten hatte. Es befindet sich auf der westlichen Küstenseite genau gegenüber der Fabrik, die nach Osten und mehr zum Festland ausgerichtet lag. Die hohen, massiven Betonbögen, über denen man das hellblaue Firmament sieht, verleihen dem Ort den erhabenen Eindruck einer Kathedrale. Das Dach wird irgendwann heruntergebrochen sein, das Fundament und die Wände des bunkerartigen Objekts bleiben. Vor kurzem habe ich einen Essay des Architekten Jean Nouvel über die Ruinengemälde von Hubert Robert, einem Maler des 18. Jahrhunderts, gelesen, die Nouvel nicht als Vergangenheitsspleen, sondern als Aufforderung an die Zeitgenossen, aus dem Schutt etwas revolutionär Neues entstehen zu lassen, interpretiert. Aber was soll aus den Ruinen des 20. Jahrhunderts, den Überresten technisch perfektionierter Zerstörung, aufsteigen, welcher Phönix bewohnt sie? Keiner, die Ruinen dämmern, falls man sie nicht weggeräumt hat, vor sich hin. Auch das Bauskelett in Hiroshima, das „Wahrzeichen“ der Stadt, bleibt wie es ist, unlängst wurde das Halbe Haus sogar renoviert, das Werk der Zerstörung perpetuiert. Nein, an solchen Orten soll nie wieder etwas entstehen.

Wie es aussieht, ist Walter Benjamin, der Geschichtsmelancholiker, mein Leitengel, und nicht der zukunftsfrohe Hubert Robert (beziehungsweise Jean Nouvel auf seinen Spuren). Zurück beim Hotel, hatte das Restaurant leider geschlossen, ich mußte mit dem Café vorliebnehmen. Vor gut zehn Jahren habe ich in diesem Haus einmal übernachtet, zusammen mit meiner damals vierjährigen Tochter. Das Gebäude macht von außen nicht viel her, es wirkt nüchtern und versteckt sich hinter der eindrucksvollen Palmenallee. Die Zimmer haben jedoch Tatami, alles im altjapanischen Stil; abends saß ich damals am Fenster und betrachtete die fortschreitende Dämmerung, die steigende Flut, das Verschwinden einer ganz kleinen Insel, eines Riffs. (Und meine Tochter? Ich glaube, sie saß vor dem Fernsehbildschirm. Zu Hause hatten wir kein TV, deshalb nützte sie jeden Hotelaufenthalt, um ihren Fernsehbedarf zu befriedigen. Oder schlief schon, erschöpft vom Herumtollen mit den Hasen.) An der meerwärts gelegenen Ecke des Hotels befindet sich das Onsen, oder eigentlich Sento, jedenfalls ein großes Bad, ein pentagonaler Raum, in dem man sitzen und durch die Fensterfront in eine andere Ferne schauen kann, wenn man den Dunst wegwischt – was Yoko immer wieder mit Vergnügen tat.

Im Café aß ich meine Schale Udon, lächelte den Kindern zu, die mit ihren Müttern auf die Haseninsel gekommen waren (zweifellos hatten sie im Hotel übernachtet), eine der Frauen hochschwanger, sie bildeten eine kleine, fröhliche Gesellschaft. *Kawaii*... Manchmal sage ich das auch, zu Kindern. Ich schrieb, was ich schreibe (oder abschreibe), in mein kleines Campusnotizheft, und als ich zu Ende war, dachte ich, es ist hier der ideale Ort, um einen Roman fertig zu schreiben. Richtig, vielleicht sollte ich das tun, eine oder zwei Wochen Kasernierung auf der Giftgasinsel, um endlich das Manuskript fertig zu kriegen, mit dem ich mich schon so lange herumschlage. Es werden ja nicht gleich drei oder vier Wochen werden. Oder sieben Jahre, wie in einem anderen, berühmteren Fall.

Neue Stiefel

Die Insel Etajima hat eine beträchtliche Ausdehnung (wenn ich nicht irre, ist es die größte Insel der Setonaikai), ist aber seltsam zerrissen, so als bestünde sie aus mehreren übereinandergeworfenen Halbinseln und Landzungen, die nach allen Richtungen ans Meer lecken.

Abgesehen davon, daß man beim Wandern oder Radfahren gern mal die Orientierung verliert, stellt sich die Frage der Anreise. Soll ich, aus dem Osten kommend, mit der Straßenbahn zum Hafen von Hiroshima fahren und dort eine Fähre nehmen? Oder nach Kure fahren, was mit öffentlichen Verkehrsmitteln umständlich ist, und dort einen Bus nehmen oder gar ein Taxi, um an die südwestliche Flanke der Insel zu gelangen? Von dieser Seite kann man auf Rädern, über Brücken, von Insel zu Insel nach Etajima reisen (die Schiffslinien dort wurden vor langer Zeit eingestellt).

Nun, es ist klar, ich begebe mich für mein Leben gern auf kleine, mitunter auch größere Schiffsreisen, und zum Glück geht von Ujina, dem Hafen von Hiroshima, ein Boot nach Koyo, von wo man zu Fuß zur Marineschule gehen kann. Auf der Fahrt lasse ich mich von den Wellen schaukeln und wiegen wie ein Gaucho auf dem Pferderücken in der flachen Pampa. Das sind so meine Illusionen und Freuden, meine freudigen Illusionen, die mich in die Welt Montaignes zurück- oder vorwärtsführen, zurück *und* vorwärts, wo man diesem Rock'n'Roll noch ein rechtes Loblied singen konnte.

Bisher war ich zweimal auf Etajima. Einmal mit meiner Tochter, als ich sie noch die meiste Zeit auf den Schultern trug – bestimmt hatte sie damals dasselbe Gefühl des rhythmischen, ungefährdeten Schaukelns; das zweite Mal, als sie schon etwas größer war, im Volksschulalter, bei einem Spielwochenende mit anderen Familien, einem Clown sowie einem Autor und Zeichner, der damals *Ringo kamoshirenai* vorstellte, ein wunderbares Kinderbuch über einen Apfel und was er alles sein könnte; ein Bilderbuch, das wir später ins Deutsche übersetzten, was uns viel Spaß machte, aber keinen „Erfolg" brachte, denn was von mir kommt, betrachten Buchverlage fast ausnahmslos mit Skepsis, sogar mit Verachtung (die englische Ausgabe* wurde ein großer Erfolg!).

Bei der ersten Reise hatten wir einfach das nächstbeste Schiff genommen, ohne bestimmtes Ziel und ohne Vorstellung von der Physiognomie der Insel. Es gibt dort mehrere Anlegestellen und kleine Häfen, und das nächste Boot brachte uns eben nach Koyo, und dort

---

* unter dem Titel *It might be an apple*

gingen wir an Land und dann einfach weiter, der Nase nach. Unsere Nasen führten uns bergan, die Küste entlang, wo himmelhohe Palmen und überhaupt eine kräftige Vegetation lockten, jetzt im Februar, auch die gelb blühenden Wiesen- und Wegrandblumen blühten zuhauf, früher als auf dem Festland, vielleicht Freesien (?), aber das ist jetzt nur Google-Wissen. Dort befand sich eine große Schule mit Spiel- und Sportplätzen, schon damals ganz still, aber nicht verfallen, nur ein bißchen verwittert, Wasserflecken an den Wänden und so. Bei meinem neuerlichen Rundgang vor wenigen Tagen, als ich vor allem die Dattelpalmen besuchen wollte, in deren Schutz Marie eine Zeitlang wohnte, hatte ich das bestimmte Gefühl, daß hier nie wieder Unterricht abgehalten werden wird, und so ähnlich ging es mir dann noch bei anderen Schulen der wie gesagt weitläufigen Insel. Auf der Fähre, die ich gegen Abend zur Rückreise nahm, sah ich zahlreiche Mittelschüler, die zweifellos in Ujina zur Schule gingen, irgendwo in der Nähe des Hafens von Hiroshima.

Das Jahr ist diesmal schon fast zur Hälfte fortgeschritten, deshalb wuchern die Gräser und Austriebe der Büsche und Bäume ziemlich lebhaft. Trotzdem bahne ich mir einen Weg den Steilhang hinunter, den man zuerst einmal erklimmen muß, um die berühmten Dattelpalmen in der Nähe der Schulhöfe begutachten zu können. Ich weiß nicht, ob sie wirklich Früchte tragen, diese kräftigen, gedrungenen Gebilde, deren Blätter nach unten wachsen und Wände bilden, eine Art Iglu in dieser milden Gegend. Kann man hier denn wohnen? Ist man nicht Insekten, Reptilien und anderen Tieren ausgesetzt? Vielleicht mit einer guten Matte, einem Schlafsack. Dazu ein wohlriechender *katorisenkou*, um die Mücken fernzuhalten. Ich glaube, außerhalb der Regenzeit wird es hier drinnen nicht naß.

Marie, das muß ich jetzt erklären, ist eine Frau, deren Geschichte ich in einem Roman, den mein treuer Verleger glücklicherweise drucken ließ, mehr erfunden als aufgeschrieben habe.* In der Wirklichkeit trägt sie, falls sie noch lebt, einen anderen Namen, und die Episode ihres Aufenthalts auf der Insel hat sie mir nicht stimmlich mittels iPod geschildert, sondern nur kurz erzählt in dem Café, in dem ich sie zweimal getroffen hatte – seitdem ist sie aus meinem Leben verschwunden. Eine unangepaßte Frau, ihr Vater war ein bekannter Arzt, sie selbst Krankenschwester, hielt diese Tätigkeit aber nicht lange aus, oder ihren Vater im selben Krankenhaus nicht, jedenfalls streunte sie eine Zeitlang durch die Gegend, und dabei hatte es sie auch hierher verschlagen. Die ruhige Zeit in Etajima scheint sie genossen zu haben. Als sie mir davon erzählte, dachte ich sofort, daß sie diesen ungewöhnlich großen, wilden und doch zivilisierten Palmenhain am Rand des Schulkomplexes meinte, wo ich einige Monate zuvor mit meiner Tochter gewesen war (ich glaube, den Namen der Insel hatte Marie gar nicht erwähnt). Jetzt bin ich mir nicht mehr so sicher; ich weiß nicht, ob ich es länger als zwei Tage in der freien Natur aushalten würde. Und die Schüler, die Lehrer, der Schulwart? Damals, zu „ihrer Zeit“, war die Schule doch noch in Betrieb? Hat

---

* Leopold Federmair: *Monden / Der Wellen Schatten*. Salzburg 2017

man sie geduldet, sich nicht weiter um sie gekümmert? Hat ihr ein Schüler heimlich Essen gebracht?

Noch weiter oben, auf einer Terrasse über den himmelwärtigen Palmkronen, steht ein Kriegerdenkmal, ebenfalls versunken in den Büschen und mannshohen Gräsern, aber nicht vollends vergessen, man gedenkt der Krieger immer noch, der Weg dorthin wird wohl ein paarmal im Jahr beschritten, gesäubert, Gras geschnitten, Büsche gestutzt. Rührend ist das, fast ein Wegerl, und am Ende keine Falle, sondern ein ganz kleiner, noch gar nicht so alter Schrein mit einem Jizo drin, dessen rote Haube an die Decke stößt. Schrein muß sein, wie in Yasukuni, nur daß hier keine Kriegsverbrecher erwähnt werden, deren man zu gedenken hätte. Glaube ich wenigstens. Denn von der Küste her wurde die Festung, die hier einmal gestanden haben muß (unter den Schlingpflanzen sieht man die Betonkante einer ehemaligen Rampe), von amerikanischen Schiffen beschossen und zerstört. Vermutlich ein kleiner Nebenschauplatz des gewaltigen Angriffs auf Kure, die Hafen- und Werftstadt am Festland gegenüber, die ich zwischen den Palmstämmen sehen kann. Kure wurde im Juni und Juli 1945 heftig bombardiert, die Stadt zerstört. Hätte man die Atombombe wirklich auf kriegswichtiges Gebiet und nicht auf die Zivilbevölkerung werfen wollen, man hätte Kure gewählt. (Unvermeidlicher Zynismus: Das wäre besser gewesen.) Aber offensichtlich wollten sie ein Exempel an den Menschen statuieren, nicht an kriegsindustriellen Einrichtungen.

In einer kleinen Lichtung zwischen den Bäumen steht eine Statue, die ich zunächst für Uncle Sam halte.

Nähert man sich, sind die asiatischen Gesichtszüge unverkennbar. Wer ist der Mann? Kein Schild gibt Aufklärung. Die japanische Entsprechung zu Uncle Sam? Ein Anpassungsversprechen? Wir Asiaten werden so wie ihr, und zwar im Handumdrehen. Zuerst Todfeind, jetzt unverbrüchliche Freundschaft. Die Amerikanisierung ist hier ziemlich rasch vonstattengegangen (in Westeuropa ja auch). Trotz der massiven Gegenbewegung, an der auch Yukio Mishima teilhatte, der letztlich aufgrund dieser Entwicklung in den frühen Tod ging. Das eigentliche Kriegerdenkmal ist sinnigerweise mit kleinen Bomben – wohl nur Attrappen – eingefriedet und verziert. Und wenn man auf der Straße noch weiter bergauf geht, stößt man bald auf Sperrgebiet, das der U. S. Army gehört. Irgendwo im Gebüsch versteckt sich ein letzter leibhaftiger Uncle Sam.

Ich habe dann die in der Mittagshitze mühsame, weil geradlinige, steile und schattenlose Autostraße genommen, die auf die andere Seite der an dieser Stelle recht schmalen Insel führt, hin zur japanischen Militärzone mit der alten Marineschule in ihrer Mitte. Der eigentliche Grund meiner jetzigen, dritten Reise nach Etajima sind ja, wie der aufmerksame Leser weiß, die Schuhe, also jene Militärstiefeletten, die ich ganz woanders, in den Bergen im Osten von Hiroshima, hatte zurücklassen müssen; beziehungsweise das Vorhaben, mir neue zu kaufen, damit ich mich künftig wieder auf anstrengendere Fußmärsche werde begeben können. *These boots are made for walking*, dachte ich, *they are just waiting for you!*

Denkste. Man hatte mich schon im Hafen von Hiroshima darauf hingewiesen, das Gelände sei coronabedingt für Besucher nicht zugänglich. Es gibt dort ein – natürlich nationalkonservatives – Marinemuseum und ein sehr schönes, altrosa gestrichenes, dezent klassizistisches, das heißt europäisierend-klassizistisches Vorkriegsgebäude, das den angehenden Berufssoldaten als Schule dient (oder diente, inzwischen sind neue, recht gewöhnliche Gebäude hinzugekommen). Dieses Gelände hatte ich bei meinen ersten Besuchen als Oase des Friedens erlebt, als Erholungsgebiet für Leute, die in der hysterischen Epoche des entfesselten Konsumkapitalismus nach Ruhe suchen. Sogar die Speisestätte – Udon, Curry, Omu-Rice: bescheidene Alltagsküche – und das Warenhaus fügten sich in diese Oase. Kein Mensch wollte sich hier bereichern. Niemand hatte es eilig, obwohl die Kadetten zweifellos genauso gedrillt wurden wie überall auf der Welt, wo es noch militärische Einrichtungen gibt. Ein unbürgerliches, soldatisches Leben, am besten ohne Waffen und Krieg!

Aber diesmal wird mir der Zutritt verwehrt. Gekreuzte Unterarme! Nicht einmal das Museum ist geöffnet. Dabei kann ich mir keinen Ort vorstellen, wo für das Virus schlechtere Bedingungen herrschen als hier auf dieser in Fetzen auseinanderdriftenden, wenig besuchten Insel, über die vom Meer her die Winde wehen.

„Gut“, sage ich. Nach dem Warum traue ich mich erst gar nicht zu fragen. Respekt vor Uncle Sam!

Egal, sagte ich zu mir selbst. Aber die *boots for walking*? Wenigstens, versuchte ich mir einzureden, ist der Rucksack dadurch nicht beschwert. Das Areal zeigte sich ummauert wie das Kloster meiner Schulzeit (tatsächlich erinnert mich das alte Gemäuer, kein Beton, an die Stiftsrunden, die wir Schüler laufen mußten und die ich im Unterschied zu manch anderem gern lief), und so ging ich einfach außen herum, in nördlicher Richtung, weil ich diese Schleife zum nächsten Hafen schaffen würde – in die andere Richtung war ich mir nicht so sicher, außerdem gab es da unten ja keine Anlegestelle mehr, ich hätte zur Rückfahrt einen Bus nehmen und über die Brücken fahren müssen. Alte, sonnengebräunte Leute hockten am Straßenrand, Männer und Frauen, die die wenig befahrene Straße säuberten, Hecken und Bäume beschnitten, Gras mähten; jetzt war Mittagspause, die meisten hatten kein Bento dabei, nur eine Thermosflasche. Ein Tempel war hier in der Nähe, gegenüber der Mauer, eine schön proportionierte, gar nicht so kleine Anlage mit blühenden Teichpflanzen, wo sich zwischen der Haupthalle und dem Wohngebäude der Bonzenfamilie ein weißer Elefant versteckte. Richtig, dann und wann ein weißer Elefant, über die Monate und Jahre hinweg, eine andere Art von Langzeit-Ringelspiel.

Die Straße ging dann ein gutes Stück recht steil den Berghang hinauf, hier konnte ich endlich das militärische Areal einsehen, die Hallen und Übungsplätze und die kleine Werft, wohl nur für Reparaturen und Renovierungen, und hörte sogleich eine Stimme, die fast senkrecht heraufstieg und rhythmisch zählte, neununddreißig, vierzig, und wieder einen Augenblick später sah ich auch die auf dem Boden hingestreckten Körper der Soldaten in dunkelblauen Trainingsanzügen, die dem Befehl der Stimme folgten und die Liegestützen ausführten, bis sechzig zählte sie (hätte ich das früher geschafft?), jetzt hinter meinem Rücken, die Stimme, vielleicht war es nur ein Echo. Wo ich das Meer erblickte, gaben die Streitkräfte das Land wieder frei, ich passierte den hinteren Eingang, nicht ohne zu überlegen, ob ich mich hier vielleicht hineinschwindeln könnte. Erschießen werden sie mich nicht, sind ja nur zur Selbstverteidigung da, und ich fühlte mich als Teil dieses großen, nebulösen, verteidigenswerten Selbst. Zumindest in diesem Augenblick. Sagte mir aber: Laß die Leute in Ruhe, sie tun nur, was sie müssen!

Und ging weiter hinein in diese recht fahrige und zerrissene, von Gott und der Welt vernachlässigte Gegend an der Küste, vor der unzählige Austernbänke lagerten, am Fuß des langgezogenen Inselbergs (der nur einer von vielen Bergen war). Da stand wieder einmal so ein Schulgebäude, auch dieses still, keine Kinderstimmen, statt dessen ein Plakat mit Hinweis auf den *Japanese Club*, der wohl im Schulgebäude zusammentraf. Gemeint war mit dieser Bezeichnung ein Ort, wo bereitwillige Einheimische und bedürftige Ausländer zusammentrafen und letztere erstere in den Anfangsgründen der japanischen Sprache unterwiesen oder Konversation trieben. Vor langer Zeit hatte ich, in einer ganz anderen Gegend, selbst so einen Klub frequentiert, als bedürftiger Ausländer, und obwohl mir dort nicht viel geholfen wurde – Lehren will gelernt sein –, denke ich mit Dankbarkeit daran zurück. Neben der japanischen Flagge sind hier am Schuleingang noch die chinesische, die philippinische und die vietnamesische abgebildet. Die Bilder verweisen auf die Herkunftsländer der Gastarbeiter, die in der Austernverarbeitung tätig sind – ein Job, den kaum ein Japaner machen will. Jetzt rieche ich auch schon den fauligen Geruch, gewahre die Berge von Muschelschalen und die kleinen Fabriken, die von einer Schmuddeligkeit sind, wie man sie nur an den Rändern unseres ach so sauberen Landes findet.

Die Straße löst sich von der Küste, eine kleine Ebene voller Obstbäume tut sich auf – es gibt hier sogar Oliven –, und dann zögere ich an einer Kreuzung mit widersprüchlicher Beschilderung, so daß ich es eine Zeitlang in die eine, dann wieder in die andere Richtung versuche. Drei Männer im Dunkelblau der Selbstverteidigungsstreitkräfte kommen mir entgegen, keine Berufssoldaten, dazu sind sie zu unsportlich, verschmiert, proletarisch, sondern Blaumänner, Werftarbeiter oder Mechaniker. Ein fröhliches Kleeblatt auf dem Weg zu einem der (wenigen) „Snacks" oder Puffs, die im Umkreis der militärischen Zone dahinvegetieren? Ich frage die drei nach dem Weg und sie weisen mich nach Kirikushi, das sei am nächsten, oder doch Koyo? Einer von ihnen will mich ganz genau informieren, er zückt schon sein Smartphone, ich winke ab, und der Anführer, der Älteste: „Ist schon okay so, oder?", und ich: *Daidschoubüdayou* (hier versuche ich's mal mit deutscher Transkription).

Vielleicht hätte ich dem Handybesitzer doch noch mehr Fragen stellen sollen, denn bald erweist sich, daß die Straße, die echte Nr. 297, ziemlich forsch den Berg hinauf und fast bis zum Gipfel führt. Ob ich das schaffe?

Ein einziger einsamer Radfahrer braust an mir vorbei. Es ist Dienstag, kein Tag fürs Hobby (aber all die rüstigen Senioren?), außerdem Coronazeit, die Infektionskurve gerade ein wenig gestiegen, aber vielleicht ist Etajima einfach auch nicht so beliebt, nicht spektakulär genug, zu schmuddelig und proletarisch im Vergleich zum spirituellen Miyajima und der berühmten Fahrradstrecke auf der *Shimanami kaidou*, von Insel zu Insel über schwindelerregende Brücken, wo Sie, meine Damen und Herren, atemberaubend fotogene Ausblicke und Sonnenuntergängen genießen können! Aber Etajima, nein. Für Ausländer zu normal, für Japaner nicht normal genug. Also genau richtig für mich. Wieder einmal kämpfen zwei Seelen in meiner Brust, für und gegen Tourismus, für die Erhaltung der Landschaften, gegen die Kommerzialisierung, nachdem die Regierung und all die anderen Behörden, ein paar Jahre ist's her, den Fremdenverkehr als riesige Einnahmequelle und Sozialproduktsteigerungsfaktor entdeckt haben und diese rasante Entwicklung, sprich: Überhäufung mit Besuchermassen, die sie in der Olympiade gipfeln zu lassen gedachten, woraus nun leider nichts wird (so daß ich in Ruhe diese Regionalreisen und die zugehörigen Aufzeichnungen tätigen kann), eingesetzt hat. Nein, nichts gegen Tourismus. Kommt her und leiht euch Fahrräder aus, damit macht ihr nichts kaputt, im Gegenteil! Jetzt und in Zukunft, amen.

Also eine ziemlich einsame Überquerung des Inselbergs, die mir Gelegenheit bot, mich in das unendlich changierende Grün – selten durchbrochen von grauen Felsen – zu versenken wie ins Wellenspiel, wenn ich an der Reling der Fähre stehe und mir denke, vielleicht sollte ich wirklich mal den Sprung da hinunter wagen, das Wasser ist nicht kalt und ich wäre endlich im blauen Unendlichen geborgen, so wie vorhin, oder jetzt eben, im Bergwaldgrün. Aber dann ist da wieder mal eine Nebenstraße weggebrochen, in die Tiefe gerauscht, und zwar so unerwartet plötzlich, so mir nichts dir nichts, wie ich es anderswo nicht gesehen habe. Die ist weg, für alle Zeiten, und wird auch nicht neu gebaut werden. Eine Verlockung weniger: gut für mich, der ich ohnehin immer zu sehr nach Abwegen suche – wer weiß, an welches Ende sie mich noch einmal führen werden.

Dann bin ich über den Kamm drüber, von „Paß" kann man eigentlich nicht sprechen, und habe wieder ein Meer vor mir, zu meinen Füßen, und den Festlandsaum gegenüber, mit zwei großen Städten, Kure und Hiroshima. Sogar das Feld der Sonnenpanele paßt mir jetzt ins Bild, es ist die Entsprechung zu den Austernbänken weiter unten, eine Korrespondenz – Baudelairesche *correspondance* – gleichsam Tafel für Tafel, begleitet vom blinkenden Sonnenglast, mal hier oben, mal dort unten. Bin dann mit letzten Kräften die Küstenstraße entlang in Richtung Hafen marschiert. Nicht ohne mich an dem Stand bedient zu haben, auf dem einer der hiesigen Bauern seine Produkte feilbietet: Kartoffeln Zucchini Daikon… Hundert Yen pro Stück oder Packung, in ein Bambusröhrchen zu werfen, durch das die Münze zum Opferstock gleitet. Eine Coca Cola vom Kleinen Bruder, der verstaubt, aber unverwüstlich am Strand vor sich hinfunkelt. Langbeinige Vögel (keine

Reiher) stehen starr im Seetang, sehen mich, kümmern sich nicht um mich. Da fallen mir die Stiefeletten ein, die ich nicht an den Füßen trage, und die Sportschuhe fallen mir ein, die ich nicht in den Rucksack gesteckt habe. Werde ich ohne neues Schuhwerk weiterkommen, wenigstens noch ein Stück meines umtriebigen Lebenswegs?

Dann der Hafen, die festgetäuten Boote, ein Mann in Gummistiefeln, oranger Plastikjacke und oranger Stoppelfrisur auf einem Anhänger, einen Schlauch im Anschlag, mit dem er einen Berg frisch geernteter Austern abspritzt, die vorher auf einem kleinen Fließband zu ihm heraufgeruckelt waren. Kein Geschäft in Kirikushi, nicht einmal ein Konbini (laut Karte muß es doch eines geben, daneben einen Fahrradverleih). Das Inselland ist unendlich fruchtbar, Gemüsebeete und Behausungen halten sich flächenmäßig die Waage, die Leute, meist im hohen Alter, versorgen sich selbst, tauschen Güter aus, geben Gaben und Gegengaben. Wozu also Konbinis? Die Erde selbst ist konvenient. *The Old Englishman*: ein Antiquitätenladen, geschlossen.

Die Jugend befindet sich noch drüben am anderen Ufer, in Hiroshima. Wenn die Fähre dort anlegt, werde ich ihnen begegnen. Vertraute Schuluniformen. Vier Mädchen, die wie Standbilder im Sand stehen und sich die Füße umspülen lassen. Zwei einladende – nicht warnende – Leuchttürme, ihr Rot und ihr Weiß von der Sonne erleuchtet. Eine junge Frau, die sich ein Tüchlein an die rechte Wange hält, während sie den Landesteg hinauftänzelt. Die Sonne steht schon tief, die Strahlen treffen von der Seite ein. Mein Blick darf mit ihr sein – mit der Sonne, mit der Frau – und die Liebkosung vollenden. Das ist meine Teilhabe, in der späten Gegenwart, so sei es.

Umkehr

Ein alt gewordenes Blumenkind
grüßt im Anblick der fliederblauen,
reinweißen, mittelroten Formen
die jung gewordene Blumenoma.

Blühe, sagte die Alte mit der Stirn
am Himmel, blühe, sagt sie, an nackten
Sohlen geerdet, blühe mir zu und
rank dich Luftsäulen empor.

Danke, denk ich, denn das Bild
verwischt, das Blau spielt ins Rot und
am sprachlosen Schluß ist das Weiß
nur ein weiteres Traumgesicht.

Warum ist die erste Atombombe der Menschheit nicht über Kure explodiert?

Kure. Warum nicht. Ich kannte die Stadt natürlich, hatte mich ihr aber nie von hinten genähert, immer nur von der Seite. Und einmal von vorne, bei der Rückkehr aus Matsuyama auf der Hauptinsel Shikoku, mit dem

Schiff. Der Königsweg, um eine Stadt am Meer kennenzulernen, sagt man. Aber nicht jede dieser Städte trägt ein so offenes Gesicht wie Venedig, viele verschließen sich, sie erwarten keine wohlwollenden Besucher, sondern Gefahren, Taifune, Springfluten, Feuchtigkeit, feindliche Schiffe.

So war es auch, als ich Catania kennenlernte, die Stadt in Sizilien, am Fuß des Ätna hingestreckt. Die Flanke des Vulkans steigt langsam und stetig an – und umgekehrt, man geht den Weg hinunter, dem Meer zu, das man von weiter oben sehr schön sehen kann, aber weiter unten sind dann Gebäude davor, nur noch Himmel darüber. Als ich das erste Mal nach Catania kam, suchte ich nach dem Meer, aber je weiter ich in die Richtung marschierte, in der es liegen mußte, desto häßlicher und bedrohlicher wurde die Gegend. Mit weichen Knien kehrte ich um, nachdem mir ein dicker Mann auf einem stotternden Mofa entgegengekommen war, böse Grimassen schneidend, einhändig fahrend, mit der anderen Hand Schläge gegen mich austeilend, die mich nicht erreichten und dennoch trafen. Nein, die Gegenden zum Meer hin sind nicht immer herzerfrischend. Viele Städte wenden sich vom Meer ab und ziehen Schutzvorrichtungen gegen die erwähnten Gefahren hoch. Nur Urlauber aus Binnenländern denken immer, am Meer müsse es am schönsten sein. Sie kennen das Meer, seine Launen und seine Gewalt nicht. Marseille ist eine Ausnahme, gewiß. Auch Barcelona… Es gibt viele Ausnahmen, offene Städte – schon siehst du dich die Canebière hinunterschlendern, bis sie in den Alten Hafen mündet, am Kai setzt du dich auf die

Terrasse eines Cafés, wartest auf die Meerjungfrau, von der du bei Yoko Tawada gelesen hast…

Auch in Kure geht es gemächlich bergab, aber erst gegen Ende der Reise, wenn man aus dem Hinterland gekommen ist, über die Berge und Steilstraßen. Dieses Hinterland ist äußerst zerklüftet, zugleich dicht bewaldet; bei Unwettern lösen sich da und dort Hänge, und den Kurose-Fluß herunter kommen Felsbrocken gedonnert. Derzeit wird alles reguliert, bereinigt, Bagger stehen im Flußbett, man sieht frisch errichtete, hell leuchtende Schutzwälle. Es ist ein ewiger Kampf mit der Natur. Ein Zusammenleben, aber immer auch ein Kampf. Wenn man sich nun der Stadt nähert, ihren Ausläufern, die sich in kleinere Buchten erstrecken und sich die Hänge hinaufschieben, beginnt diese leichte, fast möchte ich sagen: liebliche Neigung, die uns dem hier schon ahnbaren Meer entgegenführt. Oder ist es gar nicht das Meer, allenfalls ein schmaler Streifen, dahinter schlummert der Inselrücken wie ein träges Riesentier? Die Insel Etajima, genau. Schräg gegenüber von Kure liegt Koyo, eine Fähre verbindet die beiden Orte. *Conca d'oro* oder *concha de plata*, Gold oder Silber oder Betongrau, das Land weitet sich zur Muschel, bevor es dem Wasser begegnet.

Diese Eigenschaften blieben mir bei meinen ersten Besuchen in der Stadt Kure verborgen. Erstens, weil ich von der Seite kam, mit der Eisenbahn der Küstenlinie folgend, und zweitens, weil ich mir einbildete, mich sogleich dem Meer nähern zu müssen, vom Bahnhof hinunter zum Hafen. Doch dieser Raum war dem Blick verhüllt, ein überdachter Hochweg übergeht gleichsam die Mietshäuser und Büros und Museen, läßt sich von den Zweigen der Bäume eines kleinen Shinto-Parks streicheln, durchschießt endlich ein großes Kaufhaus, ehe er das Terminal und die Piers erreicht, von denen die Schiffe nach Shikoku und zu den kleineren Inseln ablegen. In der Bucht links liegen immer einige dieser mausgrauen Kriegsschiffe, dahinter recken sich die Kräne der Werften, etwas weniger auf der rechten Seite der Bucht. Die ganze Industriegegend ist unzugänglich, so landet man nolens volens in einem der städtischen Museen.

Kure wurde im Juli 1945 bombardiert und weitgehend zerstört, wenige Tage vor dem ominösen 6. August, als das Zentrum von Hiroshima ausgelöscht wurde (wo es keine Werften und auch sonst keine Industrie gab, nur bescheidene Hütten, Schulen, Tempel, Schreine, Geschäfte, das Gebäude der regionalen Handelsvereinigung, die historische, vielstöckige Burg, in der keine Machthaber mehr hausten, allenfalls ein paar alte Schwerter waren dort ausgestellt). Die Stadt Kure ist heute musealisiert, nachdem die japanische Kriegsindustrie ihre Blütezeit längst überschritten hat.

Eines dieser Museen ist ein U-Boot, das vor dem Supermarkt Youme-Town auf Stelzen über dem Asphalt schwebt. Ich habe es zweimal mit meiner Tochter besucht, als ich sie klein war, weil die tausenden Schalter und glanzpolierten Hähne und Hebel und Leitern und Zielscheiben und was es sonst noch alles zu sehen gibt in dieser engen länglichen Höhle für kindliche Gemüter, zu denen ich mich zähle, anziehend und unterhaltsam ist. Daß ein solches Ding, Submarine 6 genannt, ein paar Kilometer von hier entfernt mitsamt seiner Besatzung gesunken ist, erfährt man im Yamato-Museum, das seine historischen Erläuterungen rund um das seinerzeit größte, natürlich in Kure erbaute, Kriegsschiff der Welt, das hier in verkleinertem Maßstab reproduziert wurde – eins zu zehn, das Modell etwa zwanzig Meter lang –, aufbaut und ausstellt, untermalt von fröhlicher Marschmusik. Auch Flugzeugträger wurden in der Stadt produziert und ein Flugzeug steht tatsächlich im Museum, eine der berühmten Zero-Maschinen, die auch für Kamikaze-Angriffe verwendet wurden. In dem Abschnitt, wo von diesem Thema die Rede ist – etwa hundert junge Piloten begingen damals zwangsweise oder dienstfertig Selbstmord –, denke ich nur eines: Arschlöcher. Und als ich an den Bildern vom Atomangriff vorbeikomme, an dem riesigen wallenden Pilz, gesehen von Kure aus, Entfernung etwa dreißig Kilometer, wieder nur ein Wort: Arschlöcher. Arschlöcher hier wie dort. Unsere Vorfahren und zuletzt wir selbst.

Ich denke an *Eien no Zero*, „Flug in die Ewigkeit" (so ungefähr), den Film, den ich vor acht Jahren gesehen habe, und auch an *Kaze tachinu*, „Wenn der Wind sich hebt" (Zitat von Paul Valery, *quand le vent se lève*), den letzten Film von Hayao Miyazaki, erinnere ich mich jetzt. In *Eien no Zero* steht ein Flieger, einer der besten, wie es heißt, im Mittelpunkt: kein stählerner Held, sondern ein Familienvater, der lieber nach Hause möchte, aber nicht heimkehren darf, weil er für den Tenno und sein Volk in den Tod fliegen muß. Miyazaki wiederum hat den Mann porträtiert, der die Zero-

Maschine entwickelte – wobei die letzten Bilder des Films die Zerstörung dessen zeigen, was Jiro, der hochbegabte kreative Ingenieur, ein sanfter, verständnisvoller Mensch, mit so viel Engagement ausgedacht, entworfen und verwirklicht hatte. Traurige Geschichten, mißbrauchte Intelligenzen und jede Menge Arschlöcher, Bürokraten Jasager Mitläufer, dazu die gesichtslosen Opfer – das ist die Geschichte des 20. Jahrhunderts. Nicht nur, aber auch in Japan ist sie so gelaufen, und viele kommen hierher, nach Kure, nationalstolze Touristen, um der eingebildeten einstigen Herrlichkeit und den unglücklich verlorenen Chancen nachzutrauern. So ist es, davon lebt heute die Stadt.

Sie lebt recht und schlecht, bemüht, das alte Niveau zu halten, aber man merkt den Verfall, durchs Busfenster nehme ich die aufgegebenen, zerbrechenden, müllgefüllten Nachkriegshäuser in adretter Umgebung wahr. Unübersehbar ist auch hier die Schrumpfung am Werk. Von den zwei Uferpromenaden der links und rechts vom Hafen mündenden Flüsse ist die eine aufwändig-auffällig gepflegt, die andere aber vernachlässigt, Holz und Stein verwittern, Eisen verrostet. Genug Geschichte, dachte ich und machte mich auf den Weg landeinwärts, Bergketten vor Augen, und entdeckte, daß die wahre, die eigentliche Stadt erst hier beginnt, mit diesem sanften Anstieg, hoch das Herz, mit diesem leichten Aufflug entlang der beiden Flüsse, der Leitlinien am linken und am rechten Rand der Innenstadt, wobei die linke, also westliche Promenade von Schilf und Gras wuchert, aber immer noch waren da Sitzbänke, Kinderspielplätze, Turngeräte, die selten, aber doch noch gebraucht wurden. Erreichte dann, nachdem ich in östlicher Richtung abgebogen war, den *shoutengai*, die überdachte Geschäftsstraße mit den obliquen und obligaten Seitensträßchen, von deren Existenz ich (ehrlich gesagt) schon wußte, weil ich dort in der Nähe, in einem prächtigen Kulturzentrum (von wegen Niedergang!), einmal ein No-Theaterstück gesehen hatte (bis auf den letzten Platz ausverkauft!), kam dort zunächst an einer aufgelassenen Schule vorbei, einem großen Komplex mit weitem Vorplatz, der einst zu Sport und Spiel gedient hatte, seine Seiten und Winkel wie auch die Innenhöfe von mächtigen Bäumen und zierlichen, aber verwildernden Büschen bestanden, eine Platane darunter, ein hierzulande seltener Baum, sowie ein riesiger Nadelbaum, dessen Namen ich nicht entziffern konnte (einige Bäume trugen pädagogische Namensschilder um den Stamm). Durch die Fenster erblickte ich wehmütig die Schultafeln; auf einer stand sogar noch etwas mit Kreide geschrieben, man hatte es zu löschen vergessen. Als Andenken nahm ich eine Platanenkugel mit nach Hause und einen großen, kompakten hellgrünen Zapfen, den ich, weil das Harz klebrig war, in das Plastikhorn steckte, das ein Eisesser achtlos weggeworfen hatte.

Der zweite, schmälere Fluß, eher ein Bach, jedenfalls in dieser regenarmen Zeit, die Verbauung läßt Hochwassertage ahnen – dieses zweite Flüßchen wird von recht breiten Wegen flankiert, mal links, mal rechts, oft beidseitig, eine Promenade, die diesen Namen wirklich verdient: Ort zum Lustwandeln oder auch, um sich niederzulassen, auszuruhen oder zu schlafen (ein Alter ausgestreckt auf einer Bank). Auf der anderen

Seite des Flüßchens begann schon das alte Viertel, das ganz und gar den Flair der Showa-Zeit atmet, wobei in diesem Fall das Wort „Nachkriegszeit“ angemessener scheint, es handelt sich um die Jahrzehnte bis 1989, als der Tenno Hirohito starb. Jetzt war ich ehrlich hungrig und betrat aufs Geratewohl ein Restaurant, ein ziemlich altgedientes, statt einer Klimaanlage bliesen große und kleine Ventilatoren in den Raum. Ich hielt es zuerst für ein chinesisches, wegen der protzigen Bodhisattva-Figur und vielerlei Krimskrams, vor allem aber wegen des nonchalanten Verhaltens seiner Belegschaft (Gäste waren außer mir keine im Lokal), wegen der geringen Höflichkeit, fast Gleichgültigkeit, mit der ich behandelt wurde, und schließlich wegen der Art, wie die Leute gekleidet waren: grelldunkel, würde ich sagen.

Es war aber ein japanisches Familienrestaurant. Der Mann nahm meine Bestellung auf, hinter der Theke saß eine dicke runde Frau, noch keine dreißig, vor ihr auf der Theke ein Junge im Kindergartenalter, mit einem Smartphone spielend, eine Plastikbrille mit außerordentlich dicken Gläsern mit weißer Plastikfassung auf der Nase, die Bügel hinten durch eine rote Schnur verbunden, damit ihm das Konstrukt nicht zu Boden fiel. Die junge Mutter war mit irgendwelchen Kleiderstoffen beschäftigt, und später fütterte sie ihrem Jungen dünne Nudeln, wobei er mehrmals nach Reis verlangte (den er auch bekam). Noch später tauchte hinter der Theke ein kleines Mädchen auf, fast noch ein Baby; beim Bezahlen an der Kassa sah ich, daß es in einer Wiege geschlafen hatte. Auch die Bewohner und die Arbeitenden waren in diesem Stadtteil Angehörige der Showa-Zeit, nicht nur die alten, sondern auch die jungen, sogar die Kleinkinder, sie hatten dieselben Gesten, dieselben Körperhaltungen, dieselbe Sprechweise von einst-und-immer-noch und schienen zufrieden damit.

Zum Abschluß deines Ausflugs in die andere Zeit gehst du noch in ein Café, sagte ich mir; du gehst in das an der Ecke, wo man über Flüßchen und Promenade hinweg zum Kulturpalast sieht. Am Eingang waren die Tafeln mit den Speisen und Getränken verwittert, die Kreideschrift zitterig, die äußere Verkleidung des Hauses fadenscheinig, aber drinnen – fast sollte ich sagen: das Gegenteil, aber auch wieder nicht, denn diese halbdunkle Höhle mit dunkler Holztäfelung paßte zum Showa-Stil, es war eine Variante davon. Eine Variante, die ich aus Tokyo kannte (dort oft in Untergeschoßen), diese wie englische Pubs aussehenden Kaffeehäuser, wo man in Glaskugeln unter hellblauen Flämmchen Kaffee siedet, der dann in dünnwandige, jeweils verschiedene, „individuell" verzierte Tassen gegossen wird. Die beiden Betreiber, der Chef hinter der Theke, vor der einige Barhocker standen, und sein Angestellter oder Freund (oder beides) als Kellner, waren noch nicht alt, der Jüngere der beiden zeigte erlesene Manieren, fast so, als wollte er die Showa-Leute am anderen Ende des Shoutengai-Seitengäßchens beschämen (aber die ließen sich nicht beschämen, das gehörte zu ihrer Natur), der Ältere in seinem Thekenuniversum wie in einem Cockpit, einer Höhle im Innern der Höhle, zeigte das Selbstbewußtsein eines erfahrenen Barkeepers. Die Speisekarte durchblätternd, schwankte ich zwischen einer komplizierten Pudding-Eis-Waffel-Komposition, die das Yamato-Kriegsschiff (mitsamt Nationalflagge) darstellte, und einem schlichten Omu-Rice; ich entschied mich für die ernährungsmäßig vernünftigere, wenn auch kaum symbolträchtige Alternative.

Eine Frau sprach mich an. Sie hatte gewartet, bis ich fertiggegessen hatte, legte dann aber gleich los, vermutlich eine Stammgästin, so selbstverständlich saß sie in ihrer Ecke. Diese Frau war nun wirklich alt, mit schönem, vollem Haar, das sie hochgesteckt trug, und ebenso schönen, klaren Furchen im Gesicht: vor dem Krieg geboren, Bombardierungen überlebt und längst vergessen... Sie gab vor, mich zu kennen, mir schon einmal begegnet zu sein.

Ach, wirklich?

„Waren Sie nicht" – sie nannte das genaue Datum – „letztes Jahr am soundsovielten Januar, als solche Veranstaltungen noch erlaubt waren, bei der Theateraufführung? Und sind Sie nicht selbst eine Art Schauspieler, oder denken sich Schauspiele aus?"

Richtig, es war dieses No-Stück, das so endlos gedauert hatte, bis ich mich in die fast leere Bühne gewissermaßen eingewöhnt hatte und am Ende sogar traurig war, daß ich die Phantasiewelt wieder verlassen mußte. In der Pause hatte mich meine Nachbarin angesprochen, eine Oma, die mit ihrer Enkelin gekommen war (der einzige jüngere Mensch im ganzen Publikum), die sie nun, in der Pause zwischen dem Vorspiel und dem Hauptstück, veranlaßte (oder zwang), ein paar Worte auf Englisch mit mir zu wechseln. Die Enkelin sprach tatsächlich ungewöhnlich gut und übte eine stille Anziehungskraft aus, obwohl sie kaum siebzehn gewesen sein dürfte (keine Schönheit, das Gesicht hatte ich längst vergessen), und ich fühlte mich geschmeichelt und bemüßigt, ihr zu zeigen, daß ich etwas von den Künsten verstand und sogar selbst ein wenig dazu beitrug, wenngleich in deutscher Sprache, für heimisches, das heißt fremdes Publikum.

Meine Sitznachbarin war offensichtlich mit der Café-Stammgästin befreundet, oder es kannten sich hier einfach alle, und die Enkelin hatte übersetzt und ihre Großmutter hatte sich beeilt, die Informationen weiterzugeben.

Mir fiel nichts Besseres ein, als einen pseudophilosophischen Kommentar abzusondern: „Spielen wir nicht alle unser Leben?"

„Richtig", antwortete sie, „und jetzt haben wir unseren großen Auftritt als Duo."

Ich fürchtete schon, ich würde sie nach einer solchen Aussage nicht mehr los werden, aber das Gegenteil war der Fall. Sie vertiefte sich wieder in ihre Zeitschrift, bestellte später ein Sandwich, ein *hotto sando*, und ich befand mich plötzlich in einem Ruheraum, einer Höhle in der Höhle in der Höhle mit dunkel-durchscheinenden Wänden, wo es mir möglich war, die eine Handtellergeschichte Yasunari Kawabatas zu lesen, die mir seit so vielen Jahren verschlossen war. Ich kam also mit dem längst verstorbenen Autor ins Gespräch, die alte Frau wirkte gleichsam als Kupplerin:

„Warum müssen wir schlafen, wenn wir uns doch so sehr lieben?"

„Aber es gibt nichts Selbstverliebteres als zu schlafen."

„Nun, dann werde ich den Rat der Alten befolgen und dich mit dem geflochtenen Band meiner Haare an mich fesseln.“

Schließlich konnten wir sogar einschlafen, indem wir vergaßen, daß der andere an unserer Seite lag.

. . .

„Bist du noch da?“

Mit dieser Frage endet unsere Geschichte. Aufgezeichnet im sechsten Monat des dritten Reiwa-Jahrs im Showa-Viertel der alten Kriegsstadt Kure.

Versöhnung

Spatzen baden in Erdlöchern,
die sie mit jedem Bad vertiefen.
Krähenfedern dienen als Schatten.
Auf der Laternenspitze die Taube
wird vom Blitz- oder Hitzeschlag
getroffen. Sie fällt und es ist ihr
egal.

Versteinerung

Wieder einmal ins Soba-Gasthaus, die Tür vielleicht einen Tick zu schnell zur Seite geschoben, denn ich erhasche klar und deutlich das verbotene Bild: die gesamte Belegschaft, drei Mann, also zwei Männer, eine Frau, in Ruhestellung, halb liegend, Beine hochgelagert, und die Alte mit dem Rücken auf der Holzbank, die dürren Beine angewinkelt wie ein Kind in der Wiege, nein, weiter zurück: wie ein Kind im Mutterbauch, ein zusammengekauerter Fötus. So das Bild, steinern, erstarrt, das nur einen Sekundenbruchteil dauert, aber stehen bleibt, also eine Ewigkeit dauert, und im nächsten Moment – im nächsten Moment sind sie aufgesprungen, alle drei, auch die alte, nicht langsamer als ihre Söhne oder Enkel oder Angestellten oder Dulder.

Ich spreche sie an, die Alte, versuche einen Scherz, um die Situation zu entspannen (die sich schon entspannt und neu angespannt hat), sage: „Bei dem schwülen Wetter muß man ja müde werden" und sie solle doch noch eine Weile ausruhen, aber nichts. Nichts, keine Antwort, die Belegschaft eilt hinter den Vorhang, allzeit geschäftsbereit, geschäftig tuend wie immer. Und wie immer setze ich mich, wie immer der einzige Gast, auf meinen angestammten Platz und schaue – nicht auf die Karte, weil ich weiß, was ich bestellen will, sondern auf den Fernseher unter der Decke, das einzige, was hier läuft, und nicht läuft, denn wie immer sind diese TV-Typen allesamt in ihrem Grinsen erstarrt, ihre Gesten und Körperdrehungen reine Lüge. Ich bin hier, denke ich, der einzige Gast und im Land der einzige Zuschauer, alle anderen sind tot, erstarrt, unlebendig und geschäftstüchtig wie die Belegschaft, die Familie, deren Geheimnis ich niemals ergründen werde.

Und dann geschieht doch noch etwas, ein Wunder! Mein Süppchen habe ich fast ausgetrunken, da betreten drei Gäste den Raum, setzen sich an den großen Tisch, wo wenige Minuten zuvor die Belegschaft geruht hatte, schauen auf die Karte, beratschlagen sich. Leute fortgeschrittenen Alters, alle drei, sie benehmen sich wie seriöse, fast schon: distinguierte Gäste, aber freundlich, nicht hochnäsig, nein. Und bestellen, bestellen Soba, zweimal mit Tempura, das teuerste Gericht, ein Ereignis. Das Leben, muß ich mir sagen, geht weiter. Vielleicht bin ich nur Zuschauer und die Zuschauerränge, in denen ich weiß Gott wie oft wie vielfach sitze, weit mehr als eine Dreifaltigkeit, sind meine Totenwelt, die ich nie mehr verlassen werde. Immerhin habe ich das Theater, das zu Sehende, das Fernsehen, mich.

Bomben und Orangen

Die Leere zu umkreisen, war mein Vorhaben, weil mir bildlich aufgegangen war, daß diese geographisch genau lokalisierte Leere, einst auch *Ground Zero* genannt und gewissermaßen geblieben, Ähnlichkeit hat mit der Leere im Inneren der Shinto-Schreine, die ja recht karg ausgestattet zu sein pflegen, umgeben freilich von mächtigen Bäumen und üppigem Wald, mit denen man sich nicht vermessen will. Hier in der Stadt wird die Leere umgeben von Häusern, die nicht zu hoch sein dürfen, erst weiter hinten schießt die in Wellen kommende Stadterneuerung ins Kraut, in die Wolken. Mandelaugenförmig, der Grundriß der Leere, die in Wahrheit nicht leer ist („il n'y a pas de vide“: Leibniz), sondern von sorgsam gepflegten Bäumen vieler verschiedener Arten sowie einer Reihe von dezenten Monumenten bestanden, und mandelförmig auch nur dieser eine Teil, halbe

Mandel, beschnitten vom breiten Friedensboulevard: Jenseits davon ist die Leere zu Ende, ragen Krankenhäuser, Wohnhäuser, eine Konzerthalle, Hotels…

Kartographisch betrachtet, also von oben, nimmt der Friedenspark, der dem Spaziergänger oder Museumsbesucher als Insel erscheinen mag, nur einen recht kleinen Teil der langen Landzunge ein, die drei oder vier Kilometer weiter draußen am Meer endet – eigentlich ist es nur eine Franse einer breiteren Zunge, die hier zerfleddert, weil sich die Flüsse des Deltas in Seitenarme (mit neuen Namen) teilen: sieben Flüsse zirka, man kann auch sechs oder acht zählen. Hierher bin ich vor fünfzehn Jahren eine Woche lang täglich gegangen, vom Hauptbahnhof kommend, verschiedene Flußufer und geschäftige Straßen entlang, hierher ans Ende des Parks bin ich gegangen, wo auf der anderen Seite des Boulevards, neben der Flucht von Toren mit der Inschrift „Frieden“ in sämtlichen Sprachen der Welt, sich eine Gebäudefront erhebt, mit dem Tsuchiya-Hospital in der Mitte, dem Geburtsort meiner Tochter.

Vierter Stock, von dort sieht man über die Leere, die Baumkronen, das Flachgebäude des Atombombenmuseums hinüber zum alten Baseballstadion, das jetzt auch nur noch Leere ist, oder eher ein Nichts, ein halbkreisförmiger Fleck, meistens traurig-leer, manchmal eine Ausstellung oder ein Fest beherbergend – vor fünfzehn Jahren stand ich da oben, hinter mir das Neugeborene und seine Mutter auf dem Bett, kurz zuvor war ein Taifun über das Land gezogen und hatte dieses surreale, dabei höchst wirkliche Licht hinterlassen, das die Formen klar und deutlich und intensiv erscheinen läßt und die Wolken schwarz und rot und violett vor dem sagenhaften, fast metallischen Blau, dazu das gelbe, fast sprühende Flutlicht, die noch nicht restlos verflogene Unruhe in ein Bild der Ruhe gefaßt, das wiederum mein Gefühl bestätigte, das Rechte getan zu haben, indem ich das winzige Wesen vorsichtig in einer Wasserschüssel, den Hinweisen einer Krankenschwester folgend, gebadet hatte.

Es gibt auch einen anderen Weg, an wieder einem anderen Fluß, immer nur den Wasserlauf entlang bis zur Brücke, die die Mandelspitze des Friedenparks quert, von der Haltestelle, die auf den Hauptbahnhof folgt. Dieser Weg führt mich – mit einem kleinen Abstecher – an der Oberschule vorbei, die meine Tochter nächstes Jahr besuchen wird: Wir haben sie uns angesehen, an einem Tag der offenen Türen, wo uns freundlich-beflissene Schüler empfingen, die auf ihre Lehrer an diesem Tag verzichten konnten (manchmal tauchte einer flüchtig aus dem Hintergrund auf). Die Schule ist ein Glas-Beton-Gebäude mit einem Skywalk, einem Himmelsweg ähnlich wie beim sogenannten Sky-Building in Osaka, nur nicht gar so hoch; es überraschte mich wenig, als ich erfuhr, daß der Architekt derselbe war, Hiroshi Hara hatte auch das Schulgebäude in Motomachi errichtet, welches das Schloß oder die Burg – nie weiß ich, welches Wort paßt, vielleicht Schloßburg? Burgschloß? –, also das *oshiro* spiegelt, ebenbürtig, nicht ganz. Der breite Wassergraben um die Anlage herum, täusche ich mich oder spiegelt er seinerseits die vergleichsweise neue Schule – nun ja, in Wahrheit auch nicht viel neuer als die Burg, weil diese doch im August 1945 von der Druck- und Feuergewalt der Bombe vernichtet und von Grund auf neu errichtet worden war. Spiegel in Spiegeln, unendlich? Endlich, vom Wasser durchkräuselt.

Die Leere einzukreisen ist ein leichtes Unterfangen; ich weiß nicht, weshalb es mir als etwas Schwieriges, meine Kräfte Beanspruchendes erschien. Die Leere endet, wo ich will (wo ich bin). Eine Weile am Flußufer entlang, Motoyasugawa, dann am anderen, Honkawa, Querblicke zwischen Bäumen, in kleinen Lichtungen zeigt sich das Skelett des Halben Hauses, und Spaziergänger, Hundeausführer, Touristen (wenige), eine Gruppe uniformierter Schüler, und die gerade erst eintreffenden Alten, die Obdachlosen, danach sehen sie aus, aber irgendeine feste Bleibe werden sie schon haben, sie kommen hierher zum Schwätzen, zum Go-Spiel auf wackeligen Tischchen, zum Katzenfüttern und Katzenstreicheln, zum Plaudern mit der anderen Gruppe von Alten, denen vom Putztrupp, weil kein Ort wird so eifrig gesäubert wie dieser ewige Ort der Leere, der mit all dem Erwähnten und jetzt auch mit mir angefüllt ist. Auch die Reinigungsalten sind obdachlos, auf ihre Weise, ihre Hütten sind fortgerissen worden und in Flammen aufgegangen, genau wie das Burgschloß, das Unglück endet so wenig wie die Leere, die es nicht gibt, und es endet, indem sein Ort gepflegt wird, die nach der Zugrunderichtung von ALLEM hier gepflanzten Bäume, die ungefähr dasselbe Alter haben wie die reinigenden Obdachlosen, oder nein, die Pfleger sind älter, Überlebende, weit über achtzig.

Gut, sie sind immer noch da. Ihre Nachkommen sind da. Diese haben die Pflicht zur Unsterblichkeit, im Dienst des Friedens. Wenn sie sterben, werden sie abgelöst. Es darf kein Ende mehr geben. Nicht nichts, sondern Leere, umso mehr Leere – die faktisch eingeschränkt wird durch touristenfreundliche Neuerrichtungen wie das Orizuru-Hochhaus, wo man für 1700 Yen Kraniche falten und vom obersten Stock in die Luft werfen darf (keine Angst, sie werden unten von einem Mechanismus angesogen und eingesammelt, man darf sich seinen persönlichen flugerprobten Kranich dort abholen). Der Ort der atomaren Vernichtung und der friedlichen Leere als Erlebnisanstalt für brave zahlkräftige Touristen!

A propos. Ich habe einen Zwischenhalt eingelegt am Rand des Parks, an der Brücke, im Café Ponte nämlich, *Il ponte*, so heißt es bei mir. In außerpandemischen Zeiten wird es vor allem von ausländischen Reisenden besucht, es ist elegant, nicht ganz billig, man kann hier bei einem Glas Champagner sitzen, die Vernichtung und die hoffentlich siegreiche Leere kontemplieren, die Bäume oder das Hausskelett, den Fluß oder die wenigen Boote, und zum zweiten Frühstück ein Glas Orangensaft trinken. Das tue ich, obwohl ich mich innerlich sträube, denn neben mir, in Reichweite, erheben sich immer noch Hügel von amerikanischen, kalifornischen Früchten, jedesmal, wenn ich vorbeikomme, denke ich mir, warum nehmen sie keine Orangen von unseren Buchten und Inseln, wir haben doch übergenug davon, aber nein, da müssen erst diese im Glashaus gerundeten und gefärbten, stereotypen Bälle über den Ozean geschifft werden, ehe man in Ruhe seinen Saft trinken kann. Zuerst haben sie uns mit dem Atom bombardiert, jetzt mit Orangen. Besser letzteres, das gebe ich zu. Viel besser. Handel statt Krieg! (Aber von wegen Freihandel: Wenn die Japaner schon so viele Mazdas in die USA verkaufen, dann sollen sie sich gefälligst das Fruchtbombardement in umgekehrter Richtung gefallen lassen.) Besser Fremdenverkehr als Feldzüge!

Wie oft habe ich mir vorgenommen, hier stehenzubleiben oder an einem der Tischchen zu sitzen und einen Angestellten des Brückencafés oder am besten den Chef selbst darauf anzusprechen: Wir haben doch abertonnenweise Orangen und Mandarinen, Mikan Shiranushi Hassaku Haruhime Dekopon Ponkan und was das Herz sonst noch begehren mag hier ganz in unserer Nähe, warum laßt ihr all diese perfekten Früchte herüberschaffen, die alle aussehen wie der Billardball Nummer fünf? Glaubt ihr wirklich, daß Amerikaner überall auf der Welt nur Amerikanisches essen und trinken wollen?

Diesmal habe ich mich getraut, weil Zeit genug ist, ja, ich langweile mich fast ein bißchen an diesem schon so oft besuchten Ort. Ich spreche die Kellnerin an, die mich verwirrt ansieht und nach der Schrecksekunde einen Kollegen holt, anscheinend ihr Vorgesetzter, dem ich meine Bedenken etwas ausführlicher erkläre. Während ich noch spreche, kommt ein dritter (die Kellnerin ist inzwischen verschwunden), der sogleich zeigt, daß er der englischen Sprache kundig ist, aber auch er versteht nicht, worauf ich hinauswill, oder tut wenigstens so (in halbwegs passablem Englisch). Schon etwas leiser, fast eingeschüchtert von soviel wohlwollendem Unverständnis, äußere ich den Wunsch, den Chef zu sprechen, doch die Kellner entschuldigen sich, leider, der Owner sei heute nicht hier, sei auf Dienstreise in ... den USA vielleicht? Ich verkneife mir den Scherz, oder habe ich ihn geflüstert, denn die Kellner entschuldigen sich eifrig, gesenkte Köpfe, Billardbälle, das gehört sich so, *moshi wake arimasen*.

Nachdem sie mir den Rücken zugewandt haben, um in ihre angestammten Winkel zurückzukehren, neigt sich die Frau vom Nebentisch – Teil eines recht schnöseliges Paars, sie mit knallrot geschminkten Lippen – zu mir und bemerkt fast im Flüsterton, als würde sie mir ein Geheimnis verraten: „Die amerikanischen sind billiger!"

Ach!

Erst nachdem ich *Il ponte* verlassen habe und mich dem Halben Haus nähere, fällt mir die naheliegende Antwort ein:

„Und warum?"

Orizuru

Bei meinem letzten Besuch im Friedensmuseum von Hiroshima, das ich lieber Atombombenmuseum nenne, weil mir das ehrlicher vorkommt, begleitete ich zwei argentinische Freunde. Das Museum wurde gerade renoviert, man konnte nur einen Teil der Sammlungen sehen. Daß ich nun wieder einmal das Bedürfnis verspürte, das Museum zu besuchen, hatte weniger damit zu tun, daß ich mir ein Urteil über die Neugestaltung bilden wollte, und noch weniger damit, daß für die körperlich beeinträchtigte Person, zu der ich inzwischen geworden war, der Eintritt frei war. Es ist eher ein Bedürfnis, zu überprüfen, ob es noch da ist. Nein, das Museum verschwindet nicht, aber wie steht es mit dem Geschichtsbewußtsein, meinem eigenen, dem der Leute und seiner Vermittlung, seinem Einfluß (was dann doch mit der Neugestaltung zu tun hat)? Ein österreichischer Freund, der nur einen Tag in der Stadt verbrachte, entschied sich, vor die Wahl gestellt zwischen dem Atombombenmuseum und der heilen Schönheit von Miyajima, für letztere. Dafür hatte ich Verständnis. Das Grauen der totalen Zerstörung kann sich jeder halbwegs phantasiebegabte Mensch vorstellen; Schönheit muß man erfahren.

In verschiedenen Kommentaren war nach der Neueröffnung zu hören, das Museum, also das dort Dargestellte, habe einiges von seinem Schrecken verloren. Es sei zwar „schöner", weil besser gegliedert und besser ausgestattet, technologisch auf neuestem Stand, aber weniger verstörend. Ich habe das nicht so erlebt. Vielleicht liegt es daran, daß ich empfindsamer geworden bin. In letzter Zeit habe ich mit Freunden – in Europa, ach! – darüber diskutiert, ob man im fortgeschrittenen Alter nicht stumpfer wird, die Sinneseindrücke schwächer, Schmerzen erträgt man leichter? Ich selbst habe das Gefühl, Schmerzen immer schwerer zu ertragen – aber es kann sein, daß sie „objektiv" mehr und stärker geworden sind. Im Atombombenmuseum waren an diesem Wochentag erstaunlich viele Besucher, kaum ein Ausländer unter ihnen, alle mit Mund- und Nasenschutz wegen der Corona-Pandemie, sie drängten sich durch die Gänge und Räume, so daß ein Risikobehafteter wie ich sich durchaus Sorgen ob der Ansteckungsgefahr machen konnte. Wie die meisten zeitgenössischen Ausstellungsmacher arbeiten auch die von Hiroshima mit den Immersionsmöglichkeiten virtueller Welten.

Zu Beginn des Rundgangs kann der Besucher die Atomexplosion vom 6. August 1945 dreidimensional miterleben. Ich mußte mich abwenden, weil ich den Anblick – ohne Toneinspielung – nicht ertrug. Der Anblick selbst war nicht schlimm, da war nur ein Blitz und eine Wolke; schlimm war die Vorstellung, waren die Gefühle, die das in mir auslöste. Auf die Explosion, die Fotowände und ein paar grundlegende Erklärungen, womit die Ausstellung beginnt, folgt der Hauptteil, die knappe Darstellung persönlicher Schicksale, die allesamt in diesem Augenblick, am 6. August 1945 um 8 Uhr 15, kulminieren und oft genug abrupt enden.

In diesem Hauptteil werden Einzelne, manchmal auch kleine Gruppen, ins Blickfeld gerückt, mit einem Foto und einem persönlichen Gegenstand, der von ihnen geblieben ist: eine Armbanduhr, ein Japanisch-Wörterbuch, ein geschmolzenes Brillengestell, ein zerfetztes Kleidungsstück. Viele von ihnen sind Kinder. Hiroshima war (und ist) eine Schulstadt für sämtliche Altersstufen bis hin zur Universität; im Stadtzentrum, wo die Bombe explodierte, befanden sich zum gegebenen Zeitpunkt tausende Schüler in ihren Unterrichtsräumen (während viele männliche Erwachsene in der Armee dienten). Diese Bilder waren für mich erst recht herzzerreißend. Rotz und Wasser, Wasser und Rotz, der sich unter dem sanitären Mund- und Nasenschutz sammelte – ich fragte mich, ob ich diese neuerliche Erfahrung durchstehen würde. Ich hielt nicht vor jedem Bild, bei weitem nicht. Mehrmals war ich nahe daran, mich hinsetzen zu müssen, in diesem Museumsabschnitt, wo es keine Sitzgelegenheiten gibt. Ich weiß, es geht auch anderen so wie mir. Das hatte ich früher beobachtet. Man hat aber nicht nur ein Bedürfnis nach Wissen und Bewußtsein, sondern auch eine Verantwortung sich selbst gegenüber. Bei meiner Herzschwäche könnte es sein, daß ich ein spätes Opfer der Atombombe werde. Das mag für den einen oder anderen übertrieben klingen; ich meine es ernst, Wort für Wort.

Der Rundgang endet mit der Erklärung und Interpretation des historischen Kontextes, der Kriegsgeschichte, der Motivationen. In meiner Erinnerung stand dieser Teil früher am Anfang. Wenn das zutrifft, dann bedeutet dies, daß man den Gefühlen Priorität einräumt, der Gebrauch des Verstandes und die vernunftgemäße Wertung kommen am Schluß. Ein Verfahren, das im Gegensatz steht zum antiaristotelischen Theater eines Bertolt Brecht. (Warum mir an diesem Ort immer Brecht einfällt?) Ausstellungen wie diese sind immer auch Theaterinszenierungen. Sie arbeiten mit Auswahl und Fokus, Nahaufnahme und Panorama, Einzelperson und Chor, Schnitt und Collage. Bei meinem ersten Besuch vor siebzehn Jahren war mir aufgefallen, daß die Kriegsschuld Japans nicht ausgespart wurde. Auch die Vorgeschichte des Pazifischen Kriegs wurde gezeigt, die Militarisierung der japanischen Gesellschaft, das Massaker von Nanking 1937. In der neuen Version des Museums habe ich weniger davon gefunden, nicht gar nichts, aber doch weniger. Immerhin bekommt der Besucher ein großes Foto des Angriffs japanischer Flugzeuge auf Pearl Harbour in Hawaii zu sehen. Das war der Anfang des Kriegs, der mit den Atombombenabwürfen endete. Nicht, daß die Japaner diese verdient hätten und daß sie gerechtfertigt gewesen wären; doch es gab eine historische Entwicklungslogik, die dahin führte. Leidtragende dieses letzten Akts waren vor allem Zivilisten. Wie so oft bei Kriegshandlungen, auch wenn die Propaganda etwas anderes verspricht.

Wie jetzt wieder in der Ukraine. In Japan regen sich seit einigen Jahren jene Stimmen, die das Land atomar bewaffnen wollen. Und es regen sich andere Stimmen, am eindringlichsten die der wenigen verbliebenen Hibakusha, der Überlebenden des 6. August 1945, die vor dem drohenden Wahnsinn warnen. Atomare Abrüstung, dazu gibt es keine Alternative. Gegen Ende des Rundgangs im Museum von Hiroshima sieht man ein Foto aus dem Jahr 2010, auf dem sich Barack Obama und Dmitiri Medwedew, der US-amerikanische und der russische Präsident, die Hand reichen und damit den atomaren Abrüstungsvertrag (New START) zwischen den beiden Großmächten besiegeln. Der Vertrag wurde gerade erst verlängert – wenige Wochen, bevor Vladimir Putin mit dem Einsatz von Atomwaffen drohte. Und ich, kleiner Herzschwächling, stehe da im Museum und denke, oder fühle, oder beides: Es ist nicht zu fassen, die Menschheit hat nichts gelernt.

Meine Tochter ging noch nicht zur Schule, als wir bei einem unserer Stadtausflüge in Hiroshima nicht in den Friedenspark und nicht ins Planetarium oder in den Eissalon gingen, sondern ins Atombombenmuseum. Sie hatte mich nach dem „halben Haus" gefragt: „Wieso steht da eine Ruine, wo doch alle anderen Häuser so schön sind?" – „Wenn wir ins Museum gehen, wirst du es vielleicht verstehen", antwortete ich. Ich warnte sie: Es sei ziemlich *kowaii*, sie würde Angst bekommen. Sie wollte trotzdem hinein: „Ich bin doch kein Angsthase." Wir gingen Hand in Hand, und langsam merkte ich, wie ihr mulmig zumute wurde. Ziemlich in der Mitte, wo man Nachbildungen von Feuerbrünsten, lebensgroße Figuren – auch Kinder – mit verbrannter Haut, zerfetzten Kleidern, schreckstarrenden Augen und zu Berge stehenden Haaren sieht, bat sie mich, das Unternehmen abzubrechen. Sie wollte ins Freie. „Papa, bin ich jetzt ein Angsthase?" Ich beschwichtigte sie, es sei ganz normal, bei so etwas Angst zu bekommen. Deswegen seien wir noch lange keine Angsthasen. Und sie schwor, wiederzukommen, wenn sie größer sei.

Und ich frage mich jetzt, hinfällig geworden, dasselbe. Bin ich ein Angsthase? Draußen im Park, wo ein paar kleine Pflaumenbäume blühten und die kahlen Kirschbäume am Flußufer auf die baldige Pracht warteten, glaubte ich, die Schwäche überwunden zu haben, doch dann konnte ich nicht weiter. Für die paar hundert Meter bis zum Wahrzeichen, dem Halben Haus, und zum Orizuru-Gebäude brauchte ich eine Stunde, mußte mehrmals pausieren, über dem Fluß lehnte ich den Oberkörper ans Geländer, erweckte vermutlich den Eindruck eines Lebensmüden. In gewisser Weise war ich lebensmüde, müde vom Leben – nur daß ich trotzdem am Leben hänge, allein schon wegen meiner Tochter. So sehr kann einem die eigene Phantasie zusetzen! Einige Stunden zuvor, in einem Café in der Hondori, der Einkaufsstraße, sitzend, die auf dem Vorkriegsfoto im Museum mit ihren traubenförmigen weißen Kugellampen hübscher aussieht, hatte ich noch gezögert, ob ich zum Orizuru-Tower oder ins Museum gehen soll. Der zwölfstöckige Tower ist vor etwa fünf Jahren entstanden, obwohl die Stadtväter nach dem Krieg beschlossen hatten, in unmittelbarer Nähe des sogenannten Friedensparks keine Gebäude dieser Höhe zuzulassen. Wenige Tage zuvor hatte ich den Orizuru-Tower aus dem 33. Stockwerk eines Hotels gesehen; er verdeckte das Halbe Haus; auch von anderen Standorten aus sieht man heute nicht mehr das Wahrzeichen und Mahnmal, sondern den Tower, der Touristen Souvenirs und Erlebnisse zu verkaufen trachtet.

Das Haupterlebnis – zum Preis von 2.200 Yen – ist der Blick aus dem zwölften Stock und das Falten von Papierkranichen („orizuru"), die man durch einen gläsernen Schacht zu Boden segeln lassen darf. Das würde ich dann doch gern einmal versuchen. Nach meinem Schwächeanfall war freilich nicht daran zu denken. Genug erlebt für diesen Tag. Mir zitterten die Hände. Vielleicht werde ich auch ohne Papierkraniche noch lange leben. Und die Welt hoffentlich von einer weiteren Atombombe verschont bleiben. Wenigstens, solange es meine Tochter gibt. Sogar ich denke immer ein wenig egoistisch. Darf man das?

Eight-Six

Im Zug die üblichen Samstagnachmittag-Baseball fans in ihren roten T-Shirts, roten Kappen, roten Cardigans, roten Taschen, roten Socken, roten Schlapfen, alles rot, nur die Hosen nicht, bei den Hosen ist grün in Mode, das merkt man auch hier. Ah, mein Buch paßt dazu, die Fahrtlektüre, ein Roman von Philip Roth, natürlich in Rot. Dann Straßenbahn, Einkaufsstraße, Shoutengai, Parco, das Kaufhaus für junge Leute, wo ich früher oft einkaufen war, als ich mich noch halbwegs jung fühlte, wie gern plauderte ich mit meiner Lieblingsverkäuferin, die ich neulich vor einem Café getroffen habe, sie arbeitet schon lange nicht mehr in der Boutique.

„Und jetzt?"

„Hier in der Gegend."

„Da gibt es doch nichts."

Sie hat sich schon früher für schicke Autos interessiert, und hier, wo es nichts gibt, gibt es nicht wenige Zuliefererfirmen für Matsuda, also Mazda.

Wir lachten, gingen unserer Wege. Die Boutique im Parco ist nicht mehr das, was sie war. Die Geschäftsleitung der Kette, zu der sie gehört, wollte sie noch mehr verjüngen, jetzt stehen dort dämliche Burschen mit toupierten Frisuren als Verkäufer herum, lebende Schaufensterpuppen, wenig Kunden. Ich muß ohnehin in den zehnten Stock, den letzten. Club Quattro, das Lokal hätte ich im Keller erwartet, Google Maps spezifiziert das nicht, ist aber oben über den Dächern der Stadt. Was man dann gar nicht merkt, wenn man einmal drin ist in der Bude. Fensterlose Säle dieser Art haben allesamt etwas von den alten Beat-Kellern, Gott hab sie selig. Kühl, gedämpft, nicht zu groß nicht zu klein, vorne Stehpublikum, hinten wenige Sitzplätze an zwei langen Theken. An den Seitenwänden drei vergrößerte Fotos, die wie Vorhänge wirken, rechts die Szenerie des zerstörten Hiroshima im August 1945, darunter ein neues Foto desselben Orts, die Dächer der Stadt, wie man sie vom Parco aus sieht, links ein sofort als solches erkennbares Kunstwerk, eine Collage, die linke Hälfte des Fotos sehr bunt, die rechte dunkel, überwiegend schwarz wegen der alten Leute, die da in Trauerkleidung auf dem Boden liegen, sich dabei aber, nach ihrer Mimik zu schließen, recht gut amüsieren. Auf der linken Hälfte stehen und liegen und krabbeln fast nackte, nur mit Windeln bekleidete Babys auf der grünen Wiese, ein paar Tiere sind auch da, eine große Schildkröte, ein Fuchs, ein kleines Nashorn, und in der Mitte des Ganzen, schwarzweiß oder grau-weiß, der Atompilz, das Zentralmotiv der ganzen Anordnung. Leben und Tod? Leben und Leben. Oder Leben und Tod und noch immer Leben.

Ach ja, das Konzert findet am 6. August statt, nicht um 8 Uhr 15, sondern am Abend. Abgesehen von den Vorhangfotos, die bald im Dunkel verschwinden werden, ist nicht viel von der Besonderheit des Gedenktags zu merken. Der Moderator sagt pflichtschuldig ein paar Worte, auch die Jüngeren und die Alternativen sollen an diesem Tag daran erinnert werden und nicht vergessen, daß es immer noch Atomwaffen gibt und Kriege geführt werden.

„Wart ihr um acht Uhr schon wach? Habt ihr die Ansprachen gehört? Im Fernsehen, ja? Nein? Macht nichts. Erinnert ihr euch, als Obama hier war?"

Das war vor sechs Jahren, die damaligen Schulkinder mochten den US-Präsidenten. Die meisten Anwesenden waren ohnehin schon damals erwachsen, etwas jünger vielleicht als die Musiker, die alle über vierzig sind. Nein, auch Jüngere sind im Publikum, Studenten zahlen den halben Preis. Eigentlich sind es zwei Konzerte, die wir zu sehen bekommen. Das erste von Kotoringo (ich schreibe den Künstlernamen so, wie man ihn auf japanisch ausspricht), eine Sängerin, die sich am Klavier begleitet und an diesem Abend noch von zwei anderen Musikern flankiert wird, einem Schlagzeuger, der sein Instrument mit nackten Händen schlägt, oder eher streichelt, und einem Cellisten, der das Cello manchmal zupft wie einen Baß.

„Kotoringo" ist eine Zusammenziehung von *kotori*, Vögelchen, und *ringo*, Apfel, wozu es eine kleine autobiographische Geschichte der Sängerin gibt, eine Geschichte, die so nett und naiv ist wie die ganze vierundvierzigjährige Person, die vielleicht wirklich so nett und naiv ist, wie sie wirkt. Eine hervorragende Pianistin, im klassischen Repertoire geschult, selten jazzig, die Rhythmen gleichmäßig, die Stimme hell und sicher, in dieser Kombination doch irgendwie befremdlich, zumindest für den, der Kotoringos Musik noch nicht kennt. Sie spielt ihre eigenen Kompositionen, die ausgewogen und repetitiv sind, die Texte so, wie es ihr Künstlername erwarten läßt, kindlich und ein wenig durchtrieben (soweit ich sie verstanden habe). Beim letzten Stück gesellt sich ein zweiter Schlagzeuger dazu, es ist der Mann der Band, die nach der Pause auftreten wird, und die beiden liefern sich ein freundschaftliches Duell, bei dem das Klavier anfangs noch mitzuhalten versucht (Triell?), dann aber aussteigt, Kotoringo erhebt sich, tritt an den seitlichen Bühnenrand, staunt die beiden Schlagenden offenen Mundes an, hält sich zeitweise die Hand vor den Mund, klatscht einmal in die Hände, applaudiert am Ende begeistert, setzt sich dann noch einmal für ein paar Schlußakkorde ans Klavier.

So ist sie, Kotoringo. Nicht von dieser Welt. Wie ihre Musik. Wie alle Musik.

Lange Umbaupause. Allerlei Gerätschaften, Verstärker, Synthesizer, Verzerrer. Die beiden Gitarristen von Toe, gestandene Männer, stehen einander gegenüber, mit viel Leerraum zwischen ihnen, damit sich die Klänge richtig begegnen; hinten in der Mitte das Schlagzeug, der Bassist wie üblich ein wenig abseits. Auch der Leadgitarrist, aber so etwas gibt es bei denen eigentlich nicht, Solo und Rhythmus sind eins, alles ist oder wird

Rhythmus, jede Bewegung bahnt sich den eigenen Klangweg – also der eine Gitarrist, Hirokatsu Yamazaki, brummt im Sitzen und über sein Instrument gebeugt ein paar Halbsätze vom leider immer noch nicht überall gesicherten Frieden, seine Stimme ist heiser und weich, viel gelassener als das, was in einer Broschüre, die mir draußen in die Hand gedrückt worden ist, die brav interviewte und übersetzte russische Punkband Criminal State von sich gibt. Klar, der Krieg ist, von Japan aus gesehen, weit weg, nicht vor der Haustür wie in Rußland. Der Sound, den die Gruppe auf der Bühne instrumental erzeugt, fast ohne Gesang, ist gewaltig, jedoch alles andere als Noise, im Gegenteil, sehr differenziert, nuanciert und exakt, aber die kühlen Landsleute beginnen sich zu bewegen, Köpfe und Schultern werden geschüttelt, gegen Ende hüpfen die Körper, wie man es sogar noch im Postrockzeitalter erwartet.

Ebenso die Frau neben mir. Sie hüpft zwar nicht, weil sie sich neben mich gesetzt hat, in der hintersten Reihe, aber sie zuckt mit den Schultern, anfangs unmerklich wie ich selbst, ein leichtes Schwingen, hin und her, dann aber kräftiger, schließlich heftig – ohne mich, ihren Nachbarn, anzustoßen, Gott bewahre! Zufrieden wirkt sie, befriedigt. Dafür ist sie gekommen.

Diese Frau, mindestens einen Kopf kleiner als ich und sehr schlank, ihre Unscheinbarkeit noch betont durch ein langes, dunkelgrün geblümtes Sommerkleid, wahrscheinlich eine oder zwei Nummern zu groß, so daß man kaum eine Taille erkennen kann, war schon in der ersten Hälfte neben mir gestanden. Kotoringo hatte sie höflich applaudiert, ein Ruck ging erst durch sie, als der zweite Schlagzeuger, Takashi Kashikura, Mitglied der Toes, auf die Bühne kam und zu spielen begann. Während der langen Umbaupause hatte ich mich an die hintere Theke gesetzt, ein sehr bequemer Ort, leicht erhöht, mit guter Sicht auf die Bühne, und als es wieder losging, tauchte die Frau auf, sie hatte am Boden gesessen und setzte sich, nachdem sie kurz überlegt hatte, neben mich. Und da begann nun dieses Schwingen und Schütteln, eben der Rock and Roll, der kein Rock'n'Roll mehr sein will, sondern Postrock oder Math-Rock, irgendwas Intellektuelles, Abstraktes, das die sinnliche Eindringlichkeit der Töne aber nicht fortnimmt, sondern nur noch mehr steigert. Unwillkürlich begann ich mitzuempfinden, was die Frau empfand, ich spürte die Musik in ihrem Körper, bewegte mich selbst, wenn auch weniger heftig, im selben Rhythmus, der ein anderer war und doch derselbe, wie das immer so ist, all die Nuancen interpretierte ich anders als meine Nebenfrau, aber schließlich waren es Nuancen, gerade die kleinen Unterschiede, das leichte Gegeneinanderschwingen, bringen uns noch näher zusammen. Mehrmals schielte ich zu ihr hinüber, viel konnte ich in dem Dreivierteldunkel nicht sehen, zuerst die weiße Coronamaske, dann aber auch schon die scharf geschnittene, eher lange Nase, die von der Maske nicht verdeckt wurde, die feuchte Haut, das ziemlich flache Gesicht, überhaupt nicht sichtbar, wenn sie es mir nicht wenigstens ganz leicht zuwandte oder ich mich ganz leicht nach vorn neigte, die schnurgeraden, dunklen, knapp über den Schultern ungestuft abgeschnittenen Haare. Die Umrisse ihrer Schenkel unter dem Kleid.

Der aufrechte Nacken, die Härchen dort (nein, die konnte ich nicht sehen). Alles klein, aber nicht zierlich, durchaus kräftig, schließlich kam das ganze Wogen und Schütteln, kam die Erschütterung, die mich betraf, aus diesem Körper. Musikalische Erschütterung. Wunderbare Postrockzeit, auch wenn da draußen immer noch Kriege geführt wurden. Gab es ein Draußen?

Ich weiß nicht, ob ich mich für das, was ich hier schreibe, entschuldigen muß. Schließlich leben wir nicht nur im Postrock-, sondern auch im MeToo-Zeitalter. *Toe and MeToo*. Was am Abend des 6. August 2022 durch mich gegangen ist, war ein erotisches Erlebnis. Eine gemeinsame Lusterfahrung, keine einsame. Auch nicht die Lust der Gruppe, also des Publikums und der Künstler, die allgemeine Erotik der Musik, obwohl diese ebenso wirklich war und auf die Lust von uns zweien Einfluß nahm, sie wohl erst ermöglichte und hervorrief und dann mehr und mehr verstärkte. Möglich, daß sie die Lust als einsame empfand. Ich glaube es nicht, denn ich habe gespürt, wie sie zu mir herüberschielte. Und da war keinerlei Abwehr, eher im Gegenteil: Zustimmung. Zustimmung zur Einstimmung. Andererseits auch keine Aufforderung, die Erotik sollte auf die Zeit der Musik und dieses einen Konzerts beschränkt bleiben. Ein bleibender Augenblick, ja. Einer, der nicht weitergeht, und genau darin besteht sein Glück.

Als die letzten Töne verklungen waren – das Ende natürlich lange hinausgezögert, auch Kotoringo durfte noch einmal auf die Bühne und ihre helle Stimme in den ebenso hellen, aber urdichten, wendig-zähen Toe-Sound mengen, gleichsam über alldem fliegend, aber fast unhörbar, sphärisch, abgehoben, entflogen – als die letzten Töne verklungen waren, sah man in der Mitte der Fotomontage über dem Atompilz, der wie nebensächlich da war, eine Lerche auffliegen, nachträumend in den Duft…

Apfelduft? Nein, gar kein Duft. Die Klimaanlage funktionierte einwandfrei. Alles sauber, professionell, abgegrenzt. Die Frau im dunkelgrünen Sommerkleid stand noch eine Weile da, sie suchte nach nichts, wartete auf niemanden, brauchte vielleicht ein paar Minuten, um zur Besinnung zu kommen („Wo bin ich?"), wirkte zufrieden, befriedigt, sie hatte bekommen, was sie erwartet hatte (ich aber viel mehr, denn ich hatte gar nichts erwartet). Eine fast nicht wahrzunehmende Kopfbewegung, als würde sie sich bedanken. Bei den Musikern? Bei mir? Beim Saal, bei der Musik? Sie schaute in keine bestimmte Richtung und ging dann entschlossen weg, nach Hause. Vielleicht zu ihren Lieben. Ich stelle mir vor, daß sie verheiratet ist, vielleicht hat sie Kinder, sie wird einen Blick in ihr Zimmer werfen, um zu sehen, wie sie schlafen. Sie hat keinen Grund, mit ihrem Alltagsleben unzufrieden zu sein. Aber auf die musikalische Erschütterung kann und will sie nicht verzichten. Muß sie auch nicht. Manchmal hört sie zu Hause Toe, aber es ist nicht dasselbe, im Körper entfaltet diese Musik erst all ihre Kräfte und Nuancen, wenn sie die Körper der Hörenden so angeht wie an diesem Abend des 6. August.

Ich bin langsam an den heruntergelassenen Rolläden vorbei zum Bahnhof gefahren. Wollte zuerst zu Fuß gehen, ein Stück den Fluß entlang, wie heißt er dort,

Kyobashikawa, aber da war wieder diese Schwäche, genau wie damals, vor einigen Wochen, als ich das Friedensmuseum besucht hatte. Die Stärke von Toe hatte mich letztlich geschwächt. Das Glück hat seinen Preis. Der Bahnhof war wieder voller Rotkäppchen, Carp gegen Tigers 6 zu 5, die Freude der Fans so maßvoll wie üblich, wir sind hier nicht in Europa. In der Menge erkannte ich von hinten an der Aufschrift seines T-Shirts – den Wortlaut habe ich inzwischen vergessen – einen Besucher des Toe-Konzerts. Einen Moment lang hoffte ich, auch die Frau im grünen Kleid hier zu sehen. Aber wozu? Wozu… Bestimmt sitzt sie jetzt in ihrem Auto und fährt Richtung Westen, sagen wir, nach Hatsukaiichi. Oder sie geht zu Fuß in ein nahes Wohnviertel, nach Motomachi zum Beispiel. Vielleicht hat sie es jetzt schon ein wenig eilig.

Ich auch, meine Tochter wartet (bilde ich mir ein). Im Zug schlage ich das rote Buch auf und lese ein paar Seiten lang, was dem kleinen Philip wieder so vor die Augen und zu Ohren kommt. Sein Bruder Sandy, der Vierzehnjährige, ist zusammen mit seiner Tante ins Weiße Haus eingeladen. Dort residiert Charles Lindbergh, in Europa ist wieder mal Krieg und Amerika hält sich heraus, Seite 204. Bin gespannt, was Lindbergh und seine Landsleute im Pazifischen Krieg machen werden. Oder gibt es gar keinen Pazifischen Krieg? Dann wird auch die Bombe nicht auf Hiroshima gefallen sein, und es hätte kein Konzert von Kotoringo und Toe gegeben. Oder doch, einfach so, ohne Eight-Six, die reine Freude der Musik.

Der Blumenmann auf der Ähnlichkeitsinsel

Diese Regionalreise habe ich mit einem Freund unternommen, der aus Berlin zu Besuch gekommen war. Es ist natürlich unterhaltsam, zu zweit dahinzuwandern, man redet und redet, kommt vom Hundertsten ins Tausendste und auch auf Dinge, auf die man sonst nicht gekommen wäre. Andererseits ist man weniger aufmerksam, vor lauter Reden und Zuhören entgehen einem so viele Anblicke, von denen ich hier nicht berichten kann. Der Bericht ist – oder wird – eine Erinnerung an das, was wir nicht gesehen und gehört haben. Einmal schaute ich zu Boden, wir marschierten auf der von Autos kaum befahrenen Küstenstraße, und mein Freund dachte, ich hätte zum Meer hinuntergeschaut, und auf sein Gesicht legte sich ein flüchtiger, unerheblicher, ihm selbst nicht bewußter Schatten der Enttäuschung, weil er da unten nichts Besonderes sah. In Wahrheit hatte ich auf den Begrenzungsstein geschaut und nicht einmal fertigschauen können, weil mich sein Mitschauenwollen abgelenkt hatte. Da war dann wirklich gar nichts, höchstens eine kleinwinzige, flüchtige, unerhebliche Irritation. Und solche Irritationen bringen uns dann auch wieder weiter.

Ein paar Minuten zuvor hatte ich unter der durchsichtigen Wasseroberfläche einen rautenförmigen Rochen entdeckt, der da bedächtig über den Sandboden glitt. Ich bezweifle jetzt, daß das auch stimmt, aber ich sagte, das sei der erste Rochen, den ich in freier Natur anträfe. Dabei gebrauchte ich zuerst nicht das Wort „Rochen“, sondern das japanische *djinbesame*, was eigentlich falsch ist, weil es einen Walhai bezeichnet. Dieses Meerestier aber, im seichten Gewässer nahe der Küste, war ein flacher Rochen, kein großmäuliger Hai. Freilich, das Wort ist viel schöner, *djinbesame*, es klingt überhaupt nicht gefährlich. *Besame mucho*… Wie gesagt, man kommt vom Hundertsten ins Tausendste.

Also Ninoshima, zwischen der berühmten Insel Miyajima und der größeren Etajima gelegen. Der Fuji-san von Hiroshima, daher hat die Insel ihren Namen: *ni-te iru*, der Inselberg gleicht, oder genauer, ähnelt dem Berg Fuji, weil er steil aufragt und spitz zuläuft wie eine Pyramide, unmittelbar gegenüber vom Hafen, drei oder vier Kilometer draußen auf der Fluchtlinie, die der Leuchtturm am Ende der Mole weist. Ein Mini-Fuji sozusagen, sicher sehr selten von Schnee bedeckt. Es gehen stündlich Fähren, Autos werden transportiert; so menschenleer, wie die dicht bewaldete Insel aus der Ferne aussieht, kann sie nicht sein. Nähert man sich, wird nach und nach klar, daß sie weder rund im Grundriß noch pyramidal in der Höhe ist. Sie zieht sich nach hinten in die Länge, hat auch mehrere Erhebungen, ist aber in ihrem Inneren kaum erschlossen. Soweit ich es verstehe – Früchte sind Anfang September nicht zu erwarten, und die Blätter kann ich nicht zuordnen –, werden hier kaum Zitrusfrüchte kultiviert; Reis ohnehin nicht, der gedeiht auf den kleineren Inseln gar nicht.

Wir gehen einen recht und schlecht markierten Weg entlang, der rasch ansteigt, ziemlich verwachsen und durch im Taifun vor ein paar Tagen gefallene Äste erschwert ist, sich dann aber doch als der richtige erweist.

Er führt auf den Gipfel des Akinokofuji, was nichts anderes heißt als Klein-Fuji von Aki, und Aki ist nichts anderes als der alte Name der hiesigen Region, der sich heute noch als Teil verschiedener Ortsnamen hält (weiter drüben an der Festlandküste liegt Akitsu, wohin ich vor sechzehn Jahren meine allererste Fahrrad-Regionalreise gemacht habe: Ich erinnere mich heute noch so, als hätte ich sie gestern gesehen, an die blühenden Kirschbäume in einem kleinen Park hoch über dem Meer, an den Aufstieg dorthin, an einen schlichten Kinderspielplatz mit hohen Grasnarben unter den beiden Schaukeln). Der Weg auf den Mini-Fuji ist wenig begangen, das ist klar, aber einmal kommt uns ein gut ausgerüsteter Wanderer entgegen, ein betagter sportlicher Herr mit weißen Handschuhen, die durchs Blättergrün leuchten. Mit gesenktem Kopf stöhne ich mich hoch, mein Begleiter reicht mir einen Ast als Gehstock; immerhin habe ich noch soviel Blickvermögen, um die handtellergroßen Schmetterlinge, die einen dunkel, schattenhaft, die anderen gelb gemustert, zu bemerken, die um uns herumflattern und uns eine Weile begleiten.

Oben dann der Blick auf das Meer, die Inselwelt, und hinüber zur Stadt Hiroshima, die wir vor zwei Stunden auf der Fähre verlassen haben. Die Setonaikai, mein längst vertrautes Mittelmeer, *mare mio* (wie der Sizilianer in mir sagt). Ein ähnlicher Blick – nicht wie vom Fuji, sondern vom Misen auf Miayjima, vom Shinposan auf Osakikamishima, von anderen Inselgipfeln: Anblick der Geborgenheit, des geschützten Umfangenseins in einer großen und trauten Blase, die der Himmel, das Land und das Meer zusammen bilden.

Kein Gedanke an einen Tsunami, wie er, hunderte Kilometer weiter oben im Norden, wo es kein Binnenmeer gibt, den Küstenstreifen verwüstete. (Und doch, ein Gedanke.)

Wir haben danach fast die ganze Insel umrundet, eine lange Strecke gegenüber der Küstenstraße von Etajima, wo die kleinen Fabriken stehen, in denen die Austern verarbeitet werden, die hier überall gezüchtet werden, auch unmittelbar vor Ninoshima im Meer zwischen den beiden Inseln. Und dann, schon ein Stückweit im Inneren der Insel, wo sich eine kleine Ebene ausbreitet, fällt mein Blick auf ein weitläufiges Feld mit Blumen, nicht Beete und auch keine wilde Blumenwiese, sondern kleine Felder im großen, hoch gewachsene Pflanzen mit farbig leuchtenden Blütenblättern, Rot und Blau und Weiß, all die Blumenfarben – aber jetzt, im September, wo bald die letzten Herbstblumen an die Reihe kommen, ehe der trübe Winter Einzug hält (der auf den Inseln nicht so trüb ist, nur manchmal verregnet)? Ja, jetzt im September. Es ist das Werk des Mannes, der gebückt am Rand eines solchen Feldes kniet, sein Gesicht von einer roten Baseballmütze verdeckt.

„Schön!“, rufe ich ihm zu, und immer, wenn mir ein solcher Kommentar entfährt, muß ich an Bruno Ganz denken, wie er in *Der Himmel über Berlin* den bunten Figuren an der Mauer oder dem Künstler, dem Schaffenden *und* seinem Werk, dieses Wort zuruft: „Schön!“ Ja, ich kann sagen, ich habe von dem großen Schauspieler, Gott hab ihn selig, gelernt. Aber hier ist keine Mauer, nein. Nur die üblichen Schutzwälle an der Küste, die kaum Mannshöhe erreichen (oben im Norden, vor den Atomkraftwerken, waren sie sechs Meter hoch, und es hat nichts genützt). Der Mann richtet sich auf, lächelt; im nächsten Augenblick fährt, fast im Schrittempo, eine Frau bei geöffneten Fenstern im Auto vorbei. Ihr kleiner Sohn auf dem Rücksitz winkt sogleich, und der Blumenmann bittet die Frau, doch auf Englisch mit uns zu parlieren. Die Frau, sie wird in der Grundschule zu tun haben, die hier in der Nähe ist – vielleicht ist sie gar Lehrerin –, bringt aber, obwohl sie sich sichtlich Mühe gibt, kein englisches Wort heraus. Alle lächeln sich noch einmal an, der Junge winkt zum Fenster heraus, *bye-bye*, dann entschwindet das Auto. Der Blumenmann besinnt sich kurz, überquert dann die Straße und gesellt sich zu uns. Inzwischen ist mir nämlich das Denkmal mit den blumenbunten Papierkranichen aufgefallen; fast hätte ich es übersehen, so unscheinbar ist es.

Der Mann beginnt zu erzählen. Ein kluger Mann, das merke ich an seiner Fähigkeit, sich auf den Gesprächspartner einzustellen, einfaches Japanisch zu sprechen und ihn nicht mit der Grammatik der Höflichkeit zu quälen. An dieser Stelle, unweit der Schulen – es gibt auch eine Mittelschule, die Insel muß stärker bevölkert sein, als ich es vermutet habe –, wurden 1971 die Überreste von 517 Personen gefunden, von Leichen, die 1945 an dieser Stelle vergraben worden waren. Vergraben, wenn ich es richtig verstanden habe; die meisten der Todesopfer wurden damals nämlich verbrannt. Im August 1945, nach dem Atombombenangriff auf die Stadt, waren etwa 11.000 Verletzte und Verstrahlte auf die Insel gebracht worden, von denen mehr als 7.000 – ich glaube, der Blumenmann sagte 7.700 – in den folgenden Tagen starben. Zahlreiche weitere Bombenopfer wurden hier verbrannt, da es in der Stadt nicht genügend Vorrichtungen dafür gab. Es muß eine entsetzliche Leichen- und Verwundetenkarawane von Booten gewesen sein. Ich erinnere mich an den Dokumentarfilm *The Postman from Nagasaki*, den ich vor kurzem in Hiroshima gesehen habe. Darin sieht man Archivmaterial, wo die Titelfigur, ein Briefträger, davon erzählt, wie er sich als sechzehnjähriger Junge mit schwersten Verbrennungen nach der Atomexplosion in einen Tunnel flüchtete, in dem außer ihm dreißig Personen Schutz fanden. Am nächsten Tag war er der einzige, der noch lebte, um ihn herum dreißig Tote. Es ist beeindruckend zu sehen und zu hören, wie dieser einfache Mann von seinem Lebenswillen wider alle Umstände und Wahrscheinlichkeiten berichtet.

Der Blumenmann war damals drei Jahre alt; heute ist er achtzig, augenscheinlich bei bester Gesundheit, geistig rege, an Geschichte interessiert. An die Atomexplosion hat er keine konkrete Erinnerung, an den Knall oder das blendende Licht, den Atompilz am Himmel. Wohl aber erinnert er sich an die Atmosphäre, an die Reaktion der Familie, an den Horror, der alle erfaßte. Er spricht dann von Pferden, die man ebenfalls hierher gebracht hatte; ausgediente, verletzte, im Krieg zum Einsatz gekommene Pferde. Auch sie wurden hier verbrannt. Die Schlachtung der Pferde scheint ihm genauso, immer noch, nahezugehen wie der massenhafte Tod der Menschen. „Die Toten werden sich freuen“, sage ich und nicke zu den Blumen hinüber. Er stimmt mir lächelnd zu.

Ninoshima, erzählt der Blumenmann weiter, hatte lange vor dem pazifischen Krieg zu Quarantänezwecken gedient und war vor allem vom Militär genutzt worden – wie auch Etajima, wo sich die Marineschule befindet, und Okunoshima, wo Giftgas hergestellt wurde. Unsere schöne Setonaikai hat eine dunkle Seite, die letztlich dem japanischen Militarismus seit der Meiji-Zeit geschuldet ist. Während des chinesisch-japanischen Kriegs 1894/95 wurden Cholerakranke nach Ninoshima gebracht, weil man sie nicht auf dem Festland (wenn man die Hauptinseln so bezeichnen kann) haben wollte. Der Blumenmann zieht eine Parallele zwischen den Quarantänen in der Corona-Zeit und jener Epoche Ende des 19. Jahrhunderts. Gut zwei Jahrzehnte später, im Ersten Weltkrieg, wurden etwa fünfhundert deutsche Kriegsgefangene aus China, wo Deutschland Pachtgebiete hatte, hierher verbracht, unter ihnen ein gewisser Karl Juchheim. Sie scheinen in Ninoshima ein halbwegs menschenwürdiges Leben geführt zu haben.

Der Blumenmann zeigt uns den Weg zurück zum Pier, über eine Paßhöhe an einer Flanke des Klein-Fuji. Dort oben stehen zwei riesige, Jahrhunderte alte und immergrüne Laubbäume, die ich nicht zu bestimmen weiß; *kusunoki*, sogenannte Kampferbäume, sind es nicht, auch keine *keyaki*, Zelkoven (oder doch Zelkoven?). Ich frage die beiden Mädchen, die neben uns gehen; sie wissen es nicht, wissen nur, daß sie im Schutz eines Shinto-Tempels stehen. Und daß hoch oben ziemlich große Bienennester sind (sie deuten zu einem großen Beutel hinauf). Wir waren schon eine Weile neben ihnen hergegangen, andere Schüler auf dem Heimweg, alle in

Uniform, hatten uns überholt, aber die beiden rätselten, welche Sprache wir wohl sprächen; Englisch sei es nicht. „Nein, es ist Deutsch", bestätige ich auf Japanisch, und sie geben sich überrascht, ein Ausländer, der die Landessprache spricht. Und dann nützen sie, vierzehnjährige Mittelschülerinnen, die Gelegenheit, um ihr Englisch zu üben. Die eine macht das ganz gut, sie entdeckt wahrscheinlich zum ersten Mal in ihrem Leben, daß es möglich ist, mehr als zwei Wörter, ja, mehr als einen Satz in einer Fremdsprache zu bilden und die Sätze aneinanderzureihen. Ich muß aufpassen, nicht ins Lehrerverhalten zu fallen und sie zu korrigieren. Ein bißchen Einmischung ist schon in Ordnung, sage ich mir, aber davon abgesehen: Laß es fließen. *Let it flow!* Und es fließt, wir fließen hinunter den hier eher sanften Abhang zum Meer. Die Mädchen lachen; die Jungen lachen. Die Deutschen – die Japanerinnen.

Warum nicht: Deutscher, ich? Hier in der fernen Fremde. Obwohl ich mich für Baumkuchen nie zuständig gefühlt habe. Die werden im 21. Jahrhundert nur noch in Japan gegessen, oder? In Österreich kennt man das sowieso nicht. Die Mädchen zeigen uns, welches das Geschäft ist, das Baumkuchen verkauft. Es stellt sich heraus, daß sie ohnehin dorthin wollten: zu einem Häuschen, wo es dies und das gibt, auch Bleistifte und Prospekte für Besucher. Die Baumkuchen sind in hellbraune Papiertüten verpackt, daneben steht ein Kistchen, in das man zum Bezahlen das Geld stecken soll, denn Verkäufer ist oft keiner in der Nähe. „Seit 1919" steht auf der Tüte: wahrhaftig eine stolze Tradition in einem Land, wo Läden mit „since 2010" schon als uralt gelten und selten ein Schild ins vorige Jahrhundert weist. Übrigens auf Deutsch: „seit 1919". Und auf der Rückseite, auf Japanisch, biographische Angaben zu Karl Juchheim und der ganzen Geschichte des Baumkuchens in Japan, denn die beginnt hier in Ninoshima. Juchheim, in Kaub am Rhein geboren, war Konditor und kam mit den Kriegsgefangenen aus China 1917 nach Hiroshima. Auf der Insel buk er weiterhin seine Baumkuchen, und 1919 durfte er sie im Ausstellungsgebäude für regionale Produkte im Zentrum von Hiroshima präsentieren. Nach seiner Freilassung blieb Juchheim in Japan und war weiterhin als Konditor tätig, zunächst in Tokyo und später in Kobe, wo er am 14. August 1945 starb, acht Tage nach dem ersten Atombombenabwurf, den im Zentrum von Hiroshima fast niemand und nichts überlebte, außer jenem Ausstellungsgebäude, das heute das Wahrzeichen der Stadt ist.

Und jetzt geht in wenigen Minuten die Fähre zurück in die Stadt. Haben wir noch Zeit, die Kuchen zu kaufen? Ja, beruhigt uns ein Einheimischer, das geht sich locker aus. Wir kaufen zwei von den hellbraunen Tüten, stecken brav das Geld in das Kistchen. Zu Hause werde ich feststellen, daß der Baumkuchen ganz hervorragend schmeckt, sehr locker und weder fett noch trocken, mit einer eigenen Note, für die ich kein Wort weiß, ein wenig in Richtung Haselnußgeschmack, obwohl sicher keine Haselnüsse drin sind, oder leicht karamelisierter Zucker. Viele Baumkuchen habe ich in meinem bisherigen Leben nicht gegessen, aber der hier war sicher der beste. Es lohnt sich, an die Wurzeln zurückzugehen. *Back to the roots, onechantachi!*

Sperrgebiet

Es ist mit einem Stacheldraht umzäunt, dieses weitflächige, waldige und gebirgige Gebiet. Ein Stück Japan im Besitz der US-amerikanischen Streitkräfte. Nicht das einzige, ein Viertel der Fläche von Okinawa ist von der Army besetzt.

Sammeln kann man sich wie üblich vor einem Konbini oder auch bei Gravy Jack, jenem Motorradfahrertreffpunkt, wo man riesige fettige Hamburger mit besonders echtem Rindfleisch bekommt und wo ich noch nie einen Amerikaner gesehen habe, oder auch vor dem Supermarkt, dessen Kennmelodie *When the Saints Go Marching In* ist, als würden die Heiligen einkaufen gehen. Da verlassen wir die endlos von Last- und Personenwagen und ein paar Motorrädern befahrene Ausfallstraße, die übergroßen Parkplätze, das Polizeihüttchen, die Leitplanken und Betonwälle und stehen auch schon vor einem paradiesischen Garten vor einem ansehnlichen Gutshaus mit Wirtschaftstrakt, das nicht gewillt scheint, seine Existenz aufzugeben. Und kommen ins Tal, wo das derzeit zahme Flüßchen eine Weile die Eisenbahn begleitet, endlose Güterzüge, die Personenzüge morgens und abends vollgestopft mit Schülern und Studenten, die Erwachsenen nehmen das Auto und verstopfen die Ausfallstraße weiter oben.

Jetzt aber ist Herbst und an den Wegrändern quellen Kosmeen in allen Farben über, in Gelb und Violett, Lila und Weiß und auch Weinrot, und beim Shinto-Schrein auf einem bewaldeten Hügel, den er schützt, sonst wäre der Hügel sicher schon abgeholzt und abgetragen, sind die Ahornblätter gelb, nicht rot, die Röte läßt noch auf sich warten.

Dort liegt auch ein Sumo-Kreis, wo an manchen Festtagen Wettkämpfe von Kindern stattfinden, und ich, derzeit in der Einzahl, stelle mich hinein, drehe eine Runde, ein Windstoß könnte mich hinausdrängen, mein Fuß würde den Boden auf der anderen Seite vom Seil berühren, die Luft bleibt ewiger Sieger. Ach, Luft, laß mich wenigstens seufzen! Worauf ich warte? Anbeten könnte, ja, müßte man, egal was oder wen, den blauen Himmel zum Beispiel und die Holzornamente, die hohen Baumwipfel, die starrsinnigen Stechmücken, den zutraulichen Raum und das plötzlich nahe Dazwischen. Nicht alle Bäume werden ihr Laub verlieren, aber ausgedünnt wird da oben und es bleibt ein reduziertes Leben, so wird es immerhin weitergehen. Mit kleiner Kraft, dauerhaft! Das wäre mal ein Werbeslogan. Aber wenn ich so um mich blicke, ist die Kraft, die aus der Erde kommt, doch ziemlich groß, sogar überwältigend, vor allem drüben, wo man den Boden nicht betreten darf und wo das letzte verbliebene Bauernhaus, oder das einzige, das sich je in diese Wildnis vorgewagt hatte, von der erzürnten Erdzunge weggeleckt worden ist.

Lassen Sie Ihre Streichhölzer und Feuerzeuge hier beim Eingang, oder besser, setzen Sie Ihren Fuß gar nicht auf dieses Gelände. Kommen Sie nicht einmal auf die Idee! Müssen wir der US-Armee dankbar sein, daß sie nicht nur Feuerzeug, sondern auch Bagger fernhält und Planierraupen, denn ringsum ist die Landschaft schon eingeebnet, und so wird es weitergehen, WARNING RESTRICTED AREA, das lebendige Sterben wird weitergehen, die gehorsamen Bürger, die kein Englisch zu verstehen brauchen, lassen sich in die Zwangsjacken genannt „Freiheit" einweisen. Hier aber, nahe der Sperrzone, wo noch Ende Oktober so vieles blüht, daß man denkt, ALLES blüht, führen die Wegerl ans Nichts und zu sich zurück, und ich folge ihnen gratis, *gratuitement*, ans Nichts und zurück, und ein winziges Mägdlein auf wackeligen Beinchen staunt mich an, als sähe es einen wie mich zum ersten Mal, wie es die Pollen anstaunt und die Schmetterlinge dazwischen, als sähe sie alles zum ersten Mal, und daß es leicht ist und fliegt. Ich staune zurück. Wir staunen, wie wir einst waren, das Leben in Person. Wir staunen über das Staunen, wir sind keine Kinder mehr. Die Wege könnten Eisenbahnerpfade sein, wenn es noch Eisenbahner gäbe, die die Geleise instand halten. Zurückgezogene Eisenbahner vielleicht, *retired railwaymen*, man bekommt sie kaum zu sehen, nur ihre Werke, die Segnungen ihrer einstigen Anwesenheit, die irgendjemand konserviert, vielleicht ich. Kosmeen noch und noch. Kleine unbekümmerte Kosmose, Spiegelbilder des runden Gesichtleins des kleinen Mädchens, das wir einst waren. Und dann kommt noch eine glatte Lagerhallenwand, endlos lang, und noch eine, geschmückt mit ein paar Rosenbögen, die zeigen, daß auch Unternehmer, nicht nur Dichter, Sinn haben für das Sinnlose. Und das Bächlein neben den Geleisen, es plätschert friedlich dahin, ohne sich um das amerikanische Schild zu kümmern, bis es im Nirgendwo verschwindet wie ein Flüßchen im Karst, man kann sein Wasser nicht abfangen, Feuermonaden holpern ihm nach bis ans Tor, ehe sie verlöschen.

Das war unser Ausflug zum Sperrgebiet. Wir picknickten dort, doch die Haut zwängte uns wie eine zu enge Uniformjacke. Der kleinwüchsige Pförtner (japanischen Aussehens) in der Bürohütte hinter dem Stacheldraht warf uns von Zeit zu Zeit ein skeptisches Auge entgegen. Wir machten unser Smartphone an und hörten Musik dank Spotify, sogar Elvis Presley, der auch einmal Fernfahrer war, erhob seine Stimme: Der Pförtner verzog keine Miene. *Blue Moon* . . . Also verzogen wir uns, nicht ohne Papierchen und Plastikflaschen eingesammelt zu haben. Wir wollten uns noch nicht erschießen lassen.

Drei

Teiche, seht ruhig
der Nacht entgegen, ihren
sanfteren Zeichen.

*

Ein letztes Mal öffne
die Venusmuschel. Dann geh
in den einsamen Herbst.

*

Verspekuliert? Gras wächst
auf plattgewalzten Plätzen.
Wer jetzt kein Haus baut…
und so weiter.

Nebenlinien

Im Zug das Tal hinunter, das zuerst einmal eine Schlucht ist, bevor es sich weitet und die Gebäude zunehmen, wollte ich die Landschaft und was darin vorkommt, allerlei Dinge und Wesen, mit den Augen meiner Tochter betrachten, die hier täglich außer sonntags ihren Schulweg hinter sich bringt, aber dann wurde mir bewußt, daß sie ihr Smartphone bei sich hat und sicher die meiste Zeit darauf starrt wie die anderen Schüler auch, wenn sie nicht gerade schlafen, aber das eher nicht, denn die Plätze sind zu diesen Zeiten, morgens und abends, besetzt, da müßte sie schon im Stehen schlafen. Es ist der gewohnte Blick der Pendler, denke ich, der oberflächliche Smartphoneblick, der die Bilder fortwischt, sofern sie sich nicht von selbst bewegen, die bewegten und unbewegten Bilder, fort- und herbeibugsiert im Nu; oder der schwarze Blick des Schlafs, der graue des Dösens; oder der Blick nach innen, wo die Träume hausen. Bloß keine Wirklichkeit! Die sich sowieso in einem Satz beschreiben läßt: grünes Gewucher, grauer Beton, Blinken von Wasser, Karosserien und Lichtreflexen. Punkt. Am Ende doch wieder dasselbe wie die Bilderflut am Display.

Ein Tag in Cafés und Kinos mit kleinen Stadtwanderungen dazwischen, auch das gibt eine Art Display: auflegen, aufspielen lassen, entfalten. Wie eine Schallplatte: die Rillen des Tages. *Desplegar, déployer* etc. Bildspur und Tonspur. Das Tully's beim Bahnhof in Yokogawa ungewöhnlich geräumig, fast elegant, ebenso die Gäste, jedenfalls auf den ersten Blick, in eleganten Räumen wirkt auch das Durchschnittspublikum elegant. Die Decke allerdings unverkleidet, was zu postmoderner Eleganz ohnehin paßt; Abzugsrohre, Kabelverkleidungen und Klimaanlagen dunkel getönt. Ein dumpfes Geräusch, sofort erkennbar, jemand hat ein Smartphone fallen lassen; eines der charakteristischsten postindustriellen Alltagsgeräusche, das Aufschlagen dieser relativ robusten, nicht ganz leichten, aber auch nicht schweren Geräte auf Kunststoffboden. Man hat ein altmodisches Heft vor sich liegen, das man jederzeit aufschlagen könnte, einen Kugelschreiber daneben, jederzeit könnte man schreiben, doch man schlägt das Heft nicht auf, läßt all das Wirkliche geschehen, die Sinnesorgane sind wacher in solcher Wartehaltung, man könnte mitschreiben und tut es nicht. Mitsehen genügt. Tag ohne Schrift, mit Bildern und Geräuschen, zu denen auch die unvermeidliche Musik zählt. Das längst abgestumpfte, automatisierte Gehörorgan mustert, wählt aus, weist ab. Algorithmus im Hirn. Input, Output, wie das hier.

Am Nebentisch plaudern zwei Frauen, so gegen dreißig, altersmäßig, in Angestelltenkleidung, *salarywomen*, die eine mit Rock, die andere mit Hose. Farben? Grau, dunkelblau, weiße Blusen. Stöckelschuhe, nicht sehr hoch. Es ist neun Uhr vorbei, gleich halb zehn, warum sind sie nicht im Büro? Der Film, den ich sehen werde, beginnt um viertel nach zehn. Vormittagsvorstellung, *matinée*. Worüber plaudern die Frauen? Sie entfalten gemeinsame Erinnerungen, vermutlich sind sie in dieselbe Schule gegangen. Wen und wann, in welchem Alter, bis zu welchem Alter man, das heißt frau, heiraten sollte. So um 27, 28 Jahre, sagt die eine. „Von meinen Schulfreundinnen und von denen, mit denen ich studiert habe, hat noch niemand geheiratet." Die beiden Frauen entsprechen genau dem Klischee, das ich mir im Lauf der Zeit unvermeidlicherweise zueigen gemacht habe (ich gebe mir Mühe, es loszuwerden oder wenigstens nicht zum Einsatz zu bringen). Nach mehrfachem Hinsehen wirkt die eine ziemlich hübsch – ein Blick, der sich nicht mehr gehört, oder besser: den man nicht mehr eingestehen darf –, in wenigen Minuten ist sie mir vertraut geworden mit ihrem etwas herben Lächeln und den fast übereifrigen Antworten, die sie ihrer zurückhaltenderen Freundin gibt. Für eine halbe Stunde werde ich mich an ihrer Seite als unbekannter, nein, unsichtbarer Gefährte einrichten. Schwierig, den richtigen Mann zu finden. Hat sie gesagt. Ob sie als Mutter und Hausfrau enden wird? Oder in der Firma bleiben als Single, wie so viele andere in den großen Städten?

Mein Ohr bleibt bei den beiden Freundinnen, mein Blick läßt sich am langen Mitteltisch nieder, wo jeder Sitzplatz mit zwei Steckdosen ausgestattet ist. Offensichtlich kommen viele Leute zum Arbeiten hierher, Schüler und Studenten zum Lernen, andere laden ihr Handy auf. Zu bestimmten Zeiten sitzen sie wie Spatzen aufgereiht nebeneinander, Computer oder iPods oder beides am Netz. Jetzt sind nur wenige da, den Mann in meiner Blickreichweite hätte ich nicht für einen Kopfarbeiter gehalten: dunkle Gesichtshaut, unrasiert und unfrisiert, grün glänzende Jacke, bestimmt hat sie einen Drachen am Rücken. Als er aufsteht und zur Toilette geht, überzeugt mich sein Gang vom Gegenteil. Vielleicht wollte er mir nur den Drachen zeigen. Er hat ein Buch neben sich liegen und schreibt eifrig in sein Heft. Im Gegensatz zu mir, der ich mein Heft immer noch nicht aufgeschlagen habe (und jetzt rudimentär aus dem Gedächtnis schreibe, oder genauer, aus einer Mischung von Erinnerung, Phantasie und Wunschdenken). Er schielt zu mir herüber und wird denken: Kein Kopfarbeiter, der da drüben, dem sträubt sich ja der ganze Körper gegen das Schreiben. Könnte man mich für einen Herumtreiber halten? Bin ich nicht einer? Seit einem Dreivierteljahr trage ich immer dieselbe Kleidung und muß zusehen, daß sie bald trocknet, wenn ich sie gewaschen habe. Mein einziges Hemd, kragenlos, wasche ich höchstens einmal im Monat. Das Sakko könnte man für einen Anzugteil halten, dabei habe ich es vor zwanzig Jahren auf einem Chinesenmarkt beim Osu-Kannon-Schrein in Nagoya gekauft. Es ist aus irgendeinem Kunststoff, aus der Nähe betrachtet sieht man die Beulen und Dellen, Fussel und Stäubchen, die es anzieht. Soll ich den Mann um seine glatte Drachenjacke beneiden?

Mein Heft bleibt geschlossen, der Kugelschreiber – Marke Hedera, grün – unberührt. Kann man sein eigenes Nicht-mehr-Sein genießen? Zumindest ist das ein Vorgeschmack hier. Komm, süßer Tod, und führe mich in den ewigen Frieden, weil ich der Welt müde bin. Amen.

Und dann werde ich, wie jeder andere einsame Gast, ins Sein zurückgerissen, von was? Von mir, von der Uhr auf dem Display des Telephons, das gar kein Telephon ist, sondern nur ein Photograph, Lichtschreiber (und eine Uhr). Es ist 10 Uhr 7, höchste Zeit, mich auf den Weg zu machen. Das Kino liegt mitten in einem Viertel von engen Gassen mit zahllosen Kneipen und Kleinrestaurants, um diese Zeit fast menschenleer. Auch der Kinosaal ist fast leer, wir sind genau sieben Aufrechte, oder Gerechte, wenn wir mal davon ausgehen, daß die Cinéphilie den letzten Hort der Gerechtigkeit darstellt. Der Film ist ein Dokumentarfilm, der Hauptdarsteller, der nur sich darstellt beziehungsweise die Sache, um die es ihm geht, ein sympathischer, von der Sache besessener älterer Herr am Computer vor dem Fenster eines kleinen Arbeitszimmers mit Blick über ein Tal, zum Gegenhang, auf die Gebirgslandschaft, die Wälder, wo es manchmal schneit. Ein älterer Herr, der die Gegend durchstreift, ein Hüter dieser Gegend in der Provinz Fukushima: kein Jäger, nein, sondern ein Abbildner, in geläufiger Sprache: ein Photograph, und zwar einer mit schwerer Kamera und einem Objektiv, das wie ein Kanonenrohr aussieht. Mit diesem Ding vor der Brust wirft er sich auf eine abschüssige Wiese, in der ein paar Kirschbäume blühen, wie ein Soldat in den Schützengraben, und lauert darauf, daß weiter unten der ersehnte Zug über die hohe Brücke fährt, deren schönes Eisengestell sich im Wasser darunter spiegelt.

Und als er ankommt, geht ein Ruck durch den Körper des Lauernden, seine Arme reißen das Ding zum Gesicht, und im nächsten Augenblick beginnt das Gerät zu rattern wie ein Maschinengewehr, denn die Kamera nimmt nicht ein Bild auf, sondern in den paar Sekunden, die der Zug braucht, um den Fluß, der in Wahrheit ein Arm eines Stausees ist, zu überqueren, eine Vielzahl von Bildern. T-t-t-t-t-t-t-t-t-t (. . . . .) t-t. Das Gedicht von Ernst Jandl fällt unweigerlich ein, dazu Schtzngrrrrrmmmm, alles vokallos, also nicht so schön, aber das ist wieder mal Geschmackssache.

Keine Angst, niemand ist tot. Es ist auch niemand verseucht. Tadami ist mehr als hundert Kilometer von der Pazifikküste entfernt, liegt näher bei der anderen Küste, dem Japanischen Meer. In dieser Gegend gibt es keine Atommeiler, es gibt überhaupt so gut wie nichts, außer Kirschblüten im Frühling und Rotahorn im Herbst und Schnee im Winter, so daß die jüngeren Einwohner abwandern, nach Tokyo die meisten, wie es auch unser Photograph als junger Mann getan hat, um in der Kulturindustrie zu arbeiten, später dann wieder zu Hause, in der Bauindustrie (wenn ich's recht verstanden habe), inzwischen führt er als Rentner ein ruhiges Leben, wenn er nicht gerade photographiert. Die Tadami-Linie, also die einspurige, bisher nicht elektrifizierte Eisenbahn, wurde im Sommer 2011 schwer beschädigt, ein langer Streckenabschnitt war mehr als zehn Jahre nicht benutzbar, erst vor wenigen Tagen ist die ganze Bahn wieder in Betrieb genommen worden, am 1. Oktober 2022, da war der Film, den ich hier zusammen mit den sechs anderen Gerechten oder Selbstgerechten sehe, längst gedreht. Unser Photograph, wie gesagt, möchte, daß nicht alle Bewohner fortgehen, er hat schon einmal durch einen Erdrutsch sein Dorf verloren, das soll sich nicht durch menschliche Laxheit wiederholen. Nein, Hoshi-san möchte, daß viele Leute herkommen, um die schöne Landschaft zu genießen oder in einer der Onsen-Anlagen im heißen Wasser zu entspannen und Erinnerungsfotos zu schießen.

Der Mann beginnt, seine wunderschönen Fotos auf Facebook und in einem Blog zu veröffentlichen, immer mit dem Hinweis, daß es die Tadami-Linie instand zu setzen und zu erhalten gelte, denn wie das auch mit anderen sogenannten Nebenlinien nicht nur in Japan so geht, sondern zum Beispiel in Oberösterreich mit der Almtalbahn, an der ich aufgewachsen bin, finden die Betreiber den Betrieb nicht lukrativ genug, mit der Bahn fahren nur Schüler und vielleicht ein paar Greise, alle zum halben Preis oder noch günstiger, denn die Erwachsenen, die sogenannten Werktätigen und die Hausfrauen, die fahren alle mit ihrem privaten Personenkraftwagen, auch wenn viele von ihnen durchaus finden, die Tadami-Bahn sei erhaltenswert.

Eine Eisenbahn zum Anschauen, nicht zum Mitfahren. Unterdessen bekommt unser Photograph immer mehr Fans, Follower in korrektem Deutsch, immer mehr Unterstützer in ganz Japan und sogar in anderen Ländern, besonders in Taiwan, wo sich eine Tadamisen-Fotogruppe bildet, die Reisen in die ferne Präfektur Fukushima organisiert, wo die Besucher unter der Führung des ortsansässigen Photographen und pensionierten Bauarbeiters im Bus zu den Orten gebracht werden, damit sie ihre furchterregenden Objektive ins Tal hinunter auf die berühmte Brücke und den sechsmal am Tag darüberfahrenden Zug richten. Der Tourismus wird die Region retten. Genau, so ist das geplant, aus diesem Grund wird die Bahn künftig aus Steuergeldern der örtlichen Verwaltung bezahlt. Die Bevölkerung sieht das ein, selbst wenn sie selbst lieber mit dem Auto fährt. Es hatte Stimmen gegeben, die sagten, man solle das Geld lieber für Schulen und Sozialhilfe ausgeben.

Die aus Taiwan Angereisten photographieren dieselben „Motive", sie sind schon tausendmal photographiert und im Internet verbreitet, die Fotos gleichen einander, naturgemäß, oder besser gesagt, sie überbieten einander, eins ist perfekter und origineller als das andere. Dies konnte man in einer Ausstellung sehen, die in Taipei veranstaltet worden war, wo unser Photograph als Ehrengast auftrat. Nach der erfolgreichen Ausstellung flaute die Tadami-Begeisterung etwas ab, das Gesicht des Photographen wird im Lauf des Films immer trauriger – ich habe nicht genau verstanden, weshalb, denn es war ja von der Eisenbahngesellschaft beschlossen worden, den Betrieb weiterzuführen, und die Reparatur- und Erneuerungsarbeiten wurden, wie nicht anders zu erwarten, eifrig durchgeführt und pünktlich abgeschlossen. „Da kann man halt nichts machen", sagt der Photograph mit bitterer Miene. Ein oft und überall zu hörender Satz: *Shikatta ga nai.* Stimmt ja auch. Am Ende wird alles zerstört. Auch die Gerechten.

Sieben Hügel in Rom, sieben Flüsse in Hiroshima. Sieben? Kommt drauf auf, was man als Hügel, als Fluß zählt. Zählt der Monte Testaccio zu den sieben Hügeln? Oder ist er zu unansehnlich, zu industriell? Früher die Keramikindustrie, später der Schlachthof, die Gasometer... Nicht jede Erhebung ist schon ein Hügel, nicht jedes Rinnsal ein Fluß. Wird schon stimmen, ein Dichter hat sie mir erzählt, die Geschichte von den sieben Flüssen. Die am 6. August 1945 zu todbringenden Hindernissen wurden, weil heiß und verseucht, das Wasser nicht trinkbar, die Brücken zerbrochen und verbrannt, die Inseln Gefängnisse für Todgeweihte. Friedlich verbindend jetzt, die Brücken neu errichtet und vermehrt, geben sie der Stadt eine ungeometrische Struktur von Geraden und Kurven und Kehren, Abzweigungen und Vereinigungen, Erweiterungen und Engen sowie die Gewißheit, daß alles ins Offene strebt, das ein vorläufiges Offenes ist, weil dann noch die vielen Inseln draußen aufragen, die Inselberge und dann noch Shikoku, bevor sich alles zum Ozean weitet. Keine Springfluten zu befürchten wie in Fukushima. Geborgenheit für die Bewohner, solange die Gefahr nicht von oben kommt. Oder vom Wasser aus den Bergen im Hinterland.

Ins Stadtzentrum spaziert man am besten das nächstgelegene Flußufer entlang, so geht man gewiß nicht in die Irre, auch wenn der Weg vielleicht nicht immer der kürzeste ist: Flüsse mäandern gern. Bevor ich das Ufer erreiche, lenkt mich ein Gebäudekomplex aus rötlichem Backstein ab, der sich als Heiratsanlage, gern würde ich sagen: als Heiratsfabrik herausstellt. Christlich, so heiraten die meisten hier, obwohl die wenigsten christlich sind, oder was sie christlich nennen, eine Art Religionskitsch, hundert Prozent gespielt, bloßes Theater wie die Demokratie* im nach dem August 1945 neu aufgebauten Land. Der wichtigste Tag im Leben als Theatervorführung. Ein Komplex mit Kapelle, Banketthalle und Hotelzimmern (auch für die Hochzeitsgäste) und einem *Jardin „Ange"*, so steht es auf dem Schild, und Garagen und Kostümverleih. Alles kompakt und praktisch, zum Pauschalpreis. Der Name ist seltsam, aus dem werde ich nicht schlau, auch die Google-Maschine, die sonst für alles und jedes Antworten hat, hilft da nicht weiter. *L'Celmo*? Unaussprechlich für Japaner, für Franzosen, für Deutsche, für jedermann. Vielleicht ein Irrtum, wie so oft, wenn sie sich weltsprachlich gebärden. *Il cielo?* Der Hafen der Ehe als Himmel auf Erden. *Cielito lindo?* Der Bolero würde passen für rundum harmonische Kitsch-Veranstaltungen. *L'Celmo*. Undenkbar, daß ein so aufwändiges Unternehmen bei der Spracharbeit spart. Aber was wollen uns die Engel sagen? Niemand versteht ihre Sprache. Vielleicht das.

Am Ufer dann, neben der Fahrstraße, zwischen Gehweg und Fluß, ein kleines Shinto-Schreinchen, sechs Mandarinen und eine Flasche Reiswein vor der geschlossenen Holztür des Altars, und auf der anderen Seite des glitzernden, hier schon ziemlich breiten Flusses die riesige Tempelhalle mit schwungvoll aufragendem Spitzdach, das Anwesen einer buddhistischen Sekte mit Kindergarten, Kloster und Bildungsanstalt, die hier das ganze Viertel beansprucht und sich ihre protzigen Gesten nicht nehmen läßt. Gleich im Anschluß an dieses

* Ich weiß, das klingt jetzt nach „Quatschbude".

Areal ein Wohnhaus, im Erdgeschoß ein Blumengeschäft mit Kaffeerösterei (keine surrealistische Erfindung!), am Eingang ein großes Schild mit der Aufschrift „Gewand“ in deutscher Frakturschrift, ein Wink in Richtung Gewandhausorchester, warum auch immer. Einmal habe ich dort ein Konzert gehört, der Saal ist mittelgroß, angenehm, gerade recht für Kammermusik oder Solo-Konzerte. Ein ganzes Orchester hätte hier nicht Platz.

Zum Abschluß des Tages wollte ich noch in Mio Bar gehen, „meine Bar“, eigentlich müßte sie in korrektem Italienisch „Il mio Bar“ heißen. Sie ist eher ein Café, tagsüber geöffnet, aber mit langer Theke, wo man auf Barhockern sitzt. Der Chef dort, er läßt sich lieber Barista nennen, unterhält sich gern mit den Gästen, bleibt dabei immer etwas abwartend, widerspricht niemandem. Wenn er zu einem Thema eine andere Meinung hat, umgeht er geschickt die Diskussion. Genau wie mein Vater, der hatte auch eine Theke im Gasthaus; wenn Zeit dafür war, widmete er sich der Konversation. Der japanische Barista war oft in Italien, hat sich in der Anfangszeit seiner Bar eine echte Cimbali-Kaffeemaschine kommen lassen, die seither den Thekengästen gegenüber glänzt, und versucht, alles perfekt italienisch zu machen, die Ausstattung, den Kaffee (Jolly Caffè aus Firenze, eine Batterie von roten Packungen ist auf dem obersten Regal aufgereiht), die Speisen, Lasagne und Tiramisù, dessen Namen die Kellnerin, die schon lange hier arbeitet, perfekt ausspricht, Betonung auf der letzten Silbe. Mio Bar ist der einzige

Ort in Japan, wo der Espresso auch so konzentriert ist und so schmeckt, wie es der Name verspricht.

Der Barista selbst sieht perfekt aus. Vielleicht nicht gerade italienisch, aber perfekt, die Barista-Perfektion vor penibel aufgereihten Flaschen und blinkenden Gläsern, mit seinem gestutzten Kinnbärtchen, der hohen Stirn, dem dunklen Gilet, der perfekt gebundenen Krawatte oder dem Mascherl am weißen Kragen. Vor einer Woche hatte er Covid-19, 40 Grad Fieber laut seiner Mitteilung auf Facebook, aber inzwischen sei er wieder gesund, die Bar, hieß es, sei geöffnet. Und jetzt finde ich ein *Close*-Schild an der Glastür, und als ich nahe herangehe, sehe ich den leibhaftigen Barista im üblichen Outfit hinter der Theke, geschäftig, irgendetwas schneidend oder ordnend, aber keine Gäste vor ihm, der hintere Teil des Raums, wo die Tische stehen, liegt im Dunkel. Einsam steht die Schinkenschneidemaschine an ihrem erhabenen Ort in der Nähe der Glasfront. In Italien hätte ich an die Tür geklopft und ihn bemitleidet und gute Besserung gewünscht, aber hier wage ich es nicht, glaube auch nicht, daß er öffnen würde, das Virus ist ja so gefährlich, die Ansteckungsgefahr hoch, und überhaupt, geschlossen ist geschlossen, japanische Perfektion. Das einzige, was der Barista nicht nachahmen kann, ist die Lockerheit, mit der man in Italien das Leben bewältigt und den Tod, und schon gar nicht die problematische Seite der Lockerheit, nämlich die Schlamperei. Und meine italienische Seite ist wohl auch durch die in zwei Jahrzehnten erworbene japanische verdrängt. Oder versucht sich der Barista jetzt auch im Schlampig-Sein, indem er es unterläßt, die Informationen im sozialen

Medium zu aktualisieren? Oder trauen sich die Stammgäste nicht herein, wegen Corona? Keine Gäste, kein *Open*.

Ich mache kehrt, gehe zum Hachoza, einem der drei Programmkinos in Hiroshima, im achten Stock des Fukuya-Kaufhauses. Mir sind zwei Stunden vom Tag übriggeblieben, wie ein Stück von der Baguette, das über Nacht hart würde, und gleich beginnt ein Film mit Jean-Paul Belmondo. Ich beschließe, ihn mir anzuschauen, ein bißchen Pariser Flair will ich sehen, wenn schon keinen guten Film, oder die Côte d'Azur, die alten Zeiten, siebziger Jahre. So wird mein Café-Kino-Tag halt mit Kino ausklingen. Auch recht. Der Film erweist sich als noch schlechter als erwartet und spielt nicht einmal in Frankreich. Anfangs dachte ich, es ist Marseille, der Alte Hafen, aber der Schauplatz ist Athen, zwar auch so eine weiße Stadt am Mittelmeer, aber uninteressant, staubig, verstaubt wie die Autos, in denen Kommissar und Einbrecher herumbrausen. Ach, diese elendig langen Verfolgungsjagden! Diese lächerlichen Schlägereien, wo die Typen so putzmunter sind und am Ende dann blutverschmiert. Belmondo ein Gemälde von Basquiat! Ich bin vor dem Ende rausgegangen. Über die Kyobashi-Brücke zum Bahnhof. Die Lichter funkelten schon auf dem Fluß.

Lotus IV (Erinnerung)

Ist dies etwa der Tod?
Die Blütenblätter sind gefallen und ertrunken,
die Laubblätter vergilbt, durchlöchert, zerfetzt,
die einst so starken Stängel geknickt,
die Köpfe in den Schlamm gezwungen,
erdgleich die Farbe,
der Körper Erde, bald.

Ist dies etwa der Tod?
Die Auferstehung, heißt es,
läßt nicht lange auf sich warten,
aber diese eine Pflanze hier,
nur noch Ahnung, Umriß, Leere,
kehrt nicht wieder, nur das Ganze
kehrt wieder. Das soll uns trösten?
Alter, du hast dir zu viel versprochen,
zu viel abverlangt.
Diesen Winter überstehst du nicht.

Du bist nicht das Ganze, Alter,
nicht das Andere, das man so betrachten kann,
als wär es ewig.
Du bist diese eine Pflanze, die nicht mehr ist.
Niemand knetet dich wieder, Mann!
Geblüht hast du dir,
sonst niemandem zuliebe.

Zeiten und Zeilen

Immer noch Kaki.
Und schon Yuzu.
Ein Gimpel
sprenkelt die Zeiten
zwischen den Zeilen.

Rot, Blicke

Die Tage werden kürzer, die Reisen auch. Berichte auch. Vom Krankenhaus zur Apotheke, die auf Stelzen am Teichufer steht wie aus Angst vor dem Wasser, das hier noch nie Unheil gebracht hat. Es lockt das Rot, die Kirschbaumblätter, die sich in den Kopf gesetzt haben, mit dem Ahorn zu wetteifern. Aussichtsloses Unterfangen! Den Teich entlangzustreifen, ums Krankenhaus herum, Landstreicher am Ende seiner Kräfte. Als wollte er den Lebensabend in jenem Kasten dort verbringen, seßhaft geworden, endlich. Ach ja, die Kreise werden enger, es ruft das Totenhaus. Stop! Es rettet ihn ein letzter Blick, und noch ein Blick, und noch einer. Um die Wette schauen: Wette mit den Dingen, wer hält stand? Die Ärztin rettet heute nicht, die Rettung nicht. Vielmehr die letzte Kakifrucht, ihr Umhülltsein vom tiefen Grün, die glatten Spiegelungen rot und weiß, von Baum und Wand und Fensterzeilen. Die retten. Vielleicht. Die inneren Jamben ungefähr, Metrum des Herzens, tragen ihn. Vierschrötige Formen, Senkungen und Steigungen. Mit Zäsur. Pause vor der letzten Entflammung, wenn Gregor Trakl, oder wie er heißt, den gesuchten Stoff gefunden haben wird im Hinterhof der Apotheke, wo er jetzt kauert in der Dämmerung, die sich vom Blätterrot bald nicht mehr unterscheidet.

Lotus V (Sturmwanderung)

Der Taifun hat die Lotuspflanzen
nach einer Seite gedreht und gebeugt.
Die Nachsommerblüten, um zu widerstehen,
schauen zu Boden.
Keine Angst,
sie werden sich noch einmal erheben.
Dann aber kommt ein stärkerer Feind.

*

Lebt denn der noch?
So dicht am Auge des Sturms
lauscht er dem Brausen.

Aus dem Sumpf

Nach drei Jahren ist endgültig Schluß mit den Regionalreisen. Niemand findet noch etwas dabei, über Grenzen hinauszugehen, in andere Regionen und Reiche und Reviere hinein. Jeder fährt hin, wo er will.

Aber will ich denn überhaupt? Nicht einmal die nächsten, die engsten Grenzen reizen mich. Im Zimmer reisen, im eigenen Kopf... Was ist dabei? Ende der Regionalreisen, des Regionalismus an sich, Ende der Kraft, der Entdeckungslust. Ende der Schwellenforschung. Den Aufstieg zu dem kleinen amerikafreundlichen Zen-Kloster an einem der Hänge des Arashiyama, weit hinten im Tal des Flusses Oi, würde ich heute nicht mehr schaffen. Wozu auch? Ich kenne das schon, habe alle Erfahrungen gemacht, erlöst will ich nicht mehr werden. Jede Gegenwart ist ein Es-war-einmal.

Vor genau drei Jahren war ich das letzte Mal hier, und ich dachte, etwas von der alten Energie könnte wieder aufleben. Irrtum. Kyoto mit all seiner Schönheit, neuerlich von Besuchermassen befallen, erregt nur Überdruß. Müdigkeit überzieht jede Wahrnehmung mit ihrem zähen Film. Außerdem ist das Fukuda-Museum mit den Nihon-ga, neuen Bildern in altjapanischer Manier, wegen eines Ausstellungswechsels geschlossen. Das Museum wurde im Oktober 2019 eröffnet, dann kam Corona, bisher hatte ich keine Gelegenheit, es zu besuchen. Überdruß angesichts der vielen Cosplayer am Uferweg, im Grunde genommen sind sie allesamt nichts anderes, egal ob sie sich japanisch oder europäisch kleiden, die Einzelnen der Masse, lauter Kostümspieler, fürs Foto für die Instagram-Freunde Posierende, das Gesicht verwischt, wie von einer Granate weggefetzt, ein Sich-Entziehen im Sich-Zeigen. Überdruß angesichts der am Zug vorbeiziehenden Städte, der an den Städten vorbeiziehenden Züge, der Städte und Züge zwischen den Großstädten, wo in diesen drei Jahren wieder ein paar neue dreißig oder vierzig Stockwerke hohe Wohntürme aufgeschossen sind, um die Cosplayer nachts zu behausen, nachdem sie ihre Kostüme in den Schrank gehängt oder im Verleih zurückgegeben haben. Und die alten Häuser, die entsorgt wurden, die plumpen Schulhäuser, die verkommen, die Menschen, die verschwinden wie Mäuse in Bodenritzen.

Jetzt aber, am schönen und kalten Sonntag, trippeln sie oder stehen mit einwärts gedrehten Füßen vor der Szenerie – wie einst die Schwestern Makioka unter blühenden Kirschbäumen (mitten im Winter knospen die ersten Pflaumenbäume). Richtig, Arashiyama ist für mich ein Ort der Literatur, nicht nur, weil die Schwestern im Kimono in Tanizakis Roman zum Blütenanschauen und Plaudern und wohl auch zum Posieren hierherkommen, sondern weil ich selbst oft zum Lesen hierhergekommen bin, oben am Bergpfad hoch überm Fluß oder sommers auf der anderen, dichtbewaldeten schattigen Seite, wo sich außer ein paar Zen-Amerikanern kaum jemand hinwagt, oder im Café Ranzan neben dem Hankyu-Bahnhof, wo man zwar keine berühmte Aussicht hat, dafür aber Ruhe im spärlich besetzten Saal, und dazu vielleicht sogar ein bißchen Wiener Kaffeehausnostalgie mit Linzer Torte, deren ich jetzt ebenso überdrüssig bin, Wien und Linz und das Hin und Her versinkt im allumfassenden Nebel der Müdigkeit – an diesen Orten las ich und las zuletzt William Faulkners *The Sound and the Fury*, ehe dieser Lebenszweig abgebrochen wurde, und jetzt versuche ich, einen alten Zweig neu zu beleben und lese Maria Messina, *Un fiore che non fiorì*, eine Blume, die nicht blühte, wie Yukiko, die eine der vier Schwestern Makioka, die keine Liebe für sich findet, und ich weiß nicht, was ich davon halten soll. Die weibliche Sensibilität, wenn eine Frau sie als wirklich erfahrene darzustellen weiß – auch Zauberer wie Tanizaki können das! –, den Blick auf und den Umgang mit den Dingen, dann neigt sie unweigerlich zum Kitsch. Oder soll sich ein Mann, der die Menschenmöglichkeiten kennen will, von solcher Sensibilität einfach berühren lassen? Ist der Kitschverdacht nicht auch nur ein typisch männliches Gehabe? Am Ende gleitet noch die Literatur in den Sumpf des Überdrusses und versinkt im perfekten Nirgendwo.

Nicht anders erging es mir in der Stadt, den Kamogawa entlang, durch die engen Gäßchen zwischen Kanal und Fluß: Ponto-cho, die ehemalige oder immer-noch Geisha-Gasse, die ich früher auf dem Weg zur Arbeit und abends in umgekehrter Richtung durchquerte, um dann in der Tiefe des Endbahnhofs Kawaramachi zu verschwinden. Kein einziges Mal in diesen fernen Jahren nahm ich den Bus, auch nicht wenn es regnete, aus purer Augenlust, oder eher: Spürlust, wie ein schnuppernder Hund, immer die Ponto-cho entlang bis zur nächsten, übernächsten Brücke, Shijo-Sanjo. Einmal folgte ich einer in einen wunderschönen Kimono gehüllten Frau mit aufgestecktem Haar, vernahm das Geklapper der Holzsandalen, versuchte, in das weiß geschminkte Gesicht zu blicken. In ihrem Schlepptau trottete ein Mann in grauem Anzug, irgendein Manager, dachte ich und blieb vor dem Süßwarengeschäft stehen, *wagashiya*, wo die Frau eine Menge dieser bunten Küchelchen auswählte, sorgfältig eins nach dem anderen, wohlüberlegt, so daß alles zusammen eine Komposition auf einem Rundtablett ergab, der Manager mit gesenktem Haupt immer schräg hinter ihr, endlich durfte er die Brieftasche zücken, während die Geisha wie desinteressiert knapp an mir vorbei auf die von Nässe blinkenden Steinquader der Ponto-cho hinausschaute.

Diesmal ging ich jedoch auf der anderen Seite, nicht nach Norden, sondern nach Süden. Dort ist man ein paar Jahrzehnte oder Jahrhunderte moderner, mit Neonlicht und günstigen Preisen für eine halbe, eine volle Stunde in Gesellschaft einer der Frauen, deren Konterfeie wie in einer Polizeistation am Eingang aushängen. Weiter südlich und in den Seitengassen Love-Hotels, Restaurants, Bars, aneinandergereihte Hütten mit Terrassen zum Fluß, und am Ende der Rotlichtzone das Flußcafé, *kawa-kissaten*, wo ich sitze und schreibe, von menschlichem Geschäftsgeist und ebensolcher Erotik verschont.

Was hat mich und die Orte und ihre Fiktionen, was hat die realen und die Vorstellungsbilder noch einmal aus dem Sumpf gezogen? Ich glaube, es war der Graureiher, der da angeflogen kam und sich fürs erste aufs Geländer setzte, bevor er minutenlang bedächtig, als würde er Fischen auflauern, auf den Holzbrettern der Terrasse hin und her stakste, um sich schließlich den Cafégästen zuzuwenden, die er, wiederum minutenlang, betrachtete wie ein Schauspiel drüben auf der anderen Seite, im Kabuki-Theater nahe der Shijo-Brücke. Ihr seid das Theater, meine Lieben! Erkennet euch selbst, indem ihr spielt, was ihr zu sein glaubt in eurem ach so abwechslungsreichen Wer-liebt-mich-Stück!

Am Abend, nicht weit von hier entfernt, erfuhr ich in einem Couscous-Restaurant, das ein Marokkaner und eine Japanerin betreiben, noch nicht fünfzigjährige Leute, die mir von ihrer eigenen Müdigkeit erzählten, was es mit den theaterliebenden Graureihern auf sich hat. Die Besitzerin des Flußcafés stellt täglich um dieselbe Zeit – ja, es war etwa 17 Uhr gewesen, schon in der Abenddämmerung – eine Schüssel mit lebenden kleinen Fischen aufs Hüttendach, die die Reiher gern naschen. Auf der Terrasse vertreiben sie sich die Wartezeit, ihre biologische Uhr ist so genau wie unsere mathematische. Der Geschäftsgeist, so die kleine Moral der Geschichte, macht vor einem unschuldigen Flußcafé nicht halt.

*

In der Dämmerung
leuchtende Gräber, darüber
flitzen die Schwalben.

Anmerkung

In diesem Buch verzichte ich darauf, japanische Wörter mit Längenzeichen zu versehen (Bashô, Tennô, Ryû usw.). Ich glaube nicht, daß das dem deutschsprachigen Leser in irgendeiner Weise hilft. Außerdem ist es irreführend, sobald man sich mit der Materie näher auseinandersetzt. Das Längenzeichen ist eigentlich ein U, oder ein Ü. Die japanische Aussprache wird sich mit lateinischen Zeichen und Akzentbehelfen nie exakt wiedergeben lassen. Das ist auch nicht weiter schlimm, wir kriegen es schon ungefähr hin.

Außerdem verzichte ich auf die Manier, die sich seit einigen Jahren im deutschen Sprachbereich eingebürgert hat, japanische Namen nicht in deutscher, sondern in japanischer Reihenfolge zu schreiben, also Matsu Basho statt Basho Matsuo. Nur in diesem einen Fall, bei Matsuo (= Familienname), halte ich mich an den deutschen Gebrauch, weil er schon seit sehr langer Zeit üblich ist. Aber sonst: Ryu Chishu, zum Beispiel. Man übersetzt ja auch die Werke von Autoren ins Deutsche und beläßt sie nicht japanisch. Wäre das denn ein Übersetzen, die bloße Wiederholung? Ja, für Pierre Menard vielleicht.

Einige der hier versammelten Stücke habe ich in früheren Fassungen im Internet veröffentlicht. Deshalb an einer Stelle der Verweis auf Facebook. Die Kommentare waren in manchen Fällen hilfreich, hin und wieder hat an meinen Texten jemand mitgeschrieben *(no credits!)*.

Verzeichnis japanischer Ausdrücke

Anpanman: Comic-Figur, Mitte der siebziger Jahre in Japan geboren, bei Kleinkindern äußerst beliebt. Anpan sind süße Brötchen mit einer Füllung aus Bohnenpaste. Die Figur ist ein Mini-Superman, dessen Gesicht – mit etwas Phantasie – so einem Brötchen ähnelt.

Chihiros Reise ins Zauberland: Titel eines bekannten Fantasy-Mangas und Animé-Films von Hayao Miyazaki.

Daikon: großer japanischer Rettich, der viel in der Alltagsküche verwendet wird.

Enka: schlagerartige Volksmusik, die vor allem, aber nicht ausschließlich, von älteren Menschen ausgeübt und gehört wird.

Hakama: traditioneller Kittel oder Hosenrock, wird von Männern getragen; heute nur noch bei Hochzeiten, Sommerfesten u. ä.

Halbes Haus: früher ein Ausstellungszentrum für regionale Produkte der Provinz Hiroshima, ist es das einzige Gebäude im nahen Umkreis der Atomexplosion am 6. August 1945, von dem das Skelett stehenblieb. Es gilt heute als Wahrzeichen der Stadt und Mahnmal an die Menschheit, künftig solche Katastrophen zu vermeiden und auf Atomwaffen zu verzichten. Seit ich meiner kleinen Tochter die Frage, warum das Gebäude kaputt ist und nicht repariert wird, beantworten mußte, nennen wir es „das Halbe Haus".

Heian: friedliche Epoche in der Geschichte Japans, in der die schönen Künste blühten. Die Hauptstadt war damals Kyoto (= Heian).

Jizo: Bodhisattva-Figur, die man überall im Land findet. Dieser meist klein, sogar zwergenhaft dargestellte Gott beschützt Reisende und Kinder. Oft tragen die Figuren rote Mützen oder Schürzen und haben Süßigkeiten oder Spielzeug als Opfergaben bei sich. „Jizo-sama" ist die ehrfurchtsvollere Form.

Kabuki: Traditionelle Theaterform der Edo-Zeit (ab 1603), die heute noch praktiziert wird.

Kagura: ein mit der Shinto-Religion verbundener traditioneller Tanz, der in farbenprächtigen Kostümen aufgeführt wird.

Kannon: buddhistische Göttin des Erbarmens, manchmal mit vielen Armen dargestellt.

kawaii: viel gebrauchtes Adjektiv, die Wortbedeutung ist „hübsch" oder „lieb" oder „süß". In Japan gibt es eine regelrechte, in der Gesellschaft dominante Kawaii-Kultur.

Kendo: traditioneller Schwertkampf, wird an vielen japanischen Schulen mit Bambusschwertern und einer schwarzen Rüstung ausgeübt.

Konbini: Abkürzung für Convenience Store. In Japan gibt es mehrere Ketten und zahllose Stores, auch auf dem Land. Fast alle haben rund um die Uhr geöffnet.

Matsuda: Autohersteller mit Sitz in Hiroshima. Die internationale Schreibweise des Firmennamens ist „Mazda". Er geht zurück auf den Familiennamen des Gründers Jujiro Matsuda („Kiefernfeld").

Mizoguchi: ein junger Mönch, Hauptfigur in Yukio Mishimas Roman *Der goldene Tempel.*

Oden: Betonung nicht auf der ersten, sondern eher auf der zweiten Silbe. Oden ist ein Eintopf, der im Winter gegessen wird und recht verschiedene Einlagen wie Rettich (Daikon), Konnyaku und Eier, aber auch Fleisch enthält.

Narayama Bushiko: 1956 erschienener Roman von Shichiro Fukazawa, später von Shohei Imamura kongenial verfilmt.

Nigiri: Reisbällchen oder -dreiecke, meist mit Füllung.

Niku-Soba: Suppe mit Nudeln aus Buchweizenmehl und Rindfleischeinlage.

Okonomiyaki: eine Speise aus frischem Kohl, Eiern, Mehl, Nudeln und Schweinefleisch, die meist vor den Augen der Gäste in kleinen Restaurants auf heißen Stahlplatten („teppanyaki") zubereitet wird und mit zusätzlichen Toppings angereichert werden kann. Es gibt grundsätzlich zwei verschiedene Zubereitungsarten, die eine stammt aus Osaka, die andere ist in Hiroshima üblich. Beliebt sind Diskussionen darüber, welche Art besser schmeckt. Eine Spezialität in Hiroshima ist Okonomiyaki mit Austern.

Onechantachi: Mädchen oder junge Frauen, im Plural (-tachi).

Renga: Kettengedicht, an dem sich mehrere Dichter beteiligen. Besteht in der Regel aus fünfzeiligen Tankas.

Senbei: japanische Reiscracker.

Setonaikai: die Inlandsee zwischen den Küsten der Hauptinseln Honshu und Shikoku. Mit zahllosen kleinen und größeren Inseln, von denen besonders viele Hiroshima vorgelagert sind.

Shogunat: ein Shogun ist ein Feudalfürst, das Shogunat sein Hofstaat. In der Edo-Zeit herrschte die Shogun-Dynastie der Tokugawa mehr als zweihundert Jahre über ganz Japan.

Showa-Zeit: 1929 bis 1989. Die japanische Zeitrechnung richtet sich nach den Amtszeiten der Tennos, der obersten Herrscher.

Tanizaki Junichiro: japanischer Schriftsteller (1886 bis 1965). Im deutschen Sprachraum ist sein Essay *Lob des Schattens* am bekanntesten, als Hauptwerk gilt in Japan jedoch der große Familienroman *Sasameyuki* (dt. unter dem Titel *Die Schwestern Makioka*).

Tengu: langnasiges Fabelwesen, kommt häufig in volkstümlichen Geschichten und auch sonst in der Literatur oder in Mangas vor.

Tempura: eine Speise von Gemüse, Pilzen oder Garnelen, wobei die Zutaten fein frittiert werden.

Yasukuni-Schrein: bedeutendes shintoistisches Heiligtum in Tokyo, baulich von harmonischer Schönheit, erlangte internationale Bekanntheit, weil japanische Premierminister ihn immer wieder offiziell besuchten, um der Kriegstoten zu gedenken. Ich habe ihn übrigens auch besucht, zweimal sogar. Die internationale, vor allem chinesische und koreanische, Erregung wird regelmäßig dadurch hervorgerufen, daß das Gedenken theoretisch auch die japanischen Kriegsverbrecher betrifft.

Yukiguni: auf deutsch *Schneeland,* Roman von Yasunari Kawabata.

Yuzu: gelbe Zitrusfrucht, die in der Küche oder für Getränke Verwendung findet.

Zainichi: koreanische Einwanderer bzw. deren Nachfahren. Es gibt in Japan eine zahlreiche Zainichi-Minderheit. Ihre Mitglieder besitzen oft nicht die japanische, sondern die südkoreanische Staatsbürgerschaft, obwohl sie in vielen Fällen die koreanische Sprache kaum beherrschen. Die Geschichte der koreanisch-japanischen Beziehungen ist komplex. 1910 bis 1945 hatte Japan Korea besetzt. Die historischen Besatzer werden in Korea generell als „japanische Imperialisten" bezeichnet.

DIE LANGE NACHT DER ILLUSION

285 Seiten
€ 25,-
(E-Book: € 19,99)
ISBN
978-3-7013-1276-4

Ein Übersetzer scheitert an seinem Vorhaben, das Hauptwerk Yukio Mishimas ins Deutsche zu übertragen. Seine Frau ist aus Tokyo an den Rand Japans gezogen, weil ihre Firma das für notwendig befunden hat. Sie vermisst die gemeinsame Tochter, kann aber nicht zu ihr und ihrem Mann zurückkehren. Als sich in der endlosen Regenzeit eine Naturkatastrophe anbahnt, scheinen sich die Verhärtungen zu lösen ...